中国文艺评论西北大学基地研究成果

陕西省普通高校重点学科"中国语言文学"建设项目

陕西省优秀教学团队"中国现当代文学教学团队"建设项目

陕西省普通高校哲学社会科学特色学科"陕西文学古今演变研究"建设项目

陕西（高校）哲学社会科学重点研究基地"汉唐文化与陕西文学发展研究中心"建设项目

传承与变革

20世纪中国文学散论

高俊林 著

中国社会科学出版社

图书在版编目（CIP）数据

传承与变革：20世纪中国文学散论／高俊林著.—北京：中国社会科学
出版社，2016.7

ISBN 978 - 7 - 5161 - 8154 - 6

Ⅰ.①传⋯　Ⅱ.①高⋯　Ⅲ.①中国文学—文学研究—20世纪
Ⅳ.①I206.6

中国版本图书馆 CIP 数据核字(2016)第 099851 号

出　版　人	赵剑英
选题策划	刘　艳
责任编辑	刘　艳
责任校对	陈　晨
责任印制	戴　宽

出　　　版	中国社会科学出版社
社　　　址	北京鼓楼西大街甲 158 号
邮　　　编	100720
网　　　址	http://www.csspw.cn
发 行 部	010 - 84083685
门 市 部	010 - 84029450
经　　　销	新华书店及其他书店

印　　　刷	北京金瀑印刷有限责任公司
装　　　订	廊坊市广阳区广增装订厂
版　　　次	2016 年 7 月第 1 版
印　　　次	2016 年 7 月第 1 次印刷

开　　　本	710×1000　1/16
印　　　张	11.25
插　　　页	2
字　　　数	203 千字
定　　　价	46.00 元

凡购买中国社会科学出版社图书，如有质量问题请与本社营销中心联系调换
电话：010 - 84083683

序

  虽然关于 20 世纪中国文学的研究已经有不少成果，但这仅仅是开始，还有许多问题、许多领域需要继续深入。高俊林的新著《传承与变革——20 世纪中国文学综论》，就是这方面一个十分有意义的探索。俊林是一位多读善思的青年学者，他的博士论文《现代文人与"魏晋风度"》出版后受到学界好评。现在要出版的这部新著，虽然还谈不上是对整个 20 世纪中国文学全面、系统的研究，而只是对一些比较重要的作家的探讨和对某些文学现象的梳理，但视角新颖，见解独道，分析精致绵密，读者从书中对"五四"时期文学、30 年代文学、40 年代延安文学以及新时期文学里比较重要的作家和文学现象的研究中，能够多少看出 20 世纪中国文学发展的一些线索和脉络来。所以没有问题，这是一本有价值的认真的学术著作。

  从五四，从鲁迅开始，这是研究 20 世纪中国文学的通例。俊林这本著作也不例外。鲁迅是伟大的启蒙主义思想家和文学家，他的整个思想和文学活动都与启蒙主义有着十分密切而复杂的联系。是不是可以这样说，离开了启蒙主义，是没有办法说清楚鲁迅的。俊林的著作自然也会涉及这一问题，他是从个性主义和人道主义关系的角度出发谈论鲁迅的启蒙主义思想的。这当然不能说是鲁迅的启蒙主义思想的全部，但确实是鲁迅的思想的重要内容。如何妥善处理这两者之间的关系，曾长期困扰着鲁迅。俊林对这一问题的分析是有着自己的特点的。

  有一种说法认为，五四新文化运动是全面反对和否定中国传统文化的，胡适、鲁迅这些人都是主张彻底断绝与中国传统文化的联系的。这种说法当然不符合事实。事实上，正是这批知识分子在整理和研究中国传统文化方面取得了重要成就。胡适的《中国哲学史》《白话文学史》、鲁迅的《中国小说史略》，都是这方面的代表著作。不仅如此，鲁迅的创作也表现出了和中国传统文化深刻而丰富的精神联系。从书中所写到的鲁迅对墨家学说的认同与继承，他的《故事新编》中对中国古代英雄人物的塑造，写作方法上对唐代传奇小说的借鉴以及旧体诗创作对中国传统诗歌创作艺术的继承与吸收，都可以看出鲁迅与中国传统文化的深刻联系。除鲁迅外，书中对郁达夫、废名、施蛰存、钱钟书等作家也都有自己的分析。郁达夫的小说创作前人研究较多，俊林的著作则较为细致系统地分析了他的旧体诗创作，是很可以弥补以前研究的不足的。废名的小说创作与中国古代文化联系密切，这一点在过去的研究中被反复指出过。俊林著作的特点在于，更进一步强调了其与六朝文学特别是佛教文化的联系，是很有学术价值的见解。另外，对施蛰存、钱钟书的创作的分析，也都有自己独特的视角和见解，相信读者在阅读中自能体会得到。

40 年代的延安文学是 20 世纪中国重要的文学现象，不仅在当时十分活跃，而且对 1949 年以后新中国文学的发展路向有着极其重要的影响。可以毫不夸张地说，新中国成立以后很长一段时间的文学，就是在延安文学的影响下成长和发展的。因此，研究 20 世纪中国文学，延安文学是绝不可以忽视的，更不能对这一时期文学采取轻率的否定态度，而应该珍惜这一段历史，重视这一时期文学的价值和意义以及它对以后中国文学的影响。俊林的著作所采取的正是这种态度。他通过对李季的长诗《王贵与李香香》的成就得失之分析，表达了自己对这首诗以及对延安文学的看法。应该说，这是实事求是的科学态度。

相对于习惯上所说的现代文学部分即 1949 年以前的部分，书稿中谈当代文学的部分篇幅较少，但即使是谈到为数不多的几位诗人和作家的创作，也都表现出作者具有自己特点的研究视角和见解，对人们认识新时期以来的文学定会有所帮助。读者们读这本书，也一定能够从中受到启发。

是为序。

任广田

2015 年 11 月 18 日

目　录

第一章　发现自我与认识社会 ……………………………………（1）

一　"我是我自己的"
——"五四"文学中的个性主义思潮 ………………………（1）

二　"救出自己"主题中的角色置换
——《伤逝》与《寒夜》的对比解读 ………………………（5）

第二章　鲁迅：一位激进的反传统者的浓烈古典情怀 …………（11）

一　苦行救世与反抗绝望
——谈鲁迅与先秦墨家学说的精神联系 ………………（11）

二　在"施之藻绘、扩其波澜"之外的"油滑"
——《故事新编》与唐代传奇文学 ………………………（17）

三　"清词丽句"堪比肩
——鲁迅的旧体诗创作与中晚唐诗风之因缘 …………（24）

四　鲁迅与《荡寇志》 …………………………………………（28）

五　"争天拒俗"的新文学批评 ………………………………（35）

第三章　郁达夫："生活，就是表现的过程" ………………………（42）

一　古典的优雅与从容 ………………………………………（42）

二　"衣冠憔悴客天涯"
——南洋诗作评析 …………………………………………（53）

第四章　废名：从"有限的哀愁"到"渐近自然"
——废名与六朝文学 ………………………………………（59）

第五章 施蛰存:在历史迷雾中寻找"新感觉"
　　——《鸠摩罗什》解读 ………………………………………（68）

第六章 钱钟书:"学人小说"的现代创造者 ………………………（76）
　一 关于文本 ……………………………………………………（77）
　二 "围城"意识 …………………………………………………（91）
　三 心理现实主义与智识型讽刺 ………………………………（94）
　四 道德的自律与他律 ………………………………………（100）

第七章 李季:新诗民歌化、大众化试验的一个范例
　　——《王贵与李香香》的重新解读 …………………………（105）

第八章 新时期的几位代表作家 ………………………………（115）
　一 北岛:在语言的丛莽里穿行自如
　　——读《时间的玫瑰》 ………………………………………（115）
　二 墨白:无法抗拒的宿命
　　——墨白新世纪以来的小说创作 …………………………（119）
　三 野莽:欲望与意志的较量
　　——谈《少年与鼠》 …………………………………………（131）

附　录 ……………………………………………………………（135）
　一 "十七年"的河南小说 ……………………………………（135）
　二 "文革"期间的河南文坛 …………………………………（152）
　三 谁在为文言文唱挽歌 ……………………………………（170）

后　记 ……………………………………………………………（174）

第一章　发现自我与认识社会

一　"我是我自己的"
——"五四"文学中的个性主义思潮

鲁迅先生曾经有言"魏晋时代是文学的自觉时代",乃指其时的文学主创者开始着意为文,文学不再沦为策论、诏诰以及碑诔一类可有可无的赘疣,而显示出了相对独立的意义。之所以称"相对独立",是因为此后的文学并未真正完全独立,它依然承担着诸如"经国之大业"(曹丕《典论·论文》)、"宣上下之象,明人伦之序"(挚虞《文章流别论》)、"文以载道"(周敦颐《通书·文辞》)等种种重负,文学自身的发展逐渐呈现出畸形化趋向。这种局面直至20世纪"五四"前后才被完全打破,不仅文学而且文人本身的个性得到了肯定和弘扬。在这个意义上,我们也可以说,"五四"时代是文人的自觉——"自我"觉醒——时代。

在"五四"时期,受着欧风美雨的浸润,文学中长期遭受压抑的一面被解放出来,要求挣脱束缚、自主自立的呼声日益高涨,形成了一股蔚为壮观的个性主义思潮。个性主义要求个体生命力的存在价值得到肯定,即每一个个体都有其独立性,有其自主权,而不再盲目地屈从于君主、宗族、家长等。用郁达夫的话说就是:"五四运动的最大的成功,第一要算个人的发见。从前的人,是为君而存在,为父母而存在,现在的人才晓得为自我而存在了。"① 翻开"五四"前后的文学作品,可以发现这种思想已成为主流,一些年轻的作者纷纷热情地赞扬自我,歌颂每一个有其独立生存价值的个体生命。他们热衷于"发现",举凡天上地下,或尊或卑,

---

① 郁达夫:《郁达夫文集》第6卷,花城出版社1983年版,第261页。

视野所及，无不纳入他们的笔端，并为这些"发现"由衷地感到自豪。即使一朵无名的野花、一棵孤立的小草，也会使他们欣喜万分，赞叹不已。正如陈乃棠的《归来》一诗所说："鹅黄的小花/探头在茸茸的细草之上/是招蝴蝶归来呀！"小花虽小，但她保持着自己朴素的个性，有其生存的价值，也有其追求的价值。它的"探头"、"招蝴蝶"蕴含着无限的生机，象征着自主意识的确立和自我尊严的维护。与之相联系，这一时期的作者们纷纷歌颂反抗，歌颂叛逆，反对封建压迫，反对家长专制，强烈要求树立一个自我的"新人"形象。这个"新人"是在与旧世界的反抗中敢于"把一切的星球来吞了"的"天狗"，也是在"满五百岁以后，集香木自焚，复从死灰中更生"的"凤凰"，同时还是勇毅顽强、要求熄了象征封建专制统治的"长明灯"的"疯子"，以及发现了"吃人"礼教罪恶、呼喊"救救孩子"的"狂人"。无论他们的行为本身得到了鼓励还是压制，其结果是喜剧还是悲剧，都被打上了鲜明的时代烙印，都是个性主义思想或隐或显、或浅或深的表现。

有一个十分突出的现象值得我们注意，就是这一时期的个性主义作品在婚姻爱情与家庭伦理道德方面找到了突破口，使得自我解放与婚姻解放、个性解放紧密地结合在一起。因为在年轻的作者们看来，婚姻的自主在很大程度上意味着独立人格的确立，没有自由的婚姻，其余一切都无从谈起。这就使得他们把火力集中于长期以来"父母之命，媒妁之言"的封建包办婚姻制度，控诉包办婚姻的种种罪恶，倡导婚姻自主。如淦女士的《隔绝》、台静农的《烛焰》等文均以此为主题，而叶圣陶的《一生》最为典型。女主人公伊15岁嫁到婆家，"抵得半条耕牛"，此后儿子死了，备受丈夫凌虐，丈夫死后她又被转卖。伊"简直是很简单的一个动物"，连做人的权利尚未取得，遑论个性解放了。这就提出了一个迫在眉睫的重要主题：妇女解放。从宋元以来，受理学思想的禁锢，中国妇女一直处于受压迫地位，被束缚以"三从四德"等重重的封建教条，使得她们只能是男权社会的凌虐对象与牺牲品。婚姻解放的前提与实质是妇女解放。当时的理论家们也已清醒地认识到了这一点，指出"在居人类的半数的女性，人格尚不被正确地认识，尚不能获得充分的自由，不能参与文化的事业以前，人类无论怎样的进化，总是偏枯的人类"①，"必须提高女

---

① 沈雁冰、周作人、胡愈之等：《妇女问题研究会宣言》，《晨报副刊》1922年8月1日。

子的人格与能力，使和男子一般高，使成促进社会的一员"①。因此，鼓吹妇女解放，要求承认妇女独立人格，构成了当时个性主义思潮的一个重要内容。鲁迅所著《伤逝》里的子君说，"我是我自己的，他们谁也没有干涉我的权利！"，便是呼吁妇女解放的先声。在此之前，胡适的独幕剧《终身大事》里的女主人公田亚梅给父母留条说"这是孩儿终身大事，孩子应该自己决断"，然后坐着汽车离开，虽然多少有些将婚姻解放与个性解放简单化、漫画化处理，但她毕竟说出了长期以来广大妇女的心声，在当时阴霾重重、闭塞落后的旧中国，足以惊世骇俗，振聋发聩。

　　在谈到"五四"时期的个性主义思潮时，有许多人总要从发生学的意义上将它与欧洲的文艺复兴运动相提并论，认为都是对千余年来禁欲主义的一场伟大反叛，都是人的身心的一次全面解放。所以晚年的胡适在忆及"五四"新文学时，也多次称之为中国的"文艺复兴"。若将"五四"时期的文学与14—16世纪欧洲文艺复兴时期的文学做一横向比较，就会发现二者确有许多相似之处。甚至可以说，欧洲文艺复兴时代的人文主义者就是"五四"时代个性主义者的先驱与楷模。无论是郭沫若在《凤凰涅槃》里欢唱道"火便是你，火便是我，火便是他，火便是火"，还是莎士比亚在《哈姆莱特》里称赞道"人类是一件多么了不起的杰作……宇宙的精华，万物的灵长"，二者在精神上其实是相通的，都是对真正意义上的"人"的价值的重新发现与肯定。但我个人一直有这样一个看法，即"五四"时期的个性主义思潮远没有文艺复兴时期的人文主义思潮影响那么深远，与延续了200多年的人文主义思潮相比，它不仅时间十分短暂，还不到十年的时间，而且其范围基本上局限在知识分子圈内。在文盲半文盲占绝大多数人口的中国，它的作用是十分有限的。而且在中国，提倡个性主义的知识分子大都有一个明显的缺陷，即很难对个性主义有一个准确的定位，在个性主义的背后拖着个人主义的可怕阴影。这种概念上的游移不定，使他们在诸如个性与共性、个体与集体、自尊与自律的关系问题上徘徊不前，无法得出明确的答案。从严格的意义上讲，中国从来就没有过鲁迅先生所谓的"敢说、敢笑、敢哭、敢怒、敢骂、敢打"，"站在沙漠上，看着飞沙走石，乐

① 沈雁冰：《妇女解放问题的建设方面》，《妇女杂志》第6卷第1号。

则大笑，悲则大叫，愤则大骂"一类真正的个性主义者。① 当我们翻阅"五四"时期这些作者的作品时，就会发现，他们一方面积极提倡个性，另一方面同时也存在着压制个性的趋向。例如冰心，在其著名的诗集《繁星》与《春水》里，她一方面说："青年人！/信你自己罢！/只有你自己是真实的，也只有你能创造你自己。"另一方面又说："墙角的花儿/当你孤芳自赏时/天地便小了。"一面要自我发展，自我创造，另一方面又要避免孤芳自赏，这两者本来是并行不悖的，可以很好地统一在一起。但在当时中国特定的现实土壤里，却难免要结出畸形的果实，即为了不孤芳自赏就必须时刻自觉或不自觉地压抑个性，发展共性，追求大众的认同。郭沫若于此表现得更为明显，他一边在《天狗》里歌颂自我，歌颂新生，"我便是我呀，我的我要爆了"；一边又在《炉中煤》里自比为一块煤，"我为我心爱的人儿/燃到了这般模样！"，提倡牺牲个性，为了祖国、民族或某一种信念（这种信念随时有被误导的危险，此处不再赘述）而奉献自己，消解个性。这表明，"五四"前后的个性主义者一开始就陷入了一种两难选择：要么发展个性，自主自尊；要么融合于大众，服从共性而最终泯灭个性。这一矛盾在提倡者本人身临重大的历史关头时往往表现得尤为激烈。最后或者共性消融了个性，使个性主义者本人以丧失个性为代价而在世俗的权力中受惠（如郭沫若）；或者坚持个性，特立独行而付出巨大的代价（如 20 世纪 40 年代的丁玲、1949 年以后的胡风等）。

总之，"五四"文学中的个性主义思潮在当时起到了积极的作用，但这种积极作用是有限的。它的意义在于打破了中国几千年来封建思想文化的禁锢，旗帜鲜明地要求个人独立和个性解放，从而拉开了从思想和文化上反对封建主义的序幕。"五四"文化的先驱者们所倡导的自我觉醒、尊重个性等思想在今天依然有其现实意义。正如 1908 年鲁迅先生在《破恶声论》一文中所呼吁的："人丧其自我矣，谁则呼而兴起？"直到今天，依然是敲响在我们每一个人耳边的警钟。要完成个性解放的使命，需要我们立足现实，保持清醒的头脑，一步一个脚印地去努力奋斗。

---

① 鲁迅：《鲁迅全集》第 3 卷，人民文学出版社 1981 年版，第 4、43 页。

二　"救出自己"主题中的角色置换

——《伤逝》与《寒夜》的对比解读

"救出自己"，不做传统道德礼教的牺牲品，是"五四"一代启蒙型知识分子的共识，也构成了新文化运动以来中国现代小说创作的一个新的主题。在这种情况下，素受歧视、在旧的封建伦理关系中处于最底层的女性自然成为主要的被关注对象。对于这些长期以来默默无闻地承受被侮辱与被损害命运的不幸者来说，摆脱旧式家庭的羁绊、争取恋爱自由与婚姻自主，是她们实现自我解放的主要方式。正如当时一位作者所主张的，"生在此刻中国的女子不但当以大胆与从容的态度处理自己的恋爱与死，还应以同样的态度来引导——不，我简直就说引诱或蛊惑男子去走同一的道路，而且使恋爱与死互相完成"①。在这方面，有两篇小说为我们提供了最佳的分析个案，即鲁迅的《伤逝》与巴金的《寒夜》。

《伤逝》写于 1925 年，《寒夜》则完成于 1946 年。它们处理的是同样的题材，即都是反映了一对青年知识分子的婚恋与家庭生活，最后都是以悲剧而告终。如果我们把这两篇小说置于同一个框架里来加以解读，就会发现，在这 20 多年的时间段落里，旧的礼教思想在新思潮的冲击下，几乎一败涂地：在《伤逝》的时代，封建伦理观念还一度表现出凌厉的攻势；而到了《寒夜》的时代，它已经成了强弩之末。而且，尽管这两篇小说都有着"救出自己"的相似主题，但其中的男女角色却发生了戏剧性的变化。在《伤逝》中是涓生使懦弱的子君默默地离开，而在《寒夜》里则是曾树生从垂死挣扎的汪文宣身边毅然地出走。这一变化本身也是意味深长的。

如果按照传统小说的安排，《伤逝》与《寒夜》肯定分别难以摆脱男性"始乱终弃"与女性"不安于室"的情节俗套及其相应的道德评价。但现在，在西方启蒙思潮被引进以后，我们看到的是一种具有现代意义的反省。这种反省是以个性主义与人道主义之间的尖锐冲突而展开的，并且呈现出一种此消彼长的态势。在小说里，涓生与曾树生最终都拒绝了被殉葬的命运。这时的个性主义的确大获全胜，但人道主义同时也隐匿得无影

---

① 　周作人：《新中国的女子》，《泽泻集》，河北教育出版社 2002 年版，第 66 页。

无踪。因为当个性主义失却了人道主义的支撑背景后，便不可避免地变成个人主义与利己主义。这样一来，个性主义的胜利就不可能是彻底的，而只能是暂时性的。在个性主义再次遭受挫折的时候，便会很自然地出现人道主义的忏悔。所以，涓生既对子君说出了无爱的真实，又为子君的死感到痛悔，《伤逝》便是以"涓生的手记"的形式所写下的一部忏悔录、血泪书。同样，曾树生也曾毅然决然地出走，却终于在一个冰冷的寒夜里返回故地，孤独地去寻访汪文宣的消息。人道主义与个性主义，这一对在西方资本主义上升时期本是如影随形的孪生兄弟，当它们被原样搬运到半殖民地半封建的现代中国社会里，便不可避免地陷入了"兄弟阋于墙"的尴尬局面。在这方面，我们可以看出鲁迅与巴金的相同之处：他们都接受了西方个性解放思想的影响，而对于中国传统伦理中所谓的温、良、恭、俭、让以及"以忍为德"等表示了极度排斥的鲜明立场。的确，这些都是"吃人"的封建旧道德，是杀人不见血的软刀子，但在新旧转型的特定中国现实里，放弃了它们，同时也就放逐了人道主义；而另一方面，对于人道主义的认同，恰恰在某种程度上，就是与封建道德观念的合流。现代启蒙派作家便是处于这样一种两难的困境。

无论是《伤逝》里的子君与涓生，还是《寒夜》里的汪文宣与曾树生，他们都是在"五四"新思潮洗礼下成长起来的一批新人。他们在没有举行任何仪式的情况下一起同居，对于传统礼教做出了彻底的叛逆姿态。可以说，他们的最大敌人已经不再是旧的伦理道德，而是新的生活危机。危机的来源一方面固然是现实的经济压力，另一方面则是由于此前的他们对于爱情抱持了过高的期望。他们并没有把爱情看成是独立的，而是在它上面寄托了过多的东西，使得爱情本身不堪重负、艰于行步。当爱情并没有伴随着他们所希望得到的一切时，爱情便让他们产生厌倦，并最终感到失望。在这种情况下，他们不是反思爱情本身，而是将一切归结于施爱的对象，并很自然地把与对方的分离看作是自己迈向新的生路的第一步。在涓生的眼里，子君已经失去了一个志同道合者共同战斗的志趣，而完全沦落为一个有着极强依赖性的家庭主妇：她不再看任何书籍，而以侍弄小油鸡与阿随为主要的事业。所以涓生以为，"新的希望就只在我们的分离"。于曾树生而言，现实生活中的丈夫既然只是一个懦弱无用的老好人，她便自然要时时发出"为什么还要守着他"的自我责问。这样，因美好的理想而结合的婚姻，最终又会因现实的冷酷而被毁掉。这实际上是困扰着中国现代知识分子的一个普遍性问题。例如，在同一时期叶圣陶的一部长篇小说《倪焕之》里，男主人公倪焕之也表露了相同的失望，在与金佩璋因相恋而结合以后，他便深感"有了一个妻子，但失去了一个恋人、一个同志"的寂寞与痛苦。

应该说，涓生与曾树生并不缺乏严格的自我反省精神。是救出自己，还是跟着一起沉落？对于他们来说，这是一个十分艰难的选择。他们的灵魂在理想与现实发生龃龉的情况下，充满了种种的犹疑与挣扎。因为在严酷的现实条件下，物质与精神之间的关系永远都是那么的紧张，不容有多少人道的选择。在救出自己身体的情况下，就不可避免地要面对灵魂的沉落；而放弃任何一方都意味着要付出相应的惨重代价。涓生认为："只要能够远走高飞，生路还宽广得很。现在忍受着这生活压迫的苦痛，大半倒是为了她。"在极度的困窘中，他认识到"人必生活着，爱才有所附丽"。所以，当看到子君"磨炼的思想和豁达无畏的思想，到底也还是一个空虚"之后，他终于不愿苟安于虚伪，而对子君说出无爱的真实，"为的是免得一同灭亡"。同样，曾树生意识到"她应该飞，她必须飞，趁她还有翅膀的时候"。对于她来说，她的翅膀不是别的，正是她的青春、她的充满了活力的年轻生命。她"爱动，爱热闹"，"需要过热情的生活"。尽管她曾经有过理想，也有过为理想而工作的勇气，但现在"只想活得痛快一点，过得舒服一点"。诚然，她在内心深处也有过"我为什么就不能牺牲自己"的自我谴责。但另一方面，她觉得自己有追求幸福的权利："我需要幸福，我应该得到幸福。"应当说，这是一种并不过分的要求。因为不论是物质上还是精神上，她都没有得到满足：物质上的匮乏与精神上的贫瘠，几乎是同时出现的。在曾树生看来，她与汪文宣现在既不志同也不道合了，"他们睡在一起，心却隔得很远"。她对于汪文宣只有同情，在同情里夹杂着一种恨铁不成钢的遗憾："这个世界并不是为了你这种人造的。你害了自己，也害了别人……"

值得我们注意的是，尽管在被依附者这一方，爱情已然消逝，而对于依附者的一方来说，他们的爱情依然是那么深挚。生活中的子君与汪文宣显得懦弱，他们缺乏行动的力量，但他们并不缺乏爱，以及为这种爱所奉献出的一切。相对于涓生与曾树生来说，子君与汪文宣都表现出了强烈的自我牺牲品格。这种自我牺牲品格其实依然是建立在爱情的基础之上的。子君在离开时，将两人生活材料的全部都留下来，在无言中让涓生借此去维持较久的生活。汪文宣也在贫病交加中，还不忘预支一部分薪水来给妻子买生日蛋糕。对于对方的爱，几乎构成了他们自我生活的全部内容，是爱支撑着他们顽强地生活着。可以说，爱情就是他们的宗教，为之他们献祭出自己的一切，甚至生命。虽然严酷的社会现实是导致他们不幸命运的根本原因，但谁能说得清，在他们个体生命的消亡上，对方无爱的冷漠是怎样构成了最后的致命一击？

子君与汪文宣并不是天生的弱者，他们只是特殊时代的特殊产儿，是时代造就了他们，时代让他们变得懦弱。子君曾是一个勇敢的新女性，她与涓生一起"谈家庭专制，谈打破旧习惯，谈男女平等，谈伊孛生，谈泰戈尔，谈雪莱……"。她也曾经说过"我是我自己的，他们谁也没有干涉我的权利"的豪言壮语，却终于还是一个依附者。她为从庙会买来的叭儿狗起名为"阿随"。随者，随顺也，正是封建婚姻道德中的所谓"嫁鸡随鸡，嫁狗随狗"之意。涓生自言"不喜欢这名字"，也是出于对这种依附思想的不予认同。但于子君而言，在如此现实情境下，除了扮演这种依附者的角色外，她还能有什么更好的出路？汪文宣也曾经"脑子里满是理想"，要投身教育事业，兴办乡村化、家庭化的学堂，却终于在残酷的现实面前低下了自己高贵的头颅。他的崇高理想，不仅没有使他摆脱困窘的生存状态，反而成为他在这个冷酷无情的社会里获得世俗幸福的最大障碍，它阻止着他向世俗沉沦。即使真的沉沦，也不会那么心安理得，而注定要伴随着痛苦的自我反省与不断的心灵煎熬。他的温顺善良，也使他在现实社会中只是一个无用的老好人、一个现代中国社会里的"多余人"。他对着母亲抱怨说："我们没有抢过人、偷过人、害过人，为什么我们不该活呢？"他到死也没有明白：在这个弱肉强食、巧取豪夺的社会里，正因为他没有抢过人、偷过人、害过人，所以他才不该活。汪文宣的悲剧，在那个特殊的时代里是具有代表性的。在写于 30 年代的《家》里，巴金批判了觉新的作揖主义，让觉慧勇敢地出走。然而谁能保证，在严酷的 40 年代，在沉重的生活压力面前，早年追求理想的觉慧不会成为另外一个汪文宣？

子君与汪文宣诚然都是依附者，但在冷酷无情的社会现实面前，谁有权利去谴责这种依附？社会又从哪些方面为他们敞开过可以不去依附别人的道路？即使是为汪文宣所依附的曾树生，又何尝不是别人的依附者？1923 年 12 月 26 日，鲁迅在北京女子高等师范学校做了《娜拉走后怎样》

的著名演讲，对"五四"以来蔚然一时的女性解放运动提出了质疑。面对的是受过新思潮洗礼的新女性，讲的又是与女性解放有关的话题。他一针见血地指出："倘从事理上推想起来，娜拉或者也实在只有两条路：不是堕落，就是回来。"子君与曾树生都勇敢地从封建旧式家庭中走出，走进了自己参与组建的新式家庭，最终又在社会因素与个人因素的合力下被迫离开这个新的家庭。子君是回来了，最后走向了连墓碑也没有的坟墓。曾树生也一度回来了，却发现自己已是无家可归，而终于又一次寂寞地走出。在那样一个寒冷的冬夜里，她能到哪里去呢？她最大的可能依然是飞往兰州，去依附那个陈主任。但出于物质的煎熬而去过那种无爱的生活，则无疑是一种堕落。她只能和涓生一样——"向着新的生路跨进第一步去，将真实深深地藏在心的创伤中，默默地前行，用遗忘和说谎来做我的前导……"

我们很难想象涓生与曾树生以后在勇敢面对生活的时候，还会不会同时勇敢地面对自我，面对那些隐藏在自我灵魂深处的过去的阴影。尽管他们可以选择"遗忘和说谎"，但说谎也许十分容易，遗忘却未必那么轻松。涓生希望真有所谓地狱，在孽风怒吼中寻觅子君，当面说出自己的悔恨与悲哀。而这种悔恨与悲哀又是什么呢？——为了已经丧失了的爱做出虚伪的承诺吗？还是一如既往地为追求真实而将痛苦与死亡给予对方？至于曾树生，虽然她最后似乎又鼓足了勇气，自言"会有时间决定的"；但环境的残酷依然是那么真实，黑暗与寒冷无所不在。而且新的生路在哪里，她并没有考虑清楚。她和涓生一样，更大的可能是，选择了对于世俗的迁就。也许他们最终有机会成为生活中的胜利者，但同时也是自己早年理想的失败者。就像鲁迅另一篇小说《孤独者》里的魏连殳一样，在理想碰得头破血流之际，终于向世俗举起了降旗——"我已经躬行我先前所憎恶，所反对的一切，拒斥我先前所崇仰，所主张的一切了。我已经真的失败，——然而我胜利了"。

如果以文本阐释的方式来考察社会，从《伤逝》到《寒夜》，这种在"救出自己"的主题下所发生的角色置换，是否意味着女性强势话语的出现，而男性话语则相对萎缩于边缘地位呢？答案显然并不是那么乐观的：因为曾树生只是从一个男性的阴影里走出来去依附于另一个男性，在根本上并没有摆脱这种依附性的角色。正如巴金后来所指出的，"曾树生一直坐在'花瓶'的位子上，会有什么出路呢？她想摆脱毁灭的命运，可是人朝南走绝不会走到北方"①。这表明，在那样一个特定的时代里，所谓女性的自我解放，大多只是停留在纸面上的呐喊，其现实道路依然漫长而充满艰辛。

---

① 巴金：《谈〈寒夜〉》，《中国当代文学研究资料：巴金专集》，江苏人民出版社 1981 年版，第 541 页。

第二章　鲁迅：一位激进的反传统者的浓烈古典情怀

一　苦行救世与反抗绝望
——谈鲁迅与先秦墨家学说的精神联系

众所周知，在五四新文化运动前后，鲁迅是以一种激进的反传统姿态介入中国现代史的。这种"从旧垒中来，情形看得较为分明，反戈一击，易制强敌的死命"的决绝姿态，① 是那个已渐行渐远的时代留给今天的我们的一幅最为生动壮丽的图景。值得注意的是，鲁迅虽然高举反传统的大纛，他在本质上依然是一个传统主义者。他的个人生活态度、立身行事原则乃至最为基本的写作方式，都打上了传统的深厚烙印。显然，从小就浸淫濡染于其中的传统，已经内化为鲁迅的血肉筋骨，构成其完整生命的一个有机组成部分。这也决定了在与传统决裂的过程中，鲁迅势必要采取一种近乎剔骨还父、削肉还母的自残方式。那种精神上血肉剥离的惨烈痛苦，当为其本人所深味。由此也必然导致一个后果，即鲁迅的反传统不可能是彻底的。他只能将传统作为一个整体而颠覆其结构性的功能，但无法拒绝传统中的某些细部以更为零散也更为潜在的方式渗透其个人思想与灵魂的深处，并发挥巨大的影响作用。

正因为传统的碎片无远弗届、无孔不入，使得鲁迅在在处处感受到了它的巨大压力却又无力摆脱，于是便只能以"反抗绝望"的形式表现出来，由之生发出一种十分吊诡的局面：以传统来反传统，用远古传统来反对近古传统，表面上的反传统与内里的屈从传统纠葛不清。如此种种，构

---

① 鲁迅：《写在〈坟〉后面》，《鲁迅全集》第 1 卷，人民文学出版社 1981 年版，第 286 页。

成了鲁迅内在的矛盾、犹疑与挣扎，如他自己所谓的"我自己总觉得我的灵魂里有毒气和鬼气，我极憎恶他，想除去他，而不能"①。对此，夏济安先生曾有过深入的分析。他指出，鲁迅的作品中充满了浓重的黑暗面，其来源有二："一是传统的中国文学与文化，一是作者本身不安的心灵。"② 显然，这两个方面又是彼此牵制、互为因果的。

由于自两汉以来，中国文化结束了此前百家争鸣的局面而渐趋整合，到了宋明以后愈益封闭自固、卑弱以守，所以鲁迅对这些经典的传注索引派或所谓的再阐释派都弃而不顾，而直接返归经典本身。他追溯中国传统文化的源头，将视野定格在春秋战国这个中国思想文化大放异彩的历史时期，从发生学的意义上考察各派思想学说存在与发展的合理性根源。在他看来，以老庄为代表的道家学说泯灭基本的价值标准，"彼亦一是非，此亦一是非"，片面强调全身保命、远离社会，故而无足取。《故事新编》里的《出关》《采薇》《起死》诸篇，便以或荒诞或苍凉的叙事方式，宣告了道家思想的破产。而后来占据了统治地位的儒家学说在面对具体的现实困境时，往往模棱两可，"今天天气哈哈哈"，并打着"仁义道德"的幌子行残酷冷漠的"吃人"之实，也一样要不得。至于讲求"法"、"术"、"势"三位一体的法家学说，则赤裸裸地为封建帝王的专制独裁张目，严明峻刻而不近情理，更是等而下之。所以相形之下，鲁迅对于主张"兼相爱，交相利"的墨家思想情有独钟，在其杂文与小说作品中做了较多的肯定。可以说，正是在与传统维系这种"剪不断，理还乱"之关系的尴尬处境中，鲁迅与墨家学说保持了最为深厚的精神联系。

墨家学说在先秦时期本为显学。《韩非子·显学篇》里即有"世之显学，儒墨也"的说法。秦朝短命而亡，其时法家学说俨然主流，墨学渐趋式微。至两汉时期，随着长期稳定的大一统王朝建立，儒学一统天下，墨学几成绝响。从先秦时期的显学沦为两汉以后的绝学，墨学的命运遭际与专制统治者的着力弹压密不可分。与其他学说的不同之处在于，墨家学说并非一徒事口辩的虚玄之学，而是有具体组织形式的。其分工极为精细严密，并在社会上发挥着自己的实体性功能。这必然会给素有"普天之下，莫非王土"意识的专制帝王造成一种自身权力存在罅隙的恐惧。汉

---

① 鲁迅：《致李秉中》，《鲁迅全集》第 11 卷，人民文学出版社 1981 年版，第 431 页。
② 夏济安：《夏济安选集》，辽宁教育出版社 2001 年版，第 21 页。

武帝时期对于侠客朱家、郭解一流的强力镇压,最为典型地体现了皇权专制力量与民间侠义力量之间的势不两立。随着皇权势力的日益巩固与地方诸侯势力的日渐颓败,也就从根本上摧毁了墨学赖以存在的物质基础。在此后两千多年的历史中,墨学一直归于沉寂。直至清末民初时期才再度大兴,一时蔚然成为主流。

清末民初的墨学大盛,与其时国势颓微、时局维艰有很大关系。在儒学正统坍陷、西学纷纭汗漫之际,一些有识之士之所以推崇墨家学说,正是看出了墨子苦行以救世的一番苦心。梁启超于戊戌政变后流亡日本,在其所著的《子墨子学说》叙论里倡言:"杨学遂亡中国。今欲救之,厥惟墨学。"政治立场素来保守的著名学者俞樾也指出:"墨子则达于天人之理,熟于事物之情,又深察春秋、战国百余年时势之变,欲补弊扶偏,以复之于古。郑重其意,反复其言,以冀世主之一听。虽若有稍诡于正者,而实千古之有心人也。"① 在这种情况下,他们对于墨家学说及墨子本人都做出了较高的评价:"墨子之学说,固陈义圆满,而其人格之伟大崇高,及所以救世之急者,不独在二千年之中国史中无其俦匹,即求之世界史中,亦不一二觏也。"②

当国势鱼烂、民族危亡的关头,鲁迅处身其间,自不可避免地要受到这一时代风潮的裹挟。据周作人回忆,他与鲁迅早年都嗜读梁启超主编的《新民丛报》与章太炎主编的《民报》等报纸杂志,对在上面经常刊发的一些旧学新阐的文章颇为赞赏。留日期间,他们又一度师事章太炎,到东京的《民报》社馆听其讲学,执弟子礼甚恭。章氏虽非墨学的专门研究家,但对于墨学素所重视。他十分认同墨家学说中的"尚贤"主张,而反对道家所主张的"不尚贤,使民不争",以为"老聃不尚贤,墨家以尚贤为极,何其言之反也? 循名异,审分同矣。老子言贤者,谓名誉谈说才气也;墨子言贤者,谓材力技能功伐也"③。青年时期的鲁迅对于章太炎服膺有加,自然也会受其主张之深刻影响。

如果说,章太炎对于墨学的兴趣依然是立足于"考镜源流"的基础之上而试图开辟一种新的诸子学研究方法的话,那么鲁迅与乃师显然不

---

① 俞樾:《墨子间诂》序,载孙诒让《墨子间诂》,中华书局 2001 年版,第 1 页。
② 方授楚:《墨学源流》,转引自蔡尚思主编《十家论墨》,上海人民出版社 2004 年版,第 6 页。
③ 章太炎:《国故论衡》,上海古籍出版社 2003 年版,第 112 页。

同。对于墨家学说本身的学理性层面，他甚少兴趣，而更为关注其思想的内里以及它在 20 世纪中国社会可能发生的现实意义。具体说来，鲁迅对于墨家学说的认同主要趋向于两个方面：一是它的苦行救世；一是它的行侠仗义。正是依托这两个主要层面，鲁迅在自己与墨家学说之间建立了深厚的精神联系。

在鲁迅的眼里，墨家学说的提倡者都是一些脚踏实地的施行者，这与群聚终日、言不及义的儒家空谈者形成了鲜明的对照。事实上，鲁迅本人就是一个行动者。除却新文化运动与女师大风潮外，他一生还先后参与"自由运动大同盟"、"左联"与"民权保障同盟"等组织，开展广泛的社会活动，也积极号召青年们这样去做。在 1925 年回答《京报副刊》的提问时，他就说过："现在的青年最要紧的是'行'，不是'言'。"① 言则为儒，行则为墨，鲁迅反对虚言遥辩，而重视亲身践行。尽管他对于儒墨两家的分辨有悖历史真实，因为据《淮南子·要略》："墨子学儒者之业，受孔子之术。"儒墨之间是存在着极为深厚渊源关系的。鲁迅自己也曾写有《在现代中国的孔夫子》，对原始儒家的创立者多有同情。在《汉文学史纲要》里，他还说过："儒墨二家起老氏之后，而各欲尽人力以救世乱"，"儒者崇实，墨家尚质，故《论语》《墨子》，其文辞皆略无华饰，取足达意而已"②。但这些都似乎并没有影响到他对于儒家所特别怀有的反感。相反，他往往喜欢让儒墨两家同时面对现实的困境而做出不同的反应，在对墨家加以充分肯定的同时也对儒家做出否定性的评价。小说《理水》里的大禹，作为墨家的代表人物，"八年于外，三过家门而不入"地忙于治水，而"文化山"上聚集了一群高谈性理、言不及义的知识分子，俨然是现代儒者的化身。《非攻》里的墨翟亲到楚国游说以制止战争，而曹公子则在宋国的城头做空头演讲，高谈所谓的"宋国的民气"，大言"我们都去死"。《奔月》里的后羿是一个带有几分苍凉感的英雄，虽功业已逝而内心孤独，却也拒绝来自世俗社会的所谓"老爷还是一个战士"的廉价赞誉，直斥之为"放屁"。《补天》中的女娲为"补天"大业投入了自己全部劳动乃至整个生命，而古衣冠的小丈夫则津津乐道于所谓的"裸裎淫佚，失德蔑礼败度"的礼教大防。总之，儒家惯于涂脂抹

① 鲁迅：《鲁迅全集》第 3 卷，人民文学出版社 1981 年版，第 12 页。
② 鲁迅：《鲁迅全集》第 9 卷，人民文学出版社 1981 年版，第 363—364 页。

粉、掩盖真相，而墨家则求真务实、砥砺以行。正是在与儒家小丑行径的鲜明对比中，处处都显示出墨家的伟大。他们总是"席不暇暖"、"突不暇黔"地奔忙于路途之中，一点一滴地去做，一砖一瓦地从事建设性的工作。鲁迅在《中国人失掉自信力了吗》一文里谈道："要论中国人，必须不被搽在表面的自欺欺人的脂粉所诓骗，却看看他的筋骨和脊梁。"就其个人立场而言，前者显然是儒家的道德伪善者，而后者则是脚踏实地、身体力行的墨家传人。

墨家不仅是苦干者、施行者，同时也是和平主义者。他们反对以大欺小、以众暴寡、以强凌弱的各种非正义战争。这一点，也是鲁迅极为推崇墨家学说的一个重要原因。《墨子·非攻篇》可谓是一篇反战的宣言书："今尽王民之死，严下上之患，以争虚城，则是弃所不足，而重所有余也。为政若此，非国之务者也。"反战是为了求得和平，但和平是彼此的相互尊重，平等以待，并不意味着一味的无原则的妥协。一旦在遭受到不公正的欺凌时，则有必要进行合理的反抗。这使得墨家普遍讲求勇武自强，如陆贾《新语·思务》所谓"墨子之门多勇士"。《淮南子·泰族训》里也说："墨子服役百八十人，皆可使赴火蹈刃，死不旋踵。"这些都充分显示了墨家门派重侠义、轻死生的品格。对于此等态度，鲁迅显然也是颇为心仪的。我们且看小说《铸剑》里的"黑色人"的登场："前面的人圈子动摇了，挤进一个黑色的人来，黑须黑眼睛，瘦得如铁。他并不言语，只向眉间尺冷冷地一笑，一面举手轻轻地一拨干瘪脸少年的下巴，并且看定了他的脸。""黑色人"自始至终话语不多，他是一个行动的人，在沉默中显示出巨大的力量，与眉间尺的软弱萎靡形成了强烈的反差。《奔月》看似描述了一个英雄末路的故事，但其实作为英雄的后羿曾经为民射日，诛杀猛兽，兴利而除弊，也是一个真正的侠客。且看作者在书中的一段描写："他一手拈弓，一手捏着三枝箭，都搭上去，拉了一个满弓，正对着月亮。身子是岩石一般挺立着，眼光直射，闪闪如岩下电，须发开张飘动，像黑色火，这一瞬息，使人仿佛想见他当年射日的雄姿。"我们读此段文字，当可体会到鲁迅对于侠士气概的由衷赞赏。

当然，鲁迅毕竟是现代中国人，他不可能完全认同产生于两千多年前的墨家学说中的所有主张，所以在对墨家学说加以吸收借鉴时，还是做了必要的取舍。例如，他有意剔除了墨家学说中的维护专制统治与迷信天道的思想。这可以说是反主流传统而实际上又皈依另一种传统的鲁迅苦心之所在。像《墨子·尚同篇》中所谓"凡国之万民，上同乎天子，而不敢自下比。天子之所事必亦是之，天子之所非必亦非之"，与鲁迅一生坚持反专制的思想立场当然是格格不入的。此外，在《墨子》一书中的《天志》《明鬼》诸篇里，还保存了大量非常浓厚的封建迷信思想，鲁迅对此显然都忽略不计。如在《天志》上篇里，墨子指出："然则天亦何欲何恶？天欲义而恶不义。然则率天下之百姓以从事于义，则我乃为天之所欲也。我为天之所欲，天亦为我所欲。然则我何欲何恶？我欲福禄而恶祸祟。若我不为天之所欲，而为天之所不欲，然则我率天下之百姓以从事于祸祟中也。然则何以知天之欲义而恶不义？曰：天下有义则生，无义则死。有义则富，无义则贫。有义则治，无义则乱。然则天欲其生而恶其死，欲其富而恶其贫，欲其治而恶其乱。此我所以知天欲义而恶不义也。"将生死、贫富、治乱等现实利害与抽象的"义"结合在一起，"义"为天志，是上天意志的集中表现，但实际上它还是充当了一个人的代言者的角色。因为判断事物是否合"义"，还须依赖于具有独立情感意志的人。在某种程度上，这和《尚书·周书》中的"天视自我民视，天听自我民听"的思想是很接近的，实际上都是一种极为原始朴素的因果报应观念。章太炎曾对此表示出某种同情的理解："明鬼之道，自古有之，墨子传之，以为神道设教之助，亦有所不得已"，"墨子明鬼，但能称引典籍而不能明言其理，盖亦远承家法，非己意所发明也"。① 但鲁迅对此似乎并不乐于认同。择善而从，显示出鲁迅对于墨家学说所采取的一种积极态度。

最后，就鲁迅本人而言，他身上的墨家学说成分，显然也更多了几分现代色彩，是现代人对于自身所处环境有了清醒认识之后又无力摆脱的一种苦苦挣扎。如果说墨子还不免将自己的努力寄托在所谓的"天志"之上，用"义"的最终肯定来掩盖自己内心的苍凉，那么鲁迅的这种挣扎就是在无所待的情况下进行的。因为一无依傍而只能反诸己身，所以又是悲观中的乐观，消极中的积极，绝望中的希望。正如他在《野草·墓碣文》里所说的："于浩歌狂热之际中寒；于天上看见深渊。于一切眼中看见无所有；于无所希望中得救。……"以消除所有希望的心态来迎接真实的绝望到来，而"绝望之为虚妄，正与希望相同"，绝望的顶端同时也

---

① 章太炎：《国学讲演录》，华东师范大学出版社 1996 年版，第 215—217 页。

意味着希望的展开。这里没有彼岸世界,没有救世主,自己做主,自己行动,也自己负责。在现代中国社会,鲁迅正是以"反抗绝望"的姿态,以"纠缠如毒蛇,执着似怨鬼"的韧性战斗精神,完成了对于先秦墨家学说的遥远回应。从某种意义上也可以说,鲁迅本人就是出现在 20 世纪中国的一位具有浓厚现代意识的墨家学派之真正传人。

二 在"施之藻绘、扩其波澜"之外的"油滑"
——《故事新编》与唐代传奇文学

作为鲁迅先生晚年的重要代表作,《故事新编》以其滑稽突梯、借古讽今的独特表现手法而为当时文坛所瞩目。在这部总共包含了八个短篇的小说集里,作者取材于"神话、传说及史实的演义",塑造出了女娲、后羿、大禹、墨翟等一系列栩栩如生的人物形象。因为"格式的特别",在当时的文坛以至后来的文学史中引起了广泛的争议。对其文学成就高下的评价,至今依然言人人殊、毁誉不一。笔者则一直坚持认为,《故事新编》是一部极具特色的现代小说经典之作,尽管八个短篇的质量参差不齐。但这里并无再置喙于此类琐屑争议的兴趣,只是试图就其具体的创作技法之影响与继承方面,作一些沿波溯流式的个人探讨。

在过去,研究界较多地强调西方现代小说对于《故事新编》的创作所发挥的巨大作用,而相对忽视了中国旧小说更为深层次的潜移默化的影响。事实上就研究本身而言,这种一味推崇外来资源而完全鄙弃本土传统的做法,显然是不够客观的。鲁迅固然是一位世界性的作家,但也同时是一位民族性的作家,这就注定了民族文化对于他的深厚濡染。具体在小说创作方面,自然也不例外。其实早在 30 年代,苏雪林就曾指出:"鲁迅好用旧小说笔法……他不惟在事项进行进展时,完全利用旧小说笔法,寻常叙事时,旧小说笔法也占了十分之七八,但他在安排组织方面,运一点神通,便能给读者以新的感觉了。"[①] 这一评价是十分中肯的,所谓"旧小说笔法",在很大程度上即是指鲁迅长期以来一直悉心研究且颇有心得的唐代传奇文学;而"神通"、"新的感觉"云云,则表明鲁迅的小说既

---

① 苏雪林:《〈阿Q正传〉及鲁迅创作的艺术》,载王瑶《鲁迅与中国文学》,陕西人民出版社 1982 年版,第 30 页。

继承了唐代传奇文学之长，又有效地摆脱了那种一味通过铺陈情节以宣扬封建教化的窠臼，从而成为真正意义上的现代小说。

鲁迅对于唐代传奇文学的兴趣，可以追及他早年所受的教育。据周作人的回忆，鲁迅很早就不喜欢正统的封建载道文学，十分厌恶所谓的"唐宋八大家"以及后来的"桐城派"；相反，对于野史稗乘与历代笔记丛话一类却情有独钟。早在三味书屋读书时期，他给自己买的第一部书便是《唐代丛书》，里面的内容十分芜杂，其中就包括了不少的唐人传奇笔记之类。在南京矿路学堂期间，除了正课以外，业余的时间鲁迅大部分都用来阅读屈原、魏晋六朝文章与唐代传奇文学。这些早年的阅读经历，自然为他此后从事唐代传奇文学的研究工作，以及有意借鉴唐传奇的技法从事现代小说创作打下了坚实的基础。

1924 年 3 月，鲁迅完成了《中国小说史略》一书。从小说源流的角度，他给予唐传奇以极高的评价："传奇者流，源盖出于志怪，然施之藻绘，扩其波澜，故所成就乃特异，其间虽亦或托讽喻以纾牢愁，谈祸福以寓惩劝，而大归则究在文采与意想，与昔之传鬼神因果而外无他意者，甚异其趣矣。"① 1927 年 9 月，鲁迅又正式编订了《唐宋传奇集》一书。其中的序言里写道："胪于诗赋，旁求新途，藻思横流，小说斯灿。"② 可见，鲁迅对于唐传奇的大加赞赏，是包含着一位文学史家的高度自觉的。他从文学发展史的眼光去称道这些不为当时人所看重的小说，以为它们"篇幅曼长，记叙委曲。时亦近于俳谐"③，与魏晋六朝小说的简古粗率相比，有了很大的进步："虽尚不离于搜奇记逸，然叙述宛转，文辞华艳……而尤显者乃在是时则始有意为小说。"④ 这里，鲁迅注意到了唐代传奇文学作者的"始有意为小说"的特点，说明他非常看重创作者本人主体意识的自觉性。因为只有具备了较为明确的主体意识，作家的创作心态才能够从容自由，进而可以驱遣自如。正是因为当时作者们的这种"有意"，才使得唐传奇在很大程度上避免了堕入此前魏晋六朝小说所惯

---

① 鲁迅：《鲁迅全集》第 9 卷，人民文学出版社 1981 年版，第 70 页。

② 鲁迅：《鲁迅全集》第 10 卷，人民文学出版社 1981 年版，第 140 页。

③ 苏雪林：《〈阿 Q 正传〉及鲁迅创作的艺术》，载王瑶《鲁迅与中国文学》，陕西人民出版社 1982 年版，第 30 页。

④ 苏雪林：《〈阿 Q 正传〉及鲁迅创作的艺术》，载王瑶《鲁迅与中国文学》，陕西人民出版社 1982 年版，第 30 页。

有的以幻为真、因果报应的恶趣，取得了较高的艺术成就；而且作为一种新的创作趋向，它开始对此前一直高居于庙堂之上的正统诗文作品产生冲击，为此后的长篇小说与戏曲等新型文艺形式的诞生奠定了深厚的基础。

作为一名自觉的研究者，鲁迅在很大程度上继承了清儒家法，有着乾嘉学派的谨严；但他同时也是一个富有浓厚现代启蒙意识的文学家，他研究唐传奇的目的，并不在于琐碎的考证，主要仍是为了批判地整理我们民族的文学遗产，为了今后的文学实践。"鲁迅对于古典文学的继承本来是带创造性的、有发展的，并不是简单的模拟；他的吸收和学习是经过溶化的。"① 《故事新编》的写作，即为我们在这方面提供了一个典范。

在写于 1935 年的《故事新编》序言里，鲁迅谈到自己这部书的写作方法："叙事有时也有一点旧书上的根据，有时却不过信口开河。""旧书上的根据"自然是指小说的核心内容稍稍照顾到了基本的历史事实，"信口开河"则表明作者在此基础上发挥了充分的主观想象。与早期的《呐喊》与《彷徨》一味淡化情节与辞采的创作风格有显著不同，《故事新编》是较为看重情节与辞采的，这在很大程度上归因于鲁迅对于唐代传奇文学的吸收借鉴。在鲁迅看来，所谓"施之藻绘，扩其波澜"以及"大归则究在文采与意想"，即是指唐传奇于情节设计与辞藻铺陈两个方面，都表现得淋漓尽致。

先谈情节设计。注重情节设计，是唐传奇一个极为突出的特点。鲁迅曾引用明人胡应麟的话说"唐人乃作意好奇，假小说以寄笔端"。正是因为"作意好奇"，所以在结构章法上，唐代传奇文学极尽了迂回曲折、缠绵悱恻之能事。鲁迅评价白行简的《三梦记》"叙述简致，而事特瑰奇"，又特别称赏其《李娃传》的叙事"近情而聳听，故缠绵可观"②。此外，他还认为元稹的《莺莺传》"时有情致，故亦可观"③，沈既济的《枕中记》"诡幻动人"④。这里所谓的"瑰奇"、"情致"、"缠绵"、"诡幻动人"云云，都说明鲁迅看到了唐传奇注重情节设计的这一重要特征。这种设计体现在故事讲述的波澜起伏与结构章法的曲折有致，避免了魏晋六

---

① 王瑶：《论鲁迅作品与中国古典文学的历史联系》，《中国现代文学史论集》，北京大学出版社 1982 年版，第 3 页。

② 鲁迅：《鲁迅全集》第 9 卷，人民文学出版社 1981 年版，第 79 页。

③ 鲁迅：《鲁迅全集》第 9 卷，人民文学出版社 1981 年版，第 82 页。

④ 鲁迅：《鲁迅全集》第 9 卷，人民文学出版社 1981 年版，第 73 页。

朝小说平铺直叙、一览无遗的缺陷。鲁迅又称赞陈鸿的《长恨歌传》"条贯秩然",牛僧孺、段成式等人的小说"较六朝人做的曲折美妙得多了"①。这些也都表明了鲁迅对于情节布置与结构章法的重视。正是受到了唐传奇的这些影响,《故事新编》便颇讲求情节的展开方式。《铸剑》即极为典型地体现了"扩其波澜"的这一特点。作者通过对眉间尺与"黑色人"对于王的复仇,展现了一个个惊心动魄的场面。小说情节紧张、顿挫起伏、回旋斡运而曲尽人情。有时候,为了达成某些特殊的表达效果,鲁迅甚至不惮于采取了一些戏剧化、漫画化的表现手法,像《非攻》中墨子学生曹公子在宋国城头的讲话,《采薇》里的阿金对于叔齐与伯夷的诽谤,《出关》里面老子对着警察局长讲学的场景等,皆刻绘细腻,令人忍俊不禁。而这种类似的手法,我们也可以在唐传奇的一些代表性作品如《南柯太守传》《李娃传》《任氏传》里找到。

再看辞藻铺陈。在辞藻上,《故事新编》显然也有别于早期的《呐喊》与《彷徨》的经济简洁,而颇不吝啬笔墨,只管放笔写来,却并无矫揉造作之处,反而显得流利自然。在这里,我们可举巴人先生早年的一段话为佐证,他说:"在白话里,鲁迅先生所要求的是'读得顺口',但接受了古文的简劲等等的风格。我们试读鲁迅先生所选的唐宋传奇,和鲁迅先生的创作小说,终觉得其间的风格有一脉相通之处。"② 的确,与唐传奇的语言风格相类似,《故事新编》的语言典雅有致,充满灵动之气,像《奔月》中对于英雄失意后羿的描写——

　　　　他一手拈弓,一手捏着三支箭,都搭上去,拉了一个满弓,正对着月亮。身子是岩石一般挺立着,眼光直射,闪闪如岩下电,须发开张飘动,像黑色火,这一瞬息,使人仿佛想见他当年射日的雄姿。

这种写法,似乎与鲁迅一贯的语言表现方式不尽一致。众所周知,鲁迅本不是一个喜欢大量铺陈、踵事增华的创作者,他总是力图以最为经济的笔墨传达出最为深厚的内容,自称之为"白描"技法:"'白描'

---

① 鲁迅:《鲁迅全集》第9卷,人民文学出版社1981年版,第315页。
② 巴人:《鲁迅的创作方法》,载王瑶《鲁迅与中国文学》,陕西人民出版社1982年版,第30页。

却并没有秘诀。如果要说有，也不过是和障眼法反一调：有真意，去粉饰，少做作，勿卖弄而已。"① 又说："我力避行文的唠叨，只要觉得够将意思传给别人了，就宁可什么陪衬拖带也没有。中国旧戏上，没有背景，新年卖给孩子看的花纸上，只有主要的几个人（但现在的花纸却多有背景了），我深信对于我的目的，这方法是适宜的，所以我不去描写风月，对话也绝不说到一大篇。"② 但鲁迅的这些话语，似乎更多地涉及早期收入《呐喊》与《彷徨》中的那些以现实生活为题材的小说；对于像《故事新编》这类处理神话传说或者历史题材的小说而言，鲁迅却反其道而行之，调动了广泛的艺术手法，甚至不惮恣肆笔墨，于故事背景与人物言行等方面大加铺排夸张，如其所赞赏的唐传奇作者段成式的"幽涩繁缛"。所以，在《理水》中，对于聚集在文化山的一群所谓学者的高谈阔论，鲁迅便大笔挥洒，以对话贯穿始终，穷形尽相。《奔月》里在处理后羿与嫦娥、老婆子以及逢蒙的对话时，作者也是不吝笔墨，极力渲染。《起死》更是以一个小戏剧的形式展开情节，并打破了历史与现实的界限。人物亦真亦幻，情节扑朔迷离。至于小说《补天》一开始的一段背景描写，尤为典型地体现了这种"幽涩繁缛"的特点——"粉红的天空中，曲曲折折地飘着许多条石绿色的浮云，星便在那后面忽明忽灭地睒眼。天边的血红的云彩里有一个光芒四射的太阳，如流动的金球包在荒古的熔岩中"。这一段文字色彩明艳，想象瑰奇而极尽典雅。还有《铸剑》中所塑造的"黑色人"，显然也是一个行动大于语言的人，他在无言中自带有一种气质性的威严。我们且看鲁迅对他在出场伊始的描述："前面的人圈子动摇了，挤进一个黑色的人来，黑须黑眼睛，瘦得如铁。他并不言语，只向眉间尺冷冷地一笑。"此段出场描述与唐传奇代表作《虬髯客传》中的主人公出场极为类似："公方刷马，忽有一人，中形，赤髯而虬，乘蹇驴而来。投革囊于炉钱，取枕欹卧，看张梳头。"语言都是极为简洁凝练而传神自然，使其背后的人物栩栩如生、呼之欲出。

鲁迅对于唐传奇的吸收借鉴，固然如上所述，但鲁迅毕竟是现代小说大师，他只是批判地继承了唐传奇中积极合理的一面，而对于事关中国国

---

① 鲁迅：《鲁迅全集》第 4 卷，人民文学出版社 1981 年版，第 614 页。

② 鲁迅：《鲁迅全集》第 4 卷，人民文学出版社 1981 年版，第 526 页。

民性塑造的传奇小说结尾之"大团圆"模式，则抱着鄙弃的态度，以为是回避矛盾，粉饰现实。这只要看他在《中国小说的历史的变迁》里对于后出的泛滥成灾的各类《莺莺传》续写的评价：

> 中国人底心理，是很喜欢团圆的……大概人生现实底缺陷，中国人也很知道，但不愿意说出来；因为一说出来，就要发生"怎样补救这缺点"的问题，或者免不了要烦闷，要改良，事情就麻烦了。而中国人不大喜欢麻烦和烦闷，现在倘在小说里叙了人生底缺陷，便要使读者感着不快。所以凡是历史上不团圆的，在小说里往往给他团圆；没有报应的，给他报应，互相骗骗。——这实在是关于国民性底问题。①

与此相反，鲁迅的小说是以不圆满的形式实现圆满，以反团圆的方式完成大团圆的。《采薇》的结尾就是以一种反讽的形式实现了"大团圆"。这样的"大团圆"实际上是用世俗消解悲壮与崇高，"将屠夫的凶残化为一笑"。因为在庸众的眼里，只有权力者才是英雄，所有反抗者因为失败而成为小丑，其反抗行为本身也没有任何意义。一旦掺杂进去了现实的利害打算，一切牺牲便都被看作是不折不扣的傻瓜举动。所以，不论是失败的英雄女娲、后羿，还是俗世的建功立业者大禹、墨翟，他们的行为最终都表现为没有意义。在庸众各种形式的包围下，他们所有的反抗与战绩都被漫画化，失去了存在的价值。这就引出了《故事新编》不同于唐传奇的最主要的特点：在"施之藻绘，扩其波澜"之外的"油滑"。关于"油滑"，鲁迅自己也做过特别的说明，那就是："因为自己的对于古人，不及对于今人的诚敬，所以仍不免时有油滑之处。"② 这里固然有作者自谦的成分，但其实也是他的一种刻意的美学追求。源自生活，再加以适当的夸张、变形，以达到讽世的目的，这是鲁迅所自觉追求的"油滑"效果。鲁迅曾经称道李商隐的杂俎《义山杂纂》："集俚俗常谈鄙事，以类相从，虽止于琐缀，而颇亦穿世之幽隐，盖不特聊资笑噱而已。"③ 又对另一

---

① 鲁迅：《鲁迅全集》第 9 卷，人民文学出版社 1981 年版，第 82 页。
② 鲁迅：《鲁迅全集》第 2 卷，人民文学出版社 1981 年版，第 342 页。
③ 鲁迅：《鲁迅全集》第 9 卷，人民文学出版社 1981 年版，第 95 页。

位唐传奇作者沈既济赞赏备至，说他的《枕中记》"文笔简练，多规诲之意"，《任氏传》"亦讽世之作也"。所以《奔月》里的嫦娥抱怨后羿天天吃乌鸦炸酱面，《补天》里的女娲两胯间生出一个古衣冠的小丈夫，《采薇》里的叔齐和伯夷被军士们又出去跌了个半死……在心态放松、游戏笔墨的背后，饱含着鲁迅的某种深重悲哀与无限苍凉。可见，鲁迅的所有创作都是有为而作的，绝非纯粹的文字消遣。这与他自"五四"以来所持的启蒙立场是一贯的。

还需要说明的是，"油滑"的风格也源于鲁迅在创作之时具有高度自由从容的心态。这体现在鲁迅对于古人的目光始终是平视的，并十分看重小说的现实参与品格。他既不仰视以无限放大古人，也不站在时代的制高点上俯视古人，而是尽可能剥掉一切外在的讳饰与冗赘的油彩，展现其真实的心灵轨迹，努力还原他们为真正的人，并挖掘这些古人所具有的现代示范意义。在谈到日本作家芥川龙之介时，鲁迅说："他又多用旧材料，有时近于故事的翻译。但他的复述古事并不专是好奇，还有他的更深的根据：他想从含在这些材料里的古人的生活当中，寻出与自己的心情能够贴切的触著的或物，因此那些古代的故事经他改作之后，都注进新的生命去，便与现代人生出干系来了。"[1] 其实在《故事新编》里，鲁迅也是这样做的，一方面写出了英雄人物的坚韧勇毅，另一方面也写出了他们的平凡朴实。他们固然有着不同流俗的英雄气概，也是有血有肉的凡人，而在精神气质方面，更像是穿着古衣装的现代人。

《故事新编》受唐传奇的沾溉良多，但鲁迅显然已经不再是唐传奇的继续书写者了。他将西方人文思想的枝干直接嫁接于中国古典传统的根基之上，从而孕育出现代启蒙文学的果实。所以从这一点来看，鲁迅既是传统的，又是现代的；既是西方的，又是中国的。正如曹聚仁在《鲁迅评传》里所指出的："鲁迅也会做做旧诗词，他的骈骊古文也做得不错。但他并不带一点才人的气息，也不想做空头文学家。他是道道地地地，在做现代的文艺作家，比之其他作家，他是超过了时代的。"[2] 从我们对于《故事新编》的分析来看，曹聚仁的这一段话是相当中肯的。

---

① 鲁迅：《鲁迅全集》第 10 卷，人民文学出版社 1981 年版，第 221 页。
② 曹聚仁：《鲁迅评传》，东方出版中心 2006 年版，第 4 页。

三　"清词丽句"堪比肩
——鲁迅的旧体诗创作与中晚唐诗风之因缘

在中国现代文学史上，鲁迅以小说与杂文而成名家，被誉为现代小说之父与现代杂文的奠基人。但其实，就自由表达个人日常的情怀与即时的心曲隐衷而言，旧体诗显然是鲁迅更为得心应手、运用裕如的一种创作形式。尽管鲁迅一生创作的旧体诗并不多，现仅存留60多首，却以其匠心独运、机杼自出，而收到了几乎篇篇精致的艺术效果。在这一点上，即使是早年因为革命文学的论争而有鲁迅"论敌"之谓的郭沫若，也颇为钦佩。他在后来谈起鲁迅的旧体诗时，曾不吝赞辞："鲁迅先生无心作诗人，偶有所作，每臻绝唱，或则犀角烛怪，或则肝胆照人……真所谓前无古人，后启来者。"①

鲁迅的旧体诗成就诚然高超，诸如其取材之多端、笔法之精严、思路之缜密、寓意之深远，等等。对于这些方面，以前众多的鲁迅研究者多有详细阐发，此处笔者不拟再做叠床架屋式的赘述。在这里，我只想就鲁迅的旧体诗创作之风格取向与师承渊源，谈一些个人的意见。具体而言，乃试图对于鲁迅的旧体诗创作与其本人素所喜好的中晚唐诗歌之因缘关系做一初步的探讨。

诚如王瑶先生所论，鲁迅虽非传统的因袭者，但是，"几乎在他的全部作品中，和形成他创作的特色中，中国传统文学的影响都占着很大的因素，而且是和整个的鲁迅精神分不开的"②。具体到旧体诗这个独特的创作领域，鲁迅对于中国古典诗歌优秀创作传统的有意继承尤其是对于中晚唐诗歌的吸收与借鉴，是十分明显的。

鲁迅的喜好唐诗，可以他30年代写给好友杨霁云的一封信为证。在这封信里，他说："我以为一切好诗，到唐已被做完。此后倘非能翻出如来掌心之'齐天大圣'，大可不必动手。"③ 他之所以给予唐诗如此高的评价，与他一直高度赞赏整个唐文化是分不开的。在他看来，唐人气象宏

① 郭沫若：《〈鲁迅诗稿〉序》，载中国社会科学院文学研究所鲁迅研究室编《1913—1983鲁迅研究资料汇编5》，中国文联出版公司1989年版，第1185页。
② 王瑶：《鲁迅与中国文学》，陕西人民出版社1982年版，第1页。
③ 鲁迅：《鲁迅全集》第13卷，人民文学出版社1981年版，第307页。

伟，极富开放意识，能吸收一切优秀外来文化，不似后代那样因长期闭关锁国而流于文化上的卑微屖弱。早在 20 年代初期，他就有过写长篇小说《杨贵妃》的打算，以图用小说笔法全景式地反映那个伟大的时代，"唐代的文化观念，很可以做我们现代的参考，那时我们的祖先们，对于自己的文化抱着极坚强的把握，决不轻易动摇他们的自信力；同时对于别系的文化抱有恢廓的胸襟与极精严的抉择，决不轻易地崇拜或轻易地唾弃"①。虽然这部小说最终因种种原因没有写就，但鲁迅却在实际的创作中以另一种形式即旧体诗的形式表现出了他对于唐人的积极汲取与深厚借鉴。

在唐朝诗人中，处于盛唐与中唐之际的一代诗圣杜甫，对于鲁迅的影响固不待论，如《九日五首》之于《亥年残秋偶作》，《宾至》之于《自嘲》等，从谋篇布局到遣词造句都极为类似。其实不止是旧体诗，在鲁迅那些饱含深情的散文与抒情意味颇浓的小说作品中都潜藏着杜甫的或隐或显的身影。但鲁迅很少正面提及他对于杜甫的继承与借鉴。相形之下，他最为欣赏的还要属李贺与李商隐，多次表现出了对于他们的由衷赞叹，而这两个人都是中晚唐时期的杰出诗人。

关于鲁迅对于李贺的喜好，我们可举一个具体的事例，那就是鲁迅在与人的日常交往中，往往喜欢书写一些古人的现成诗句作为条幅赠送给对方。据统计，其中涉及最多的诗人就是李贺。像李贺集中的《绿章封事》、《南园十三首》之七、《感讽五首》之三、《开愁歌》等诗，就被多次引用。说起来，他的热爱李贺其实还是借助于屈原辞赋的这个中介，因为鲁迅一生喜读屈原的《离骚》。早在日本留学期间，他就特地买了一本线装的《离骚》，整日精读以至能够琅琅背诵。而李贺正是屈原辞赋的忠实服膺者，自然会使鲁迅对之产生由衷的亲近，以至曾写信给好友许寿裳，请代为寻觅李贺的诗集。与李贺一样，鲁迅的许多旧体诗都受到了屈原辞赋的影响。无论是早年的《祭书神文》《莲蓬人》，还是后来的《送O. E. 君携兰归国》《湘灵歌》《悼丁君》等篇，纯出之以骚体式的语言，模拟屈原而形神兼备。至于对李贺的直接借鉴则更多，像《湘灵歌》"太平成象盈秋门"即取自李贺《自昌谷到洛后门》"苍岑竦秋门"，而"绮罗幕后送飞光"中"飞光"显然源自李贺的《苦昼短》"飞光飞光，劝尔一杯酒"。当然，对于李贺的认识，鲁迅有一个逐步深化的过程。1935

---

① 孙伏园：《鲁迅先生二三事》，河北教育出版社 2000 年版，第 63 页。

年，他在给日本友人山本初枝的书信中写道："年轻时较爱读李贺的诗。他的诗晦涩难懂，正因为难懂，才钦佩的。现在连对这位李君也不钦佩了。"① 后来在一篇杂文里，他又批评"留长了指甲，骨瘦如柴"的李贺"毫不自量，想学刺客"②，不过是文人一向喜好说大话的弊病罢了。那是因为其时的鲁迅开始广泛参与各项社会活动，自然也就不会对大言托空的李贺假以辞色了。

除了李贺，鲁迅对于中晚唐时期的另外一位诗人李商隐的诗风也十分赞赏。还是在写给杨霁云的那封信里，鲁迅称赞李商隐说："玉溪生清词丽句，何敢比肩？"③ 他之所以对李商隐的诗产生共鸣，当与个人身世处境相类有关。少年丧父、备受屈辱，加以一生辗转流离、经历坎坷，正是李商隐与鲁迅的共通之处。在中国历代诗人中，李商隐最喜欢写无题诗也是写得最好的一位。而在鲁迅为数不多的旧体诗中，仅无题诗就占了九首之多。他的不少诗句就是直接化用李商隐的诗句而来的。例如，"望帝终教芳草变，迷阳聊饰大田荒"（《秋夜偶成》）很明显就是化用了李商隐的《锦瑟》中的"庄生晓梦迷蝴蝶，望帝春心托杜鹃"一句，而"万家墨面没蒿莱，敢有歌吟动地哀"（《戌年初夏偶作》），也是对李氏的《瑶池》"瑶池阿母绮窗开，黄竹歌声动地哀"一句的直接套用。当然，鲁迅对于李商隐也并非完全认同。他同时也指出，李商隐的弊病在于大量运用典故，以致影响了诗歌的表达效果，所谓"用典太多，则为我所不满"④。与李商隐的不同在于，鲁迅诗中的典故甚少，能不用就尽量不用，有时为了诗律的精严而无法避免用典时，则尽量用熟典，绝不用那些为一般读者闻所未闻的僻典。鲁迅追求的是沟通与交流。他的所有用典都是为诗歌的主题服务的，非为用典而用典，这也是有别于宋代以降的诗人们一味用典以炫学之用意的。

鲁迅对于李贺与李商隐的嗜好，使得他的旧体诗在具体意象的营造与运用上，也与二者颇多相似之处。诸如"风雨"、"故园"、"夜"、"月"、"梦"、"兰"、"泪"等意象，都在他们三人的诗句里多次出现，造成一种幽艳瑰丽的独特艺术效果。但鲁迅毕竟是现代意义上的诗人，他的诗歌

---

① 鲁迅：《鲁迅书信集》，人民文学出版社 1976 年版，第 1205 页。
② 鲁迅：《鲁迅全集》第 5 卷，人民文学出版社 1981 年版，第 242 页。
③ 鲁迅：《鲁迅全集》第 13 卷，人民文学出版社 1981 年版，第 307 页。
④ 鲁迅：《鲁迅全集》第 13 卷，人民文学出版社 1981 年版，第 307 页。

与李商隐、李贺的诗歌形似而神非，虽表面上都流露出萧瑟孤寂之态，而在更深的层次上显然多了一份积极抗争的色彩，不似二李之完全哀怨凄婉。即如他在 1935 年 12 月 5 日写成的《亥年残秋偶作》一诗："曾经秋肃临天下，敢遣春温上笔端。尘海苍茫沉百感，金风萧瑟走千官。老归大泽菰扑蒲尽，梦坠空云齿发寒。悚听荒鸡偏阒寂，起看星斗正阑干。"许寿裳以为它"哀民生之憔悴，状心事之浩茫，感慨百端，俯视一切，栖身无地，苦斗益坚，于悲凉孤寂中，寓熹微之希望焉"[1]。这一评价是十分中肯的。因为鲁迅自始至终高扬一种反抗的精神，推崇一种充满力度的美。事实上，在早期撰写的《摩罗诗力说》一文里，他就指明了自己对于诗歌的取舍原则："今则举一切诗人中，凡立意在反抗，指归在动作，而为世所不甚愉悦者悉入之，为传其言行思维，流别影响……大都不为顺世和乐之音，动吭一呼，闻者兴起，争天拒俗，而精神复深感后世人心，绵延至于无已。"[2]

在旧体诗的创作中，鲁迅诚然主要汲取二李之长；但在他们之外，对于中晚唐时期的其他诗人，鲁迅也有不同程度的借鉴：像《学生和玉佛》中的"寂寞空城在"化用了刘禹锡《石头城》的"潮打空城寂寞回"，《赠人二首》中的"唱尽新词欢不见"一句直接搬取了刘禹锡《踏歌词四首》中的现成句子，还有《悼丁君》中的"瑶瑟凝尘清怨绝"源自钱起的《归雁》"不胜清怨却归来"，《无题》中的"夜邀潭底影"源自贾岛《送无可上人》的"独行潭底影"。诸如此类的例子甚多，这里就不再一一指出了。当然，鲁迅虽酷嗜中晚唐诗，可他同时也知道"时运交移，质文代变"的道理。中晚唐诗坛的确涌现出了不少杰出的诗人，但就整体风貌而言，与初、盛唐诗坛的一派繁盛气象相比照，这一时期的诗歌创作已渐趋没落，走向了下坡路，所谓"夕阳无限好，只是近黄昏"也。所以在另外一个场合里，鲁迅也说过，"唐末诗风衰落，而小品文放了光辉"[3]。于此，都可以见出鲁迅客观而公允的理性主义态度。

最后需要指出的是，鲁迅的旧体诗是在创作主体高度自由心态驱使下的"妙手偶得"，而绝非附庸风雅的产物。它们突破了传统诗人叹老嗟

---

①　许寿裳：《挚友的怀念——许寿裳忆鲁迅》，河北教育出版社 2000 年版，第 109 页。
②　鲁迅：《鲁迅全集》第 1 卷，人民文学出版社 1981 年版，第 66 页。
③　鲁迅：《鲁迅全集》第 4 卷，人民文学出版社 1981 年版，第 591 页。

卑、吟风弄月的藩篱，饱含着极为明晰的社会批判意识。在这些诗句里，作者不再是消极的历史旁观者，而表现出了创作者极为鲜明的主动参与品格与积极抗争精神。从这个意义上讲，旧体诗与他的小说、杂文一样，承载了鲁迅对于中国历史与现实的独特观照，构成其个体生命体验的生动写照。鲁迅诚然不是"宋诗派"，他的诗句中往往掺之以新名词，如"起然烟卷觉新凉"中的"烟卷"，"灵台无计逃神矢"中的"神矢"，"度尽劫波兄弟在"中的"劫波"等，这些都是当时在旧体诗创作领域里依然甚嚣尘上的保守的"宋诗派"诗人们所不屑采用的，也是鲁迅借鉴传统却不皈依传统的一个明证。但鲁迅同时也不再是传统意义上的"晚唐派"，他已没有兴趣再去制造更多的"假古董"。这源自他早年即一直坚持的"盖诗人者，撄人心者也"的主张。① 在他看来，真正的诗人"无不刚健不挠，抱诚守真；不取媚于群，以随顺旧俗；发为雄声，以起其国人之新生，而大其国于天下"②。所以，借鉴传统却不皈依传统，自觉地融现代意识于传统之中，这正是鲁迅超越了传统诗人的地方，也是其旧体诗的独特价值之所在。

四　鲁迅与《荡寇志》

作为清代道光年间出现的一部小说，《荡寇志》在中国文学史上的地位其实并不高。现代著名学者郑振铎先生曾在《〈水浒传〉的续书》一文里批评它"字里行间都是怖厉的杀气……完全失去了英雄传奇的本相与特色了。作者实在太残忍了，太煞风景了，太辜负了《水浒传》的一部绝好的英雄传奇了"③。在 1927 年 11 月 9 日北京出版的《益世报》上，一位署名为"水"的评论家也发表了自己的意见："《荡寇志》之作，非多事也？至其笔墨之平庸，与《水浒》相较，适见其陋，又为余事矣。"21 世纪以来，更有论者指出："从大处着眼的话，《荡寇志》至多是一部三流之作。因为其主题是极端落后、极端保守的，艺术上又有诸多极其严

---

① 鲁迅：《鲁迅全集》第 1 卷，人民文学出版社 1981 年版，第 68 页。
② 鲁迅：《鲁迅全集》第 1 卷，人民文学出版社 1981 年版，第 99 页。
③ 郑振铎：《〈水浒传〉的续书》，《郑振铎文集》第 5 卷，人民文学出版社 1981 年版，第 151 页。

重的缺陷。"① 相形之下，为大家所公认的 20 世纪最为杰出的小说史家鲁迅先生对于《荡寇志》的评价，却颇出人意料。在他的那本著名的《中国小说史略》第十五篇《元明传来之讲史》里，在简单地介绍了作者俞万春的生平经历之后，接着写道："书中造事行文，有时几欲摩前传之垒，采录景象，亦颇有施罗所未试者，在纠缠旧作之同类小说中，盖差为佼佼者矣。"②

"几欲摩前传之垒"、"有施罗所未试者"及"差为佼佼者"，像这样的用语，虽不能说是完全的溢美之词，但至少不是差评，而且与上面所引述的其他几位论者的评价恰好形成了鲜明的比照。鲁迅为什么对《荡寇志》表现出了截然不同的态度，这是笔者所十分感兴趣的，也是想在本书中试图加以深入探讨的一个话题。

为此，我们首先有必要了解一下《荡寇志》这本书。《荡寇志》一书显然是作者针对在民间广为流传的施耐庵本的《水浒传》而写的，所以又名《结水浒全传》。关于此书的写作缘起，作者俞万春在开篇伊始就说得明明白白："因想当年宋江，并没有受招安、平方腊的话，只有被张叔夜擒拿正法一句话。如今他既妄造伪言，抹煞真事。我亦何妨提名真事，破他伪言，使天下后世深明盗贼、忠义之辨，丝毫不容假借。"俞万春之所以有这样的写作动机，当然与他个人的经历密切相关。他本出身于一个地方官僚家庭，虽一生最大的功名不过是一个"诸生"，却长期追随在广东任职的父亲，多次亲身参与过镇压当地武装反抗斗争的行动，用其子俞龙光的话说即是"道光辛卯、壬辰间，粤东瑶民之变，先君随先大夫任，负羽从戎"③，所以对于类似梁山水泊这样的"匪类"自然是疾若寇仇。在这种思想背景的指引下，小说一开头便将矛头针对《水浒传》而发难道："既是忠义必不做强盗，既是强盗必不算忠义。……从此天下后世做强盗的，无不看宋江的样：心里强盗，口里忠义。杀人放火也叫忠义，打家劫舍也叫忠义，戕官拒捕、攻城陷邑也叫忠义。看官你想，这唤做甚么说话？真是邪说淫辞，坏人心术，贻害无穷。"于是，在他的笔下，原来在《水浒传》里面的那些除暴安良的英雄，现在都变成了十恶不赦的匪

---

① 魏文哲：《俞万春的〈荡寇志〉》，《明清小说研究》2001 年第 4 期。

② 鲁迅：《鲁迅全集》第 9 卷，人民文学出版社 1981 年版，第 147 页。

③ （清）俞龙光：《识语》，载（清）俞万春《荡寇志》，人民文学出版社 1981 年版，第 1044 页。

徒，"梁山兵马每破了城池，常洗涤百姓"。为了剪灭他所谓的"假仁假义"的宋江、卢俊义等人，他还有意设计塑造了诸如陈希真、陈丽卿、云天彪这类真正的忠臣义士。他们忠君爱国，专门与水泊梁山作对，所攻必克，所战必捷，最后使那些梁山好汉一个个引颈受戮，不得其死。

《水浒传》与《荡寇志》的主题当然是彼此冲突甚至完全对立的。《水浒传》提倡"替天行道"，《荡寇志》则主张"尊王灭寇"；《水浒传》在在处处揭橥了由于贪官污吏横行而"官逼民反"的社会现实，《荡寇志》虽不完全回避现实，但力图粉饰，例如在第九十八回里，作者借笋冠道人之口责骂宋江、吴用道："贪官污吏干你甚事？刑赏黜陟，天子之职也；弹劾奏闻，司道之职也。义士现居何职，乃思越俎而谋？"即此而言，《荡寇志》作者的思想观念是极端落后的。他信奉的依然是那种"君要臣死，臣不得不死"或"臣罪该万死兮，天王圣明"的封建愚忠理念，而忘记了早在战国时期，荀子就在《君道》一文里所说过的："君者，民之原也；原清则流清，原浊则流浊。故有社稷者而不能爱民、不能利民，而求民之亲爱己，不可得也。"所以，受时代环境及封建统治阶级需要等诸多因素的影响，对于两部作品的评价在不同的历史时期出现两种截然相反的观点，也就是可以理解的事了。因为它往往和朝代更迭及民族兴亡观念紧密联系在一起。在特定阶段内，对于一方的好评必然意味着对于另一方的恶谥，反之亦然。例如，在清代，《水浒传》被列为禁书，《荡寇志》则被有意地大肆传播。在清代统治者的眼里，《水浒传》属于所谓的诲淫诲盗之书，"市井无赖见之辄慕好汉之名，启效尤之志，爰以聚党逞凶为美事，则《水浒》实为教诱犯法之书也"（江西按察使衙刊《定例汇编》卷三"祭祀"）；而《荡寇志》一书恰恰相反，由于迎合了当时清廷镇压太平天国运动的需要，所以大受欢迎，即如在书末所附录的由半月老人撰写的《荡寇志续序》里，就对此书不吝赞词："俾世之敢于跳梁者，借《水浒》之为词者，知忠义不可伪托，而盗贼之终不可为，其有功于世道人心，为不小也"，"昔子舆氏当战国时，息邪说，拒诐行，放淫辞，韩文公以为功不在禹下。而吾谓《荡寇志》一书，其功亦差堪仿佛云"。

至于鲁迅与《荡寇志》的因缘，最早可以追溯到他童年时期的阅读经历。对此，周作人有较为详细的回忆。在《鲁迅的故家》一文中，他还专门开列了一节《〈荡寇志〉的绣像》，其中写到鲁迅由于祖父的科场风波而到王府庄的大舅父家寄食时，曾在后房里面影写绣像。"鲁迅所画的完全的绣像有一套《荡寇志》，从张叔夜起头，一直足足有好几十幅。画只有鲁迅来得……这时在乡下杂货铺里却又买到一种蜈蚣纸，比荆川稍黄厚而大，刚好来影写大本的绣像，现在想起来也就是一张八开的毛太纸罢了。这《荡寇志》画像就是用这种纸影写的，原价大概是一文钱一张吧，草订成一大册，后来带回家去，不久以二百文卖给了别人。"① 在随后撰写的《鲁迅的青年时代》里，周作人对此又做了进一步的说明："大舅父那里的这部《荡寇志》，因为是道光年代的木刻原版，书本较大，画像比较生动，像赞也用篆隶真草各体分书，显得相当精工。鲁迅小时候也随意自画人物……这时却真正感到了绘画的兴味，开始来细心影写这些绣像。"② 关于这一点，鲁迅自己在《朝花夕拾》中的《从百草园到三味书屋》一文中也有类似的追忆："先生读书入神的时候，于我们是很相宜的。有几个便用纸糊的盔甲套在指甲上做戏。我是画画儿的，用一种叫作'荆川纸'的，蒙在小说的绣像上一个个描下来，像习字时候的影写一样。读的书多起来，画的画也多起来；书没有读成，画的成绩却不少了，最成片段的是《荡寇志》和《西游记》的绣像，都有一大本。后来，因为要钱用，卖给一个有钱的同窗了。"③ 这里关于描摹绣像的具体地点，周作人与鲁迅的说法稍有冲突。但周作人记得很清楚："《朝花夕拾》那文章虽是说三味书屋的事，《荡寇志》的图却确有年月可考，是在王府庄避难时所画的，但癸巳前后他都在三味书屋读书，所以那么地写在一起了。"④ 他还记得，鲁迅所卖给的那位同窗名叫章翔耀，家里就是开锡箔店的。

可以想见，童年的这一段经历，对于此后作为小说史家的鲁迅影响至为深远。在王府庄描摹《荡寇志》绣像，大概和听少年闰土谈天、陪小伙伴看社戏偷蚕豆一样，都是成年以后的鲁迅早年美好回忆里的重要构成，所以后来才会很自然地把它写进自己的回忆散文集《朝花夕拾》里，并在1923年出版的学术论著《中国小说史略》里给予《荡寇志》以较高的评价。但我们不要忘了，鲁迅毕竟是一个夙怀"改造国民性"之志的启蒙思想家。他的理性并未为这种情感上的回味所扰乱。对于《荡寇志》

---

① 周作人：《鲁迅的故家》，《关于鲁迅》，新疆人民出版社1997年版，第43页。
② 周作人：《鲁迅的青年时代》，《关于鲁迅》，新疆人民出版社1997年版，第402页。
③ 鲁迅：《鲁迅全集》第2卷，人民文学出版社1981年版，第282页。
④ 周作人：《鲁迅的故家》，《关于鲁迅》，新疆人民出版社1997年版，第44页。

在文章作法上的喜爱，也没有影响到他在思想上对之做出中肯的价值判断。同样是在《中国小说史略》的第二十七篇《清之侠义小说及公案》里，鲁迅写道："清初，流寇悉平，遗民未忘旧君，逐渐念草泽英雄之为明宣力者，故陈忱作《后水浒传》，则使李俊去国而王于暹罗。历康熙至乾隆百三十余年，威力广被，人民慴服，即士人亦无贰心，故道光时俞万春作《结水浒传》，则使一百八人无一幸免，然此尚为僚佐之见也。"①

"尚为僚佐之见"，虽只有区区六个字，却涵盖了鲁迅对于《荡寇志》思想倾向的评述，其中颇多不以为然的意味。这种不以为然，当然是源于鲁迅自身对于反抗封建专制暴政的一种情感态度。因为鲁迅始终是主张积极抗争的，而反对无原则地做"顺民"。所以在1933年发表的杂文《谈金圣叹》里，鲁迅毫不掩饰地表达了他对于金圣叹的不满："单是截去《水浒》的后小半，梦想有一个'嵇叔夜'来杀尽宋江们，也就昏庸得可以。"而我们都知道，金圣叹的这一梦想，后来终于被俞万春在《荡寇志》中给实现了，不过是书中的主人公不再是嵇叔夜，而是陈希真诸人罢了。在另一个场合，鲁迅也说过："社会诸色人等爱看《双官诰》，也爱看《四杰村》，望偏安巴蜀的刘玄德成功，也愿意打家劫舍的宋公明得法；至少，是受了官的恩惠时候则艳羡官僚，受了官的剥削时候便同情匪类。但这也是人情之常；倘使连这一点反抗心都没有，岂不就成了万劫不复的奴才了？"② 可见，正是从敢于反抗、不愿做奴才这一点着眼，鲁迅才在思想倾向上揄扬《水浒传》而贬抑《荡寇志》。即便《水浒传》的主旨是反抗的，鲁迅对于小说结尾处由于宋江接受招安而导致反抗并不彻底的事实还是不愿意接受，故而他对于《水浒传》的这种"只反贪官，不反皇帝"的思想倾向做出了尖锐的批评："一部《水浒》，说得分明：因为不反对天子，所以大军一到，便受招安，替国家打别的强盗——不'替天行道'的强盗去了。终于是奴才。"③

平心而论，《荡寇志》既没有清代统治者所说的那么好，所谓"当道诸公急以袖珍版刻播是书于乡邑间，以资劝惩。厥后渐臻治安，谓非是书

---

① 鲁迅：《鲁迅全集》第9卷，人民文学出版社1981年版，第278页。
② 鲁迅：《鲁迅全集》第3卷，人民文学出版社1981年版，第221页。
③ 鲁迅：《鲁迅全集》第4卷，人民文学出版社1981年版，第159页。

之力，其谁信之哉"①，似乎也并没有"五四"以来其他一些批评家所说的那么坏，如1933年秋风在《残水浒小引》中所言："《荡寇志》则纯为帝王辩护，其理想已甚卑鄙，无端生出陈希真诸人，崇拜帝王之余，增以迷信，其尤妄矣。"② 对于同一本书，之所以在评价上出现了如此大的偏差，从接受者的角度来讲，当然与接受者自己所置身的时代背景与社会氛围息息相关。对此，胡适曾从文学进化论的角度出发来加以说明："种种不同的文学时代，发生种种不同的文学见解，也发生种种不同的文学作物……不懂得明末流贼的大乱，便不懂得金圣叹的《水浒》见解何以那样迂腐。不懂得明末清初的历史，便不懂得雁宕山樵的《水浒后传》。不懂得嘉庆、道光间的遍地匪乱，便不懂得俞仲华的《荡寇志》。"③ 而对此，鲁迅先生则做出了更为精当的分析。1924年7月，他到西安参与当时由国立西北大学与陕西省教育厅联合举办的暑期学校讲演。在讲授"中国小说的历史的变迁"时，他谈道：

> 　　但到明亡之后，外族势力全盛了，几个遗民抱亡国之痛，便把流寇之痛苦忘却，又与强盗表起同情来。如明遗民陈忱，就托名雁宕山樵作了一部《后水浒传》。他说：宋江死了以后，余下的同志，尚为宋御金，后无功，李俊率众浮海到暹罗做了国王。——这就是因为国家为外族所据，转而与强盗又表同情的意思。可是后来事过情迁，连种族之感都又忘掉了，于是道光年间就有俞万春作《结水浒传》，说山寇宋江等，一个个皆为官兵所杀。他的文章，是漂亮的，描写也不坏，但思想未免煞风景。④

　　鲁迅在这里的看法与前文所引的他一年前在《中国小说史略》里所发表的意见是一致的，都是认为文章"漂亮"而思想"煞风景"，用今天的理论术语表达就是，《荡寇志》这部小说在内容与形式上没有做到统

---

① （清）钱湘：《续刻〈荡寇志〉序》，载（清）俞万春《荡寇志》，人民文学出版社1981年版，第1052页。

② 秋风：《〈残水浒〉小引》，载程善之《残水浒》，新江苏日报出版社1933年版，第2页。

③ 胡适：《〈水浒传〉考证》，《中国章回小说考证》，实业印书馆1942年版，第61页。

④ 鲁迅：《鲁迅全集》第9卷，人民文学出版社1981年版，第326页。

一，或者说是形式大于内容。形式上的相对整饬自是源于作者 20 多年的苦心经营以及中间的"三易其稿"，使得后来的文学史家们无法做到完全忽视它；而内容上的过分偏激则因为读者们的不同阅读经验期待从而产生了或大贬或盛赞的两个评价极端。倒是在将近一个世纪之后的今天，当这些笼罩在作品之上的诸如民族兴亡、君臣大义等种种烟雾逐渐散去以后，才有当代的文学史家对它做出了相对平和的评价，称其"语言畅达，有些片断，设景造语，亦具匠心。……与《水浒传》题材相同，同属英雄传奇小说。它的出现，反映了古代小说创作上不同思想倾向的尖锐斗争。某些艺术描写，又显示出英雄传奇小说向侠义小说的过渡"①。当然，考虑到鲁迅先生在中国小说史上一言九鼎的地位，这些后出的批评很难说能够做到完全的独立客观，已不可避免地打上了深厚的鲁迅式烙印。

耐人寻味的是，只要看周作人的回忆，我们就会发现，在对《荡寇志》的评价上，周氏兄弟的意见其实是完全一致的。周作人在晚年所著的《知堂回想录》里这样写道："《荡寇志》是一部立意很是反动的小说，他主张由张叔夜率领官兵来荡平梁山泊的草寇，但是文章在有些地方的确做得不坏，绣像也画得很好，所以鲁迅觉得值得去买了'明公纸'来，一张张影描了下来。"② 周作人在这里所说的"立意很是反动"、"文章在有些地方的确做得不坏"与鲁迅在《中国小说的历史的变迁》里所谓的"他的文章，是漂亮的，描写也不坏，但思想未免煞风景"，只是表述的用词稍有差异，意思则几乎雷同。所以，我大胆推测，周氏兄弟对于《荡寇志》的好感，在很大程度上与他们童年时期的阅读经验密切相关。须知，一个人在童年时期的经历，往往会"先入为主"地影响到他后半生的审美趣味。即使在自己已经成年以后，反观过往的精神阅历未免会觉得有幼稚可笑的一面，但童年的阅读经验史依然具有强大的惯性力量，会潜移默化地影响着其日后的精神品格。在周氏兄弟所处的时代，儿童读物极度匮乏（周氏兄弟后来都曾大力提倡过儿童文学，当与此相关），像《山海经》《西游记》《镜花缘》《荡寇志》这类既具有丰富想象力又大肆讲述英雄争霸、神仙斗法的著作，其实就是儿童读物的替代品，在一定程度上满足了他们求新求异的好奇心理。尤其是那些配有丰富插图的绣像本

---

① 张俊主编：《中国文学史》第 4 册，北京师范大学出版社 1996 年版，第 299 页。
② 周作人：《知堂回想录》，河北教育出版社 2002 年版，第 18 页。

小说,更是那个时候喜好"读图"的少年儿童们的最爱。如果说,20世纪二三十年代,对于蛰居北平苦雨斋的周作人来说,他的日子还称得上平和稳妥,那么对于先北京,后厦门,再广州,最后上海的鲁迅而言,大半生都在东奔西走、颠沛流离中度过。相对而言,早年在书房里静静地影写《荡寇志》里面那些横刀立马、充满奇幻色彩的古代英雄肖像的时光,可以说是一生中为数不多的一段可供反复回味的安逸岁月了。

最后值得一提的是,鲁迅一生对于绘画有着特别的嗜好。我们只要查看其日记里每年年末的书账记录,就会发现,在他所购买的书籍里,有很大一部分都是版画、木刻画、画像砖拓片以及画册、插画本图书等。20世纪二三十年代,鲁迅参与编辑的《奔流》《萌芽》《十字街头》等刊物,刊头便是他亲自拟定的。此外,他还为自己编著的《呐喊》《坟》《引玉集》等集子操刀,设计了十分精美的封面。更值得一提的是,在《朝花夕拾》的后记里,为增加读者的印象,他还为其中的散文《无常》绘制了一幅"无常"的略图,"描写他所看见的与书本不同的特别的印象。他在小时候描画过许多绣像以及各种画本如《诗中画》等,但是自己所画的还只有这一幅,所以也是很可珍贵的"①。周作人在这里所提到的鲁迅少年时代所描画过的许多绣像,《荡寇志》当然是其中最主要的也是"最早的一本","共有百页左右吧,前图后赞,相当精工,他都影写了下来,那时他正是满十二岁"②。因为早年的描摹绣像,使得后来成为一代文学巨匠的鲁迅,居然还具备了不俗的绘画功底,说起来,这也算是一个意外的收获吧。

五 "争天拒俗"的新文学批评

如果与同时代人,如茅盾、周扬、成仿吾甚至乃弟周作人等人相比,可以说,鲁迅并不是一个严格意义上的文学批评家。一则是因为鲁迅本人在主观上从来都没有将自己定位为一个专业的文学批评者,或把文学批评作为自己的一项专门的事业去做。再者,鲁迅也没有像后来的胡风、沈从文、李健吾等人那样出版过一部纯粹的批评作品集;相反,他对于新文学

---

① 周作人:《鲁迅小说里的人物》,《关于鲁迅》,新疆人民出版社1997年版,第322页。
② 周作人:《鲁迅的青年时代》,《关于鲁迅》,新疆人民出版社1997年版,第428页。

的批评经常是任意而零碎的。除了曾经为一些年轻的左翼作家，如萧红、萧军、柔石、白莽等人的作品所写的序言外，发挥稍多的大概就属那篇写于 1935 年的《中国新文学大系小说二集序言》了。此外，几乎再没有什么洋洋洒洒的长篇大论，而只是一些演讲、谈话或者随兴所至的小品文章，这些后来都被笼而统之地收入到各种集子里面，冠之以"杂文"的总名目。但所有这些，并不影响鲁迅的新文学批评自始至终都充满着一种严谨而深刻的批评理念，并建构起一套富有自我特色的批评话语体系。正是通过这些零零散散的文章，我们较为系统地看出鲁迅对于新文学创作的发展、趋向以及所取得成就的认识与评判。

由于鲁迅在现代文坛上主要是以一个"揭出病苦，以引起疗救的注意"的小说家兼启蒙思想家的身份出场的，所以在考察其新文学批评的时候，有必要认识到他的所有文学批评，都是建立在社会批评与文化批评的基础之上的。鲁迅一向反对那类"为艺术而艺术"的看法，而主张"文学是战斗的"，是"觉醒、反叛、抗争、要出面参与世界的事业"，是"引导国民精神前行的灯火"。早在 1907 年，他就在《摩罗诗力说》一文里，热情地赞扬以拜伦、雪莱等人为代表的欧洲浪漫主义诗派能够"超脱古范，直抒所信，其文章无不函刚健抗拒破坏挑战之声"，并说它们"立意在反抗，指归在动作"，"大都不为顺世和乐之音，动吭一呼，闻者兴起，争天拒俗，而精神复深感后世之人，绵延至于无已"，"固声之最雄桀伟美者矣"。为此，他大声疾呼，在现代中国也迫切需要出现这样的"精神界之战士"，以努力砸碎这个延续了几千年之久的黑暗封闭的"铁屋子"，最终实现全体国民"幸福的度日，合理的做人"。由此可见，鲁迅的新文学批评立场与他一贯就持有的文学社会功用观是密切联系在一起的。

大体说来，鲁迅的新文学批评表现出了以下这几个特点。

首先，鲁迅坚持文学批评家一定要具备最基本的常识。所谓常识，就是批评家于批评之先要尊重一些基本的事实，而不是漫无边际地信口开河："例如知道裸体画和春画的区别，尸体解剖和戮尸的区别，出洋留学和'放诸四夷'的区别，笋和竹的区别，猫和老虎的区别，老虎和番菜馆的区别……"在此基础上，然后再尽可能地做到客观与理性，实事求是地指出作品的优势与缺陷，既不无限拔高，也不有意贬低。这就要求批评家在进行具体批评时，能够设身处地，"于解剖别人的作品之前，先将自己的精神来解剖裁判一回,看本身有无浅薄卑劣荒谬之处"(《对于批评家的希望》),而绝不是事先站在一个道德制高点上对着作品与作者进行俯瞰式的审判。鲁迅认为,批评家应该摆脱一切外在利害关系的考量,永远保持着一颗公正之心。"批评家若不就事论事,而说些应当去如此如彼,是溢出于事权以外的事,因为这类言语,是商量教训而不是批评。"(《对于批评家的希望》)所以,他反对那种无原则的吹捧,更反对不顾基本事实的一味抹杀。他说:"其实所谓捧与骂者,不过是将称赞与攻击,换了两个不好看的字眼。指英雄为英雄,说娼妇是娼妇,表面上虽像捧与骂,实则是刚刚合适,不能责备批评家的。批评家的错处,是在乱骂与乱捧,例如说英雄是娼妇,举娼妇为英雄。批评家的失了威力,由于'乱',甚而至于'乱'到和事实相反,这底细一被大家看出,那效果有时就相反了。"(《骂杀与捧杀》)至于那些不肯明确自己的批评态度,没有一个根本原则和是非立场的所谓批评家,对着文坛上的种种不良现象,"无不'彼亦一是非,此亦一是非',一律拱手低眉,不敢说或不屑说"(《"文人相轻"》),含糊其词,模棱两可,则更是等而下之了。

在提倡合理的、善意的批评的同时,鲁迅也反对那种恶意的批评,尤其反感批评家们相互之间仅仅出于个人意气之争而毫无原则的内讧。在他看来,作家与批评家的关系应该是互相促进、有利于文学事业健康发展的,而绝不是以互相谩骂、彼此拆台为能事。那种将作家与批评家之间的关系完全对立起来的做法,对于文学创作自然是有百害而无一利:"恶意的批评家在嫩苗的地上驰马,那当然是十分快意的事;然而遭殃的是嫩苗——平常的苗和天才的苗。幼稚对于老成,有如孩子对于老人,决没有什么耻辱;作品也一样,起初幼稚,不算耻辱。因为倘不遭了戕贼,他就会生长,成熟,老成;独有老衰和腐败,倒是无药可救的事!"(《未有天才之前》)鲁迅认为,一个优秀的批评家还应该具备温和宽厚的胸怀,对于刚刚走上文坛的新人,要及时地给予热情的鼓励,为他们提供一个成长的机会与逐步走向成熟的空间。也就是说,批评家应甘当培养天才的泥土,而不是一味地以戕害为务。所以,在 1922 年青年诗人汪静之的诗集《蕙的风》出版后,因为其中的"真情告白"而一度引来了新旧道学家的"堕落轻薄"的指责时,鲁迅就坚决地加以抨击。他指称那些所谓的"含泪的批评家",其实是打着道学幌子的伪君子,在"可怜的阴险"背后掩盖着不可告人的目的,并以为"批评文艺,万不能以眼泪的多少来定是非。文艺界可以收到创作家的眼泪，而沾了批评家的眼泪却是污点"（《反对"含泪"的批评家》）。出于同样的原因，鲁迅积极地肯定了早期"问题小说家"们，像汪敬熙、罗家伦、杨振声、俞平伯、欧阳予倩和叶绍钧等人略显稚嫩的创作，指出他们虽然"往往留存着旧小说上的写法和语调；而且平铺直叙，一泻无余；或者过于巧合，在一刹时中，在一个人上，会聚集了一切难堪的不幸"，然而他们"有一种共同前进的趋向……他们每作一篇，都是'有所为'而发，是在用改革社会的器械"。

其次，鲁迅提出，批评家应该视野开阔，具有多方面的文化素养。在《我们要批评家》一文里，他对于批评家的素养提出了这样的要求："我们所需要的，就只得还是几个坚实的，明白的，真懂得社会科学及其文艺理论的批评家。"鲁迅强调懂得社会科学，是要求批评者能够从一个宏观的角度把握时代发展的大趋势。例如，在为柔石的《二月》所写的"小引"中，鲁迅就十分精到地把握住了作品主人公萧涧秋到芙蓉镇中学两个多月以来的微妙心态："浊浪在拍岸……弄潮儿则于涛头且不在意。惟有衣履尚整，徘徊海滨的人，一溅水花，便觉得有所沾湿，狼狈起来。"在为叶永榛的《小小十年》写的"小引"中，鲁迅一方面十分敏锐地指出了作品主人公思想发展中的明显缺憾："但时代是现代，所以从旧家庭所希望的'上进'而渡到革命，从交通不大方便的小县而渡到'革命策源地的广州'，从本身的婚姻不自由而渡到伟大的社会改革——但我没有发现其间的桥梁。"另一方面，他又对作品的优点做了充分的肯定，"然而这书的生命，却正在这里。他描出了背着传统，又为世界思潮所激荡的一部分的青年的心，逐渐写来，并无遮瞒，也不装点，虽然间或有若干辩解，而这些辩解，却又正是脱去了自己的衣裳。至少，将为现在作一面明镜，为将来留一种记录，是无疑的罢。"在这里，鲁迅都是将对人物塑造的要求与时代背景及社会变动联系在一起来看的。

至于鲁迅同时强调要懂得文艺理论，则要求批评者必须遵从文学自身的发展规律，不能背离文学作品之所以成为"文学"所必备的艺术美感。文学固然应该发扬现实的战斗精神，给人以鼓舞与向上的力量："生存的小品文，必须是匕首，是投枪，能和读者一同杀出一条生存的血路的东西"（《小品文的危机》），但这并不意味着就必然抹杀其自身应具有的艺术美感。所以，在谈到1928年之后现代文坛上盛极一时的"革命文学"时，鲁迅在承认文学具有一定宣传作用的前提下又指出，文艺不仅仅是宣传工具，它还是有自己的特点的，即不能偏离自身的审美追求："我以为一切文艺固是宣传，而一切宣传却并非全是文艺，这正如一切花皆有色（我将白也算作一种色），而凡颜色未必都是花一样。革命之所以于口号，标语，布告，电报，教科书……之外，要用文艺者，就因为它是文艺。"鲁迅强调，并不是泛泛地写到了什么"打打打，杀杀杀，革革革、命命命"的内容，就可以算作革命文学；其根本问题在于作者本人是否是一个真正的革命者。"倘是的，则无论写的是什么事件，用的是什么材料，即都是'革命文学'。从喷泉里出来的都是水，从血管里出来的都是血。'赋得革命，五言八韵'，是只能骗骗盲试官的。"（《革命文学》）

　　再次，鲁迅的文学批评始终着眼于文学作品的现实关怀、人生价值以及终极意义的探讨。与当时某些年轻左翼作家不同的是，鲁迅并不无限夸大文学的力量。他说："我是不相信文艺的旋乾转坤的力量的，但倘有人要在别方面应用他，我以为也可以。"因为就改变现状的及时性与有效性而言，批判的武器显然不如武器的批判了："一首诗吓不走孙传芳，一炮就把孙传芳轰走了。自然也有人以为文学于革命是有伟力的，但我个人总觉得怀疑。"（《革命时代的文学》）这就明显地与中国传统的文论观相区别，像曹丕在《典论·论文》中所谓的"盖文章，经国之大业，不朽之盛事"。但鲁迅并不因此就完全抹杀文学的现实实用价值。文学固然不是宣传，但也不是小摆设与可供消遣的玩物。文学也许没有扭转乾坤的力量，但可以潜移默化地改造国民性。所以他十分关注一部文学作品的社会意义，看重其作者所占据的思想高度。在为叶紫的《丰收》作序时，他说："作者已经尽了当前的任务，也是对于压迫者的答复：文学是战斗的！"对于萧红的《生死场》，鲁迅极力推赞，收入其1935年主编的《奴隶丛书》，并在为作品所写的序言里指出："北方人民对于生的坚强，对于死的挣扎，往往力透纸背；女性作者的细致的观察和越轨的笔致，又增加了不少明丽和新鲜。"

　　鲁迅认为，好的文学批评是与社会变迁、时代发展同步的，是引领这个社会与时代积极健康地向前发展的。正是在这个意义上，鲁迅虽然客观地指出了当时盛行的"革命文学"中所存在的一些普遍缺陷，但对于颇受一部分人诟病的"革命文学"家反倒批评得不是很多，而是积极地给予支持。这一时期他写的很多文章如《醉眼中的朦胧》《头》《"革命军马前卒"和"落伍者"》《"好政府主义"》《中国无产阶级革命文学和前驱的血》等，都表现出了自己这一鲜明的立场。与此相反，他十分愤慨于那些所谓的"帮闲"、"帮忙"甚至"帮凶"文学，在《"民族主义的文学"的任务和运命》一文中，他十分具体地分析了《前锋月刊》中的几篇作品，指出它们"将只是尽些送丧的任务，永含着恋主的哀愁，须到无产阶级革命的风涛怒吼起来，刷洗山河的时候，这才能脱出这沉滞猥劣和腐烂的运命"。

十分难能可贵的是，鲁迅也曾力图以一个批评家的立场对于作为作家的自己做出客观的评论。在《"自选集"自序》里，他客观地指出了自己的创作是遵从着时代的主题与要求的："我的作品在《新青年》上，步调是和大家大概一致的，所以我想，这些确可以算作那时的'革命文学'。"在《中国新文学大系小说二集序言》里，他也明确地肯定了自己的《狂人日记》《孔乙己》《药》等作品的陆续出现，"算是显示了'文学革命'的实绩，又因那时的认为'表现的深切和格式的特别'，颇激动了一部分青年读者的心"，"后起的《狂人日记》意在暴露家族制度和礼教的弊害，却比果戈理的忧愤深广，也不如尼采的超人的渺茫。此后虽然脱离了外国作家的影响，技巧稍为圆熟，刻划也稍加深切，如《肥皂》《离婚》等，但一面也减少了热情，不为读者们所注意了。"鲁迅的这种自我批评显然是平和而公正的，既无自矜之态，也不妄自菲薄。在经受了半个多世纪的时代检验后，今天已经成为公论。

总之，鲁迅的新文学批评形成了自己鲜明的个人化风格，并始终保持着可贵的独立性与自主性。虽然他早年加入过《新青年》阵营，中间也一度参与维系过《语丝》这样松散的文学社团，晚期还成为"左联"这个极具政治色彩的文学组织的名誉领导人，但大体说来，鲁迅的批评是没有什么"派别"倾向或者所谓"圈子"特色的，基本上都是自我感受的真实表达。这是他与当时一些依托社团而从事文学批评的批评家的鲜明区别之处。他的批评一般都是就事论事，以文衡文，着眼于新文学的健康向上发展，而很少有无谓的意气之争。可以说，在反抗封建礼教、张扬自由意识，以及表现出对于人性的深切关怀方面，他是"五四"以来那一批批评家里面做得最好的。

从文体学的意义上来看，鲁迅的所有批评文本都是开放性的，包括了多层面解读的含混性与复杂性。其语言灵动飘逸、收放自如，有时候充满着浪漫抒情化色彩与诗意化的美感，如评价白莽的诗集《孩儿塔》："这是东方的微光，是林中的响箭，是冬末的萌芽，是进军的第一步，是对于前驱者的爱的大纛，也是对于摧残者的憎的丰碑。一切所谓圆熟简练、静穆幽远之作，都无须来作比方，因为这诗属于别一世界。"有时候则又枝节横生，随意挥洒，完全是旁逸斜出式的谐趣风格，如他在《"音乐"?》一文里对于徐志摩文风的戏仿："无终始的金刚石天堂的娇枭鬼茶黄，蘸着半分之一的北斗的蓝血，将翠绿的忏悔写在腐烂的鹦哥伯伯的狗肺上！你不懂么？咄！吁，我将死矣！婀娜涟漪的天狼的香而秽恶的光明的利镞，射中了塌鼻阿牛的妖艳光滑蓬松而冰冷的秃头，一匹黯黮欢愉的瘦螳螂飞去了。"正因为作者任性自然、无所顾忌，才使得文思不择地而出，行所当行，止所当止，最终收到了嬉笑怒骂皆成文章的效果。

当然，鲁迅的批评也并非毫无缺憾。例如，由于他过多地强调文学作品的社会参与意义与现实关怀品格，有时候就会对某些具有一定的时代进步倾向但本来艺术价值不是很高的作品做出了错误的评判，难免有揄扬过高之嫌，像被他赞赏过的部分左翼作家的作品就是如此；而另一方面，他的这种对于文学战斗性与现实关怀性极为重视的批评态度，也就不可避免地限制了自己的视野，从而使得他对于另外一些具有高度审美特征而相对远离时代背景的作品显得有些疏离。即如他对于"以冲淡为衣"的废名的批评，称其"过于珍惜他有限的'哀愁'"，"只见其有意低徊，顾影自怜之态"，在今天的读者看来，就还是有不少值得商榷的余地的。

最后还要指出的是，就一般而言，批评总是依附于被批评的对象即作品本身的。离开了具体的作品，批评自身的合法性存在自然也要大打折扣。但我们在鲁迅这里看到的是，他的新文学批评以其卓越的思想见识与丰富的文化内涵而产生了一种独立的美学效果。曾有论者指出："鲁迅的写作不是简单意义上的'形式创新'，而是一种不断的颠覆和重建，是在不断地探索文学的边界，是在看似离文学最远的地方把白话文学同中国文学的源头重新联系起来。"① 其实，以此来看鲁迅的新文学批评，也是符合这一论断的。许多他批评过的文学作品由于受时代文化背景与写作者个人素养的局限，也许终将成为历史的尘埃；但这并不影响鲁迅的批评作品能够脱离开它所批评的具体对象而独领风骚，永远散发着熠熠的光辉。

---

① 张旭东：《重读鲁迅与中国文学批评的反思》，《文艺理论与批评》2008 年第 6 期。

第三章 郁达夫:"生活,就是表现的过程"

一 古典的优雅与从容

作为中国现代文学史上一位影响深远的作家,郁达夫在小说、散文与诗歌等诸多领域都取得了极高的成就。近年来,郁达夫的文学创作得到了普遍的关注并取得了许多积极的研究成果。但令人遗憾的是,绝大多数研究都是针对其小说、散文或者政论乃至文艺思想等方面,而在诗歌方面,则显得异常薄弱。事实上,他的旧体诗词无论是在生前还是身后都赢得了广泛的赞誉。写于 1931 年的那首《钓台题壁》在当时便和者如云,其中的"曾因酒醉鞭名马,生怕情多累美人"一联,至今为人们所传诵。郭沫若说:"在他生前,我曾对他说过,他的旧诗词比他的新小说更好。"①张恩和在《郁达夫研究综论》一书中也指出:"郁达夫诗词的艺术质量,在其他也写旧诗的新文学家中,除让鲁迅以外,就没有人可以和他相匹敌了。"② 海外学者中,研究郁达夫诗词的倒是不乏其人,如日本小田岳夫的《郁达夫传——他的诗和爱及日本》与稻叶昭二的《郁达夫——他的青春和诗》两本专著,还有加藤诚的《读郁达夫的旧体诗》等研究专论,都对郁达夫的诗词作出了很高的评价。新加坡的郑子瑜先生早年就与郁达夫酬唱往来,对其旧体诗素有研究。他所撰写的《论郁达夫的旧诗》《谈郁达夫的南游诗》《〈郁达夫诗词集〉序》《郁达夫诗出自宋诗考》等文章,对郁达夫旧体诗的艺术特征与渊源也做了细心的研究与考辨。相形之

---

① 郭沫若:《〈郁达夫诗词抄〉序》,载陈子善、王自立编《郁达夫研究资料》,花城出版社 1985 年版,第 162 页。

② 张恩和:《郁达夫研究综论》,天津教育出版社 1989 年版,第 282 页。

下，国内研究界在这方面却稍显不足，目前仅见的寥寥几篇，都是以传统的笺释方式对郁诗的字面意义加以简单解释，现代意义上的研究依然付之阙如。这一现象并不是孤立的。事实上，对于1949年以后中国文学的研究者们来说，一直就存在着这么一个使人尴尬、无从下手的研究领域，那就是中国现代作家的旧体诗词创作。由于当代学术分工的日益精密，传统的中国文学研究对象已经被分割成两大块：古代文学与现当代文学（有时甚至被分成四大块，即古代、近代、现代与当代）。这两大块之间畛域分明，井水不犯河水。从事古代文学研究的人员因为这些诗词的产生时间而将它们从自己的研究视野里摒除，从事现当代文学研究的人员又因为它们传统的表现形式不合乎新文学的规范，同样将其拒之门外。从而在新旧文学的交叉地带，留下了这么一片未被垦殖的沃土。这种局面无论是就整体的文学史写作而言，还是就某一个具体的研究对象而言，都是极不合理的。有感于此，笔者拟对郁达夫的旧体诗创作做一个案研究，从以下四个方面谈一些个人的看法，权作抛砖引玉，以俟贤者后来之功。

（一） 为谁憔悴客天涯——萦回不尽的漂泊意识

抒写羁旅愁怀、思乡幽情，本是中国古典诗人的一个传统。以《诗经》里的"我徂东山，滔滔不归"这一类诗句发轫，中间经过屈原在楚辞里对去国怀乡的反复咏叹，这一主题得以强化并于此后便绵延不绝，历代诗人都有吟咏。而在郁达夫的诗里，这种萦回缠绵、挥之不去的漂泊意识表现得异常突出。这和郁达夫一生的经历有很大关系。郁达夫的故乡是浙江富阳，但从16岁到省城杭州读书时起，他就开始了东西漂泊的流浪生涯。在杭州由于时事变动加上个人生病等原因，所以待了不到两年的时间。1913年9月又跟随长兄郁曼陀东渡日本。中间除几次短期回国外，大多数时间羁旅异国他乡。直到1922年7月，才结束了近十年的留学生活正式回国。此后又为生计到处奔波，北京、上海、武昌、广州、福州等地，都留下了他的踪迹。用郁达夫自己的话说，正是"屐痕处处"。抗战爆发后因为家事纷扰，1938年他又携妻南下，抵达新加坡。1942年新加坡沦陷，他化名赵廉流亡苏门答腊，直到1945年8月被日本宪兵秘密杀害。他的一生可以说是多灾多难、颠沛流离的一生。所以，我们在郁达夫的诗里可以找到许多描述他客居异乡、思念家国亲人的诗句，而以他早年羁旅日本与晚年寄居南洋这两个时期为最多。

写于 1913 年的《乡思》，是他初到日本时写下的第一首诗，也是他的第一首抒发"乡关之思"的诗作："闻道江南未息兵，家山西望最关情。几回归梦遥难到，才渡重洋已五更。"这实际上是唐人沈佺期"闻道黄龙戍，频年不解兵"与岑参"枕上片时春梦中，行尽江南数千里"两首诗的巧妙化解，虽然带有明显的模仿痕迹，却把一个处身异域的少年在乍离故土后无限思念亲人的情感细致入微地表现了出来。类似这样的诗句还有很多，如《席间口占》"茫茫烟水回头望，也为神州泪暗弹"，《有寄》"只身去国三千里，一日思乡十二回"，《日本大森海滨望乡》"犹记离乡前夜梦，夕阳西下水东流"，《盐原日记诗抄·其十》"离人又动飘零感，泣下萧娘一曲歌"，等等，都极尽迂回曲折、一唱三叹之至，并且把个人对家乡的思念与对祖国前途命运的担忧交织在一起，读来真切感人。

即使在郁达夫于 1922 年从日本回国后，乡关之思诚然没有了，但这种流落天涯的身世飘零之感依然挥之不去。1932 年的《题剑诗》"襟袖几时寒露重，天涯歌哭一身闲"，1938 年的《戊寅夏日偕眷属自汉寿来辰阳避难同君左作》"国破家亡此一时，侧身天地我何之"，《毁家诗纪·十六》"此身已分炎荒老，远道多愁驿递迟"，《寄若瓢和尚二首》"离愁蹙蹙走天涯"、"地老天荒曳尾生"，在这些诗句里，"孤客"、"天涯"、"旅雁"、"炎荒"，是出现得最为频繁的意象。这与其说是他对自己现实处境的一种真实描绘，不如说是他对自己人生处境的一种特殊的隐喻方式。正如他早年在《自述诗·其二》里所描绘的那样："前身纵不是如来，谪下红尘亦可哀。"柔弱纤敏的个性，使他感到自身的孤独、落寞以及与这个争名逐利的世界的格格不入，因而时时发出逆旅于天地之间的悲叹。

1938 年 12 月，郁达夫抵达新加坡。著名的《星洲旅次有梦而作》即写于其时："钱塘江上听鸣榔，夜梦依稀返故乡。醒后忽忘身是客，蛮歌似哭断人肠。"我们读来好像是唐人柳宗元被贬柳州后所作的伤心诗篇，或者是南唐后主李煜被俘到北宋后怀念故国的哀婉诉说。诗人其时集家事国愁于一身，处身异域欲有所作为而又无可奈何，一颗受伤的灵魂因无处安放，遂发出痛苦的呻吟。写于 1939 年的《槟城杂感》"故国归去已无家，传舍名留炎海涯。一夜乡愁消未得，隔窗听唱后庭花"，在苦笑中带有几分自我解嘲的意味，读来却倍感凄楚伤神。至于《前意未尽，重作三章·其二》"投荒大似屈原游，不是逍遥范蠡舟。忍泪报君君莫笑，新营生圹在星洲"，其诗境若借用王国维在《人间词话》里评秦观语，俨然是"至为凄婉"，甚至"一变而为凄厉矣"。1942 年到苏门答腊后，这类诗句更多，如《去卜干山合鲁留赠陈金貂》"十年久作贾湖游，残夜蛮荒叠梦秋"，《乱离杂诗·其九》"便欲扬帆从此去，长天渺渺一征鸿"。在这些诗句里，诗人有时是一只高洁幽静的孤鸿，有时又是一位泛舟江海的隐士，这一切都非常清晰地凸显了传统文化精神打在他心灵上的深深烙印。然而，无论是唐代张九龄"孤鸿海上来，池潢不敢顾"式的犹疑还是宋代苏轼"谁见幽人独往来，缥缈孤鸿影"式的清旷，它们所表露出的无一不是因知音难觅而孤芳自赏的心绪。可见，那种世事无常、人生失意的阴影又重新笼罩在了郁达夫的身上。同样，从孔子的"道不行，乘桴浮于海"到杜牧的"欲把一麾江海去"再到苏轼的"小舟从此逝，江海寄余生"，两千多年的中国文学传统里所形成的这么一个隐居江湖的母题，在郁达夫这里又一次出现。而"身在江湖，心存魏阙"，"居庙堂之高，则忧其民；处江湖之远，则忧其君"，素来"以天下为己任"的中国知识分子对于国事的殷忧挂怀又何尝一日丢开？我们只看郁达夫此后在南洋为积极投入抗战所做的一切，就会明白诗人并非真的忘情于世事，而是以诗歌的形式做心灵的自我宽慰与解脱。

至于 1945 年春天写于苏门答腊的《题新云山人画梅》，是迄今为止我们所能找到的郁达夫最后的诗篇。"十年孤屿罗浮梦，每到春来辄忆家"，这也是诗人最后一次向我们诉说他浪迹江湖的故园之思。在他 40 多年的生命历程中，以流浪始，以流浪终，一生身如飘蓬、流落天涯，最后客死异域、魂归无所，给后人留下了无尽的叹惋。

（二）辞比江南赋更哀——哀婉凄楚的感伤情怀

在郁达夫的旧体诗里，无论是早期还是晚期，始终流溢着一种非常明显的感伤情调。在诗里他感慨自己凄凉的身世，感愤民生多艰的时事，感叹整个无常的人生。《登大悲阁闻友人情话有作》"可怜逼近中年作，都是伤心小杜诗"。虽然当时的他仅 22 岁，却似已未老先衰，所以过早地叹老嗟悲。有时他抱怨经济上的困窘，"论才不让相如步，恨煞黄金解弄人"（《寄和荃君原韵四首·其二》）；有时又对自己未卜的前途无限担忧，"升沉莫问君平卜，襟上浪浪泪未干"（《晓发东京》）；有时是因为历史而引发了诗人对于现实的感伤，"读到温陵稽古史，满怀羁思涕横流"（《〈温陵探古录〉题词》）；而更多的时候是诗人对自己的现实处境的自叹自伤，如"升斗微名成底事，词人身世太凄凉"（《和冯白桦〈重至五羊城〉原韵》），"圆缺竟何关世事，江流不断咽悲声"（《中秋口号》）等。

倪伟在《论郁达夫》一文中指出："感伤和忧郁无疑是郁达夫性格的基调。早岁丧父不仅致使家庭经济陷入困顿之中，并使得童年时的贫寒成为他终生挥之不去的创伤性记忆，而且也使他在人格成长的过程中丧失了可供认同的强有力的形象，从而形成了柔弱而内敛的自我。"[1] 这种说法有一定的道理，然而我们也不可忘记，在"长兄如父"的旧传统下，郁达夫的哥哥郁曼陀在其人生成长历程中扮演了一个重要的角色。即如写于1918年10月的《曼兄书来，以勿作苦语为戒，以此答之》一诗，诗题本身便已证明了这一微妙的关系。1927年在他作出了与王映霞结婚而抛弃发妻孙荃的决定后，遭到了郁曼陀的强烈反对。他本人在7月15日的日记里写道："今天又接北京曼兄来信，大骂我与映霞的事情，气愤之至。"诸如此类，都可作为佐证，所以倪伟先生的分析也不完全正确。在前诗里，郁达夫为自己忧郁的诗歌基调做辩解，"非将苦语诉同群，为恨幽兰未吐芬。""吐芬"云云，固然有些许的豪情在焉，而辩解完之后依然是"秋风愁绝宛丘君"，"苦语"与其真可谓是如影随形甚至化髓入骨了。需要指出的是，郁达夫表现在诗歌（包括小说与散文）里面的感伤，有出于个人天性及特殊的成长经历等原因，但也不排除他有意夸大其词、"为赋新词强说愁"的做法。即使最能暴露他真实心理的日记，其中又何尝没有夸张的成分。例如在1926年11月3日的日记中，他写道："天呀天呀，你何以播弄得我如此厉害，竟把我这贫文士的最宝贵的财产，糟蹋尽了。啊啊！儿子死了，女人病了，薪金被人家抢了，最后连我顶爱的这几箱书都不能保存，我真不晓得这世上真的有没有天帝的，我真不知道做人的余味，还存在哪里？我想哭，我想咒诅，我想杀人。"[2] 几箱书的损坏也让他哭天抢地、怨天尤人一番，难免有小题大做之嫌，甚或有几分滑稽。

然而在更多的场合里，郁达夫的忧郁与感伤是真实的。这种大喊大叫的宣泄是他借以进行心灵自我抚慰的一种有效方式，已经构成其敏感自尊

---

[1] 倪伟：《论郁达夫》，《文艺理论研究》1995年第3期。
[2] 郁达夫：《郁达夫日记集》，浙江文艺出版社1986年版，第19页。

的个性气质的一部分。所以在他的诗里,"题诗大有牢骚意"(《感时》),
"生前料已无欢会"(《寄荃君》),"与君此恨俱千古"(《谒岳坟》)等哀
婉凄凉甚至悲痛欲绝的诗句屡屡出现。李欧梵曾分析道,"他感情丰富,
多愁善感,部分就是由于他那敏感的性格所造成的,同时也是他在学生时
代读了大量的古典伤感小说及诗歌并受其熏陶的结果。对感情力量的认识
似乎是郁达夫这一代人趋于成熟的共同表现形式"①。这就在把握住了郁
达夫个人独特气质的同时,也看到了形成郁达夫感伤情怀的社会性因素。
我们知道,五四运动前后,在国势日蹙的情况下,感伤主义潮流在当时的
文坛上弥漫一时。所以这里既有郁达夫个人的因素,也是整个的时代氛围
使然。而在当时那些留学日本或欧美的留学生当中,处身异域与东西方文
化的巨大反差使得这种感伤色彩表现得尤为浓厚。如同一时期留学日本的
鲁迅的"最是令人愁不解,四檐风雨送秋声"与留学美国的陈寅恪的
"等是阎浮梦里身,梦中谈梦倍酸辛"等诗句,便是很好的证明。

(三) 嬉歌怒骂生花笔——真率性情的坦诚流露

　　吴战垒先生概括郁诗的特点在于一个"真"字。他说:"郁达夫确乎
是一个象'赤子'那样真率的人,有时真率得令人吃惊。他敢于赤裸裸
地坦露自己,敢于大胆地抒写自己的真感受和真性情,'歌哭无端字字
真',显得那样的痛快淋漓,略无顾忌。"② 在新文学作家里面,郁达夫的
确以真率而著称。他本人也极力推崇那种有真情实感的诗作。在《论诗
绝句寄浪华·其三》一诗里,他写道:"读到离骚伤怨句,始知空阔谢宣
城。"说真话,写真情,这是他的创作主张,也是他的人生态度。他的创
作与生活有时简直就是一体的,难分彼此。他自己说过,"至于我的对于
创作的态度,说出来,或者人家要笑我,我觉得'文学作品,都是作家
的自叙传'这一句话,是千真万确的"③,"艺术毕竟是不外乎表现,而
我们的生活,就是表现的过程,所以就是艺术"④。正是基于这种认识,

---

　　① 李欧梵:《现代中国作家的浪漫主义的一代》,载陈子善、王自立编《郁达夫研究资料》,花城出版社 1985 年版,第 533 页。

　　② 吴战垒:《郁达夫诗词》,载陈子善、王自立编《郁达夫研究资料》,花城出版社 1985 年版,第 329 页。

　　③ 郁达夫:《五六年来创作生活的回顾》,《郁达夫文论集》,浙江文艺出版社 1985 年版,第 335 页。

　　④ 郁达夫:《文学概说》,《郁达夫文论集》,浙江文艺出版社 1985 年版,第 116 页。

所以他在作品中真实而大胆地暴露自我。1921 年小说《沉沦》的出版，就以其无所顾忌的描写在当时的文坛引起了轩然大波。赞之者称"他那大胆的自我暴露，对于深藏在千年万年的背甲里面的士大夫的虚伪，完全是一种暴风雨式的闪击，把一切假道学、假才子们震惊得至于狂怒了"①。毁之者则直斥之为"卖淫文学"，说他"尽量地表现自身的丑恶，又给了颓废淫猥的中国人一个初次在镜子里窥见自己容颜的惊喜"②。正是由于着眼于力求个人之"真"，则无顾于世俗之"善"与寻常之"美"；或者说，在郁达夫的审美观里，"真"就是"美"与"善"的最高代表与集中体现。

郁达夫的真率主要表现在他对自己与女性关系的描述上。他的诗里出现了许多不同的女性。《赠隆儿》《赠梅儿》《赠姑苏女子》等诗，是他处处留情的狎亵生活的真实记录。他一直渴望着真诚的爱情和温暖的家庭生活，早期小说《沉沦》里的男主人公所谓"若有一个妇人，无论她是美是丑，能真心真意的爱我，我也愿意为她死的"的表白，也未尝不可以看作是郁达夫自我心声的流露，然而放荡不羁的生活方式使他不可能维持一个长期稳定的婚姻关系。就郁达夫的文化个性而言，置身于大时代的剧烈变动之中，在东西方文化相摩相荡的历史关头，他也时时生活在矛盾之中：骨子里依然是传统文化的继承人，而长期的留学生涯与西方思想的熏浸又使他不会再信守传统的某些道德教条。1927 年 1 月，他结识了王映霞，便在家庭与爱情面前陷入了深深的矛盾。"我时时刻刻忘不了映霞，也时时刻刻忘不了北京的儿女。一想起荃君的那种孤独怀远的悲哀，我就要流眼泪，但映霞的丰肥的体质和澄美的瞳神，又一步不离的在追迫我。"③"荃君的信中，诉愁诉恨，更诉说无钱，弄得我良心发现，自家责备自家，后悔到了无地"④，"我又想起了呻吟于北京的产褥的女人，就写了一封信去安慰她"⑤。这种两难选择并未持续多久，几年之后他给王映霞写信道："富阳泼妇若有信来，你可以不要开封，马上写一附笺，送回

① 郭沫若：《论郁达夫》，载陈子善、王自立编《郁达夫研究资料》，花城出版社 1985 年版，第 86 页。
② 苏雪林：《郁达夫论》，载陈子善、王自立编《郁达夫研究资料》，花城出版社 1985 年版，第 67 页。
③ 郁达夫：《郁达夫日记集》，浙江文艺出版社 1986 年版，第 92 页。
④ 郁达夫：《郁达夫日记集》，浙江文艺出版社 1986 年版，第 121 页。
⑤ 郁达夫：《郁达夫日记集》，浙江文艺出版社 1986 年版，第 142 页。

原处,说收信人不在好了。以后绝对可以不去理她。"① 在真诚的诗人性情背后却又隐藏着几分市侩式的狡黠。但不管是美好还是丑陋,郁达夫追求的是真实的感受,是自己对这个世界的新鲜的体味。与鲁迅的犀利深刻、胡适的温厚平和相比,郁达夫或者不免有些浅俗无蕴,但他始终是率真的。即使偶尔狡狯,也要以率真的方式来表现这种狡狯。他竭力放纵自己的情感,乐则大笑,悲则大哭,有时自高自大、自叹自赏,有时又自怨自艾甚至自暴自弃。他在日记与书信里发泄对自己母亲、妻子、长兄的不满乃至憎恶,并且将它们公开发表。这一做法即使在今天我们也无法苟同,遑论当时用传统道德来进行合理的解释。而所有这些,正是构成了郁达夫之所以为郁达夫的根本质素。

"他那传统的妻子是个知书达理的女子,他也并不是对她毫无感情,是郁达夫自己作为一个因不得志而长期遭受精神折磨的主人公在黑暗的天地中忧郁地到处漂流这一自我形象,使他对自己现实生活中的许多方面感到不满。"② 的确,早期他对发妻孙荃的爱是真诚的,并写了许多相思的诗篇,如《为某改字曰兰坡名曰荃》"题君封号报君知,两字兰荃出楚辞。别有伤心深意在,离人芳草最相思",《梦醒枕上作,翌日寄荃君五首》"相思情泪知多少,染得罗衾尔许红",《寄和荃君》"阿侬亦是多情者,碧海青天为尔愁",《寄内五首》"死后神魂如有验,何妨同死化鸳鸯"。另有《题写真答荃君三首》《寄荃君》《寄和荃君原韵四首》等多首诗作。相比之下,他后来写给王映霞的诗反倒没有几首,更多的只是直白的情书。所以郭沫若说:"他是从封建社会里孕育出来的人,早期的旧式婚姻似乎未能使他满意。"③ 这句话其实是不准确的,我们不能否认他复杂多变的情感态度里包含有喜新厌旧的成分,这数十首诗便是最大的证明。

郁达夫在生活上那种浪荡不羁的旧式文人作风,在当时便招来了种种的非议与指责。女批评家苏雪林对他提出了激烈的批判:"郁氏好说大

---

① 郁达夫:《致王映霞》(1932 年 11 月 1 日),载王映霞《我与郁达夫》,广西教育出版社 1992 年版,第 253 页。

② 李欧梵:《现代中国作家的浪漫主义的一代》,载陈子善、王自立编《郁达夫研究资料》,花城出版社 1985 年版,第 576 页。

③ 郭沫若:《〈郁达夫诗词抄〉序》,载陈子善、王自立编《郁达夫研究资料》,花城出版社 1985 年版,第 163 页。

话，好发牢骚，有人以为是中国名士遗风。其实中国名士谈吐之蕴藉风流高华俊逸，郁氏固不及……他的说大话毫无风致，只觉粗鄙可憎；他的发牢骚也不过是些可笑的孩子气和女人气。"① 郁氏自己其实并不缺乏这方面的自我反省。他的落拓不羁的生活方式，固然是出于排遣内心孤寂的动机；但一番酒色过后，孤独的感觉便接踵而至，甚至还由此引发自我内心深处的更强烈的责难。尽管他曾在《〈茑萝集〉自序》说："唉唉，清夜酒醒，看看我胸前睡着的被金钱买来的肉体，我的哀愁，我的悲叹，比自称道德家的人，还要沉痛数倍，我岂是甘心堕落者？我岂是无灵魂的人？不过看定了人生的运命，不得不如此自遣耳。"但这只是借以缓解心中沉重道德压力的强为辩解而已。一旦内心的道德压力稍得纾解，便又有了重新犯"罪"的冲动。可以说，犯"罪"—自我忏悔—解除心理负担—重新犯"罪"，这是富有郁达夫特色的行为与心理逻辑。他的诗里也不乏这方面生活的反映，如《日本谣》"怜他如玉麻姑爪，才罢调笙更数钱"，"十五云英初见世，犹羞向客唤檀郎"，有时还颇以此风流自赏，如《大桃园看花》"诗酒纵难追白也，风流还许到红裙"，《步何君〈半山娘娘庙题壁〉原韵》"笑指朱颜称白也，乱抛青眼到红妆"。在《盐原日记诗抄》里甚至出现了诸如"一幅杨妃出浴图"、"细喘娇吁出浴初"等近乎猥亵的诗句。在这一点上，早就有人指出，他和卢梭颇为类似。所以他的忏悔看似真诚的，其实也是矛盾的，颇具自欺欺人的意味。夏志清认为："波得莱尔的颓废只能用基督教义来解释，郁达夫的罪恶和忏悔也同样只能用他所受的儒家教化来了解。即使偶尔做风流韵事，郁达夫或是他小说里面的自己总觉得没有尽到做儿子、做丈夫、做父亲的责任，受良心的责备。"② 这一分析敏锐地捕捉到了中国儒教文化的深层结构与郁达夫个性心理的某种契合，洵为识者之论。

郁达夫的真率还表现在他不喜欢受约束的生活，而追求个性的洒脱自由。1926 年他满怀新生活的希望来到了大革命的策源地——广州，然而那里的情况只能让他绝望。他说："我曾经到过创造新世界的理想国里，这理想国的人们，也免不了禽兽的本性。我现在又回到纳污藏垢的上海来

---

① 苏雪林：《郁达夫论》，载陈子善、王自立编《郁达夫研究资料》，花城出版社 1985 年版，第 75 页。

② 夏志清：《中国现代小说史》，台湾传记文学出版社 1979 年版，第 133 页。

了，这上海当然也是和旁的人类杂处的地方一样，处处是阴谋，处处是陷阱。啊啊，这丑陋的人生，这污浊的人世。"① 他的"侏儒处处乘肥马，博士年年伴瘦羊"诗句（《和冯白桦〈重至五羊城〉原韵》），便是对当时现实的写照。他还写了《广州纪事》一文表达自己的不满。为此，遭到郭沫若与成仿吾等好友的指责，并最终与创造社闹翻。1931 年他加入"左联"，但因生性疏懒不乐于开会，不久又被"左联"以"肃清一切投机和反动分子"的名义开除。"陋巷原无客到门，草堂炉火爱微温"（《立春日》）是他一直追求的生活方式。可惜的是，在混浊纷乱的年代里，诗人只能辗转漂泊、流离不定，这么一个卑微的愿望反倒成了一种奢望。

（四）十年恨事数番经——坎坷历程的生动写照

郁达夫一生命途多舛，他 3 岁丧父，从小失去了父爱的关护。24 岁时在母亲做主下与孙荃结婚，因缺乏稳固的感情基础而导致分道扬镳。后来与王映霞的结合最终又以悲剧收场。1938 年在日军攻陷富阳后，老母亲在家乡活活饿死。加以儿子早殇，长兄被日伪杀害。这种种灾难叠加于一身，使郁达夫时时生活在痛苦之中。郭沫若后来也回忆说，"在友人中像达夫这样的遭遇是很罕见的"②。"非诗能穷人也，穷而后工"，郁达夫把这种痛苦转化为创作的源泉，发为感人之音。1935 年的《志亡儿耀春之殇》组诗六首，读来令人潸然泪下。"两年掌上晨昏舞，慰我黔娄一段贫"，"九泉怕有人欺侮，埋近先茔为树槐"，"收取生前儿戏具，筠笼从此不开箱"，这些自胸臆中自然流出的诗句，情真意切，即使与杜甫、元稹、陈师道等唐宋人同样题材的诗句放在一起，也毫无愧色。而写于早年的《自述诗》与中年的《毁家诗纪》、晚年的《乱离杂诗》三组诗，完全可以当作诗人的自传来读。在《自述诗》里，他追怀了自己早年的经历：有对父亲去世时情景的描述，"犹忆青灯秋雨夜，虚堂含泪看兄吟"；有对少年春心萌动时的怀恋，"三月富春城下路，杨花如雪雪如烟"；也有对自己未来前途的隐忧，"功业他年差可想，荒村终老注虫鱼"。他的《毁家诗纪》详细记述了他与王映霞之间的恩恩怨怨：从"不是有家归未

---

① 郁达夫：《关于编辑、介绍以及私事等等》，《郁达夫文论集》，浙江文艺出版社 1985 年版，第 227 页。

② 郭沫若：《〈郁达夫诗词抄〉序》，载陈子善、王自立编《郁达夫研究资料》，花城出版社 1985 年版，第 163 页。

得，鸣鸠已占凤凰巢"的愤慨、"凤去台空夜渐长，挑灯时展嫁衣裳"的
惆怅，到"万死干君唯一语，为侬清白抚诸儿"的悲切。对于当事人的
是是非非，今天的我们也许已无权置喙，但诗中所表现出的那份真挚而细
腻的情感，那种哀婉而动人的力量，依然引发了我们深深的共鸣。

　　郁达夫一直希望能够"完成自己；做文士也好，做官也好，做什么
都好，主要的总觉是在自己的完成。人家的毁誉褒贬，一时的得失进退，
都不成问题；只教自己能够自持，能够满足，能够反省而无愧，人生的最
大问题，就解决了"①。诗人虽然在当时因为自己的文学作品与在个人情
感问题的处理上招致了种种非议，但他在大敌当前的情况下所表现出的可
贵的民族气节让人感佩万分。"乱世桃源非乐土，炎荒草泽尽英雄"（《乱
离杂诗·其九》），他最终以生命为代价"完成了自己"，也赢得了后人永
远的敬仰。

　　最后，我还想就郁达夫旧体诗的影响渊源问题补充一点看法。郑子瑜
先生在《郁达夫诗出自宋诗考》一文里写道，"达夫的旧诗，受宋人的影
响最深，这可能是因为他所处的时代，与宋朝有若干仿佛之处。但宋诗主
说理，而达夫诗却是以道情取胜；我想最大的原因，是因为宋代诗人，喜
欢以散文人诗，这就正合达夫的脾胃了"。为此，他举了好多实例证明郁
达夫的诗源于宋诗，如郁诗中的"多情不减李香君"源于杨万里的"风
流不减韦苏州"，"九州铸铁真成错"源于辛弃疾的"错处真成九州铁"，
等等。这一观点影响至大，一直为人们所接受。在 2001 年第 9 期的《浙
江海洋学院学报》上，詹亚园与张杨二位先生与之针锋相对，提出了不
同的意见。他们在《郁达夫诗出唐诗考》一文里说："除了具有'主于情
韵'这一唐诗的主要精神特征之外，郁达夫诗在体貌上对唐诗的学习与
继承，踪迹亦历历可寻，如郁诗多用唐人诗意，多用唐人成句，多仿唐诗
句式，多用唐人诗语等等，都揭示了唐诗对郁诗的影响，因此，在很大程
度上我们可以肯定地说郁诗出于唐诗。"他们也举了一些例子，如郁诗中
的"月落乌啼夜半钟"源于张继的"月落乌啼霜满天"，"留取冰心镇玉
壶"源于王昌龄的"一片冰心在玉壶"，等等。实际上，说源于唐诗或源
于宋诗，都有一定的道理，但在我看来，似乎也都无关紧要。郁达夫的某
些小诗清新自然、隽永精微，确乎受到了宋代杨万里、范成大等人山水田

---

① 郁达夫：《写作的经验》，《郁达夫文论集》，浙江文艺出版社 1985 年版，第 224 页。

园诗的影响，而其整体诗风里的那份真挚动人的情致又何尝没有唐代杜甫、李商隐等人的影子？因为一个作家接受传统的影响可以是多方面的，并不一定局限于某一代或某一个人。"新诗人掌握着更丰富的知识力。前驱者象洪水一样向我们压来，我们的想象力可能被淹没，但是，新诗人如果完全回避前驱者的淹没，那末他就永远无法获得自己的想象力的生命。"① 正是在对传统的吸收、借鉴与改造中，诗人才获得了创新的能力。何况运用典故、借用前人成句甚或集前人诗句再创新辞，本来就是宋以后中国古典诗人惯用的写作技法。如果我们只斤斤计较于一两个诗句的类似，便率尔得出郁诗源于某某的结论，难免要犯以偏概全的错误。即如郁达夫的《乱离杂诗·其六》"茫茫大难愁来日"一句，显然是清代诗人黄仲则"茫茫来日愁似海"的翻新。而《己未秋，应外交官试被斥，仓卒东行，返国不知当在何日》一诗中有"燕雀岂知鸿鹄志"句，我们也都知道是出自司马迁的《史记·陈涉世家》。但不能以这两个例子就简单地得出郁达夫的诗源于清诗甚或《史记》的荒唐结论。

刘心皇在《郁达夫诗词汇编》的编者序中说："我通阅郁达夫的作品：小说、散文、游记、日记等等，觉得感动人的，竟是他的诗词。"著名画家、郁达夫的生前老友刘海粟曾说："讲到他的文学成就，我认为诗词第一，散文第二，小说第三，评论文章第四。"② 而孙百刚在《郁达夫外传》一书中也认为郁达夫可传后世的不是小说而是诗。③ 在西学浪潮滚滚、中国传统文化已日趋式微的今天，在已经很少有人写古诗甚至读古诗的大环境下，对郁达夫的旧体诗做出如此高的评价，也许并不能得到大多数人的认同。我们还需要时间，毕竟历史会做出公正的回答。

二　"衣冠憔悴客天涯"
——南洋诗作评析

1938 年 12 月 28 日郁达夫抵达新加坡。此行是应当地华文报星洲日

---

① ［美］罗德·布鲁姆：《影响的焦虑》，徐文博译，生活·读书·新知三联书店 1989 年版，第 169 页。

② 刘海粟：《〈郁达夫传〉序》，载陈子善、王自立编《郁达夫研究资料》，花城出版社 1985 年版，第 451 页。

③ 伍贤运：《郁达夫研究五十年综述》，《社会科学动态》1999 年第 7 期。

报社之邀,任该报副刊编辑。关于他南行的深层原因,迄今仍争议甚多,或言负有宣传抗战使命,或言为摆脱家庭丑闻。郁达夫自己有一首诗隐约透露其内心苦衷,即《珍珠巴刹小食摊上口占和胡迈诗原韵》,内有"若非燕垒来蛇鼠,忍作投荒万里行"一句。此句一语双关,似既可指家事,也可指国事。但不管怎样,"去海外从事以华侨为对象的抗日宣传活动,这对于已为家庭纠纷弄得精疲力竭的郁达夫说来,不啻是提供了一个新的天地"①。在南洋,郁达夫度过了将近七年的时间。其中又以 1942 年 2 月 15 日新加坡陷落为转折。此前,郁达夫一直在新加坡进行抗日宣传工作,生活相对较为安逸;此后,他被迫转移至苏门答腊,不久又被日本宪兵征为翻译,过着惊魂不定的动荡生活,直至 1945 年 8 月 29 日失踪遇害。这七年里,他写了近百首的诗篇,留下了一份南洋生活的真实记录。

郁达夫南洋诗一个最主要的内容,就是表达身在海外的自己对于故国家园的怀恋之情。由于身处异域,他的诗里充满了这种一唱三叹、萦回不去的归乡意识。著名的《星洲旅次有梦而作》写于作者初抵新加坡之时,"钱塘江上听鸣榔,夜梦依稀返故乡。醒后忽忘身是客,蛮歌似哭断人肠"。其故园之思、家国之梦,哀婉缠绵,悱恻感人,既有庾信"回头望乡泪落,不知何处天边"式的怨叹,又有李煜"梦里不知身是客"式的伤心。乡愁萦怀的郁达夫并没有真正融入当地的生活,"炎荒怕读刘郎画,一片蒹葭故国心"(《为晓音女士题海粟画〈芦雁〉》),"归去西湖梦里家,衣冠憔悴客天涯"(《槟城杂感·其二》)等诗表明他只是一个孤客,且时刻惦念着家乡。诗人有时以大雁自喻,"指点云中雁,应从海外归。弯弓思射取,只恐拆双飞"(《雁》),"愿随南雁侣,从此赋刀环"(《星洲既陷,厄苏岛困舟中,赋此见志》),"托翅南荒人万里,伤心故园梦千回"(《月夜怀刘大杰》)。有时情景所即,也使他忆及故土风物,像"绝似秦淮五月天"、"不堪听唱江南好"这样的诗句在他的诗里频频出现。他虽有"终期埋近要离塚,那有狂夫不忆家"(《和广勋先生赐赠之作·其四》)的愿望,然而最终被秘密杀害,尸骨流落海外、下落不明,使得今人一次次感伤地为其重赋招魂。

抒发国破家亡的感伤情怀,是郁达夫其时诗歌的另一重要内容。由于抗战爆发与家庭变故,郁达夫从内心深处真正感受到了古人所谓的有家难

---

① [日]铃木正夫:《苏门答腊的郁达夫》,李振声译,远东出版社 1996 年版,第 9 页。

奔、有国难归的痛苦。写于 1939 年的《槟城杂感》组诗真实地传达了这种痛苦:"故国归去已无家,传舍名留炎海涯。一夜乡愁消未得,隔窗听唱后庭花。"现实处境于诗人而言,确然已是国破家亡。据王任叔回忆,他曾劝郁达夫回国,郁达夫回答说,"国民党会杀我的,一定会。夺取了我的老婆,正好没有借口了,还不会杀我"①。"各记兴亡家国恨,悲鸿作画我题诗"(《题悲鸿画梅》)是他感愤于国难当头的现实而与友人互勉,"不欲金盆收覆水,为谁憔悴客天涯"(《小草》)两句则是感伤于当时的家庭困境,忧郁与愤慨的情绪兼而有之。《槟城杂感·其三》"投荒大似屈原游,不是逍遥范蠡舟。忍泪报君君莫笑,新营生圹在星洲"一诗,是含泪的笑。诗人只能在苦笑中自我解嘲,其诗风已由凄婉一变而为凄厉矣。1942 年到苏门答腊后,这类诗句更多,如《去卜干山合鲁留赠陈金贻》"十年久作贾湖游,残夜蛮荒叠梦秋",《乱离杂诗·其九》"便欲扬帆从此去,长天渺渺一征鸿"。在这一方面,他与笼罩中国传统诗人几千年的"天地羁旅"、"人生如寄"的思想没有多大出入。

毋庸讳言,郁达夫对于抗战前途一度十分绝望,所以他情绪低落、迷惘动摇。这种心态主宰着诗人,使其诗歌具有一种非常明显的感伤情调。他有时感到前途茫茫、无所适从,"烽烟迷宇宙,此去复何之"(《送杜迪希先生行》);甚至看不到一线希望,"好山多半被云遮,北望中原路正赊"(《云雾登升旗山,菊花方开》)。在这种情况下,他或以禅僧自喻,"参透色空真境界,一瓶一钵走天涯"(《感怀》);或借酒浇愁,"醉死何劳人荷锸,笑他刘阮是庸才"(《三月一日对酒兴歌》),"南行几断杯中物,此夕何妨尽醉倾"(《赠曾梦笔》)。但遁入空门只是空想,毕竟"乱世难期独善身"(《赠万印楼主张斯仁》);而举杯消愁亦无济于事,以至于"酒入愁肠都乏味"(《书示江郎》)。所以有时,他会发出"无恨岂宜歌慷慨,有生只合作神仙"(《题梅魂手册》)的牢骚。在化名赵廉替日本宪兵当翻译后,尽管郁达夫凭借自己特殊的身份做了许多有利于当地爱国华侨的工作,但曾遭到一些人的误解,他自己内心深处也为之惴惴不安。"旧梦忆同蕉下鹿,此身真似劫余灰"(《胡迈来诗,会有所感,步韵以答》),即表露了这种痛苦而矛盾的心理。

郁达夫的诗里固然有失意、悲怨,但诗人并非真的忘情于世事,而是

---

① [日]铃木正夫:《苏门答腊的郁达夫》,李振声译,远东出版社 1996 年版,第 80 页。

以诗歌的形式作心灵的自我解脱。更多的时间，他对胜利怀有信心，所以他的诗里也不乏拳拳的爱国之心和不屈的抗争之志，充满了恢复山河的满腔豪情。写于 1942 年的《祝中兴俱乐部两周年纪念》即为明证，"楚必亡秦原铁谶，哀能胜敌是奇师。黄龙痛饮须臾事，伫待南颁报捷辞"。在新加坡他怀着满腔热情投入抗战宣传，在苏门答腊他利用给日本人当翻译的身份积极援救爱国华侨，使当地华人得到了极大的鼓舞。1940 年 2 月 8 日，当他听到捷报后，心情激动得不亚于写《闻官军收河南河北》的杜甫与写《伤春》的陈与义，遂乘兴而作《庚辰元日闻南宁捷报，醉胡社长宅，和益吾老人〈岁晚感怀〉原韵》，"羽檄连翩至，愁怀次第开。敢辞旨酒赐，痛饮尽余杯"，喜悦之情溢于言表。诗人虽位卑而不忘忧国，"生同小草思酬国，志切狂夫敢忆家"（《小草》），处身环境的险恶，使他"偶有触动，也会用旧体诗记述其感怀，然后给朋友们传阅。这些诗作，由于怕暴露身份，传阅过后也就随即销毁了"①。但在这些几经辗转而流传下来的有限诗篇里，都表达了诗人对恢复山河的殷切期望。当然，我们应认识到，"郁达夫的晚期，是不断的从小我走向大我的最后一程，而不是从作家到战士的突变"②。诗人在大敌当前的情况下所表现出的可贵的民族气节让人感佩万分。张楚琨甚至将他比作"在为希腊自由而战的拜伦"③。"乱世桃源非乐土，炎荒草泽尽英雄"（《乱离杂诗·其九》），他最终以生命为代价"完成了自己"，也赢得了后人永远的敬仰。

郁达夫是一个坦诚的人。他赤裸裸地暴露自己，没有一丝道学家的虚伪骄矜之气。郁达夫的真率主要表现在他对自己与女性关系的描述上。挚爱也罢，冷漠也罢，他都毫不掩饰地表露出来。最为人所注目的是他1942 年春写的《乱离杂诗》十一首与 1943 年 9 月写的《无题四首》，这两组诗都写于苏门答腊。正如铃木正夫所指出的，《乱离杂诗》十一首，绝大多数是为思念一位叫李筱英的女子而作的。"兼旬别似三秋隔，频掷金钱卜远人"、"此情可待成追忆，愁绝萧郎鬓渐丝"等诗句，表达了他对李筱英的深厚感情。而《无题四首》则叙写他在苏门答腊与一位华侨女子一场无爱的婚姻，我们从"一自苏卿羁海上，鸾胶原易续心弦"、

① ［日］铃木正夫：《苏门答腊的郁达夫》，李振声译，远东出版社 1996 年版，第 171 页。
② 郁风：《盖棺论定的晚期》，《郁达夫海外文集》，生活·读书·新知三联书店 1990 年版，第 721 页。
③ ［日］铃木正夫：《苏门答腊的郁达夫》，李振声译，远东出版社 1996 年版，第 18 页。

"都因世乱飘鸾凤,岂为行迟泥鹧鸪"的诗句里可以看出,这场婚姻只是诗人一时的权宜之计。他对之并没有投注多少真情,甚至带有某种轻薄玩赏的态度。所以,情真始足动人,《乱离杂诗》更易为读者所激赏。它完全可以当作诗人的自传来读。在这组诗里,诗人的身世之感与家国之悲交织在一起。他或担忧国事,"又见名城作战场,势如累卵溃南疆";或伤心家事,"月正圆时伤破镜,雨淋铃夜忆归秦";有时心灰意冷,"明知世乱天难问,终觉离多会见稀";有时又充满信心,"长歌正气重来读,我比前贤路已宽"。这种瞻前顾后的迷茫心理与跌宕起伏的情绪变化,正是他当时流离不定的生活状态的真实表现。郑子瑜以为"(它)是郁达夫一生中最出色的诗作。用典适切,笔调清新,文笔与内容是同样的出类拔萃"①。

在中国现代作家里面,郁达夫是带有较为浓厚的旧式文人名士做派的。苏雪林批评他:"何尝够得上中国名士的资格,只不过是名士糟粕之糟粕而已。"② 这种批判里固然充满了淋漓的快意,但也暴露了批判者的偏见。相形之下,郁达夫早年的朋友王任叔的意见倒较为中肯:"我要告诉我们青年的一代,达夫已经走完了名士的路,旧名士的路,新名士的路,他都为我们走完了。我们是不应,而且也大可不必再走了。"③ 的确,在某种意义上可以说,郁达夫是中国传统文化孕育出来的最后一代名士。他一生颠沛流离、多灾多难,时时生活在痛苦之中。"非诗能穷人也,穷而后工",郁达夫把这种痛苦转化为创作的源泉,谱写出感人的诗篇。1941年他作诗《自叹》,"异国飘零妻又去,十年恨事数番经"。"十年恨事数番经",即是他对自己不幸生活的辛酸总结。他一生的悲剧固然有特定的社会原因,但也是旧文化在新时代回光返照时的一种畸形反映。

郁达夫自言:"历年来当感情紧张,而又不是持续的时候,或有所感触,而环境又不许可写长篇巨论的时候,总只借了五七字句来发泄。"④

---

① 郑子瑜:《郁达夫的南洋诗》,转引自[日]铃木正夫《苏门答腊的郁达夫》,李振声译,远东出版社1996年版,第53页。

② 苏雪林:《郁达夫论》,载陈子善、王自立编《郁达夫研究资料》,花城出版社1985年版,第75页。

③ 王任叔:《记郁达夫》,转引自[日]铃木正夫《苏门答腊的郁达夫》,李振声译,远东出版社1996年版,第238页。

④ 郁达夫:《〈不惊人草〉序》,《郁达夫海外文集》,生活·读书·新知三联书店1990年版,第534页。

诗是他生活的真实记录，也是他情感的真率表露。他继承李商隐、黄景仁等人的诗风，抛弃了温柔敦厚的说教，乐而淫，怨而怒，哀而伤，一任性情，无所顾忌。"秋风愁绝宛丘君"，正是他最好的自我写照。将一种感情不加羁缚地推到极端，有时难免夸张，甚至也犯无病呻吟的毛病，例如王任叔就认为他的诗歌"有黄仲则的哀愁，龚定庵的丽则，但一样有王次回的无聊"①。但更多的时候，是他以真情深深地打动了读者，引发了读者的共鸣。也正因为如此，日本的小田岳夫、稻叶昭二、加藤诚与新加坡的郑子瑜等人，都对郁达夫的诗做出了很高的评价。刘心皇在《郁达夫诗词汇编》的编者序中说："我通阅郁达夫的作品：小说、散文、游记、日记等等，觉得感动人的，竟是他的诗词。"

在谈到诗人冯蕉衣时，郁达夫曾说过："冯蕉衣是一位生来的抒情诗人。因为他的才气，他的倾向，他的性情，都是适宜于写抒情小诗的。"②这句话完全可以用来评价他自己。郁达夫本质上还是一个抒情诗人，历史把他推上了战斗的前沿阵地。他用诗歌塑造了一个忧郁孤独的诗人自我形象，也用生命塑造了一个深明民族大义的爱国战士形象。

---

① 王任叔：《记郁达夫》，转引自［日］铃木正夫《苏门答腊的郁达夫》，李振声译，远东出版社 1996 年版，第 81 页。

② 郁达夫：《〈冯蕉衣的遗诗〉序》，《郁达夫海外文集》，生活·读书·新知三联书店 1990 年版，第 675 页。

第四章　废名:从"有限的哀愁"到"渐近自然"

——废名与六朝文学

在中国近现代文坛上，对六朝文学情有独钟的作家与学者们大有人在，远如章太炎、刘师培与吴虞，次如黄侃、汪辟疆、鲁迅与周作人，以至后来的朱自清、朱光潜、李长之、王瑶等人，皆对六朝文学表现出了浓厚的兴趣并作出了探究的努力；但真正将之纳入自己的文化视野以构成有效的创作资源，并于具体的写作实践中奉之为圭臬的，似乎只有废名一人。

废名对六朝文学的偏嗜，有其家世背景的因素。众所周知，六朝时期是中国漫长封建史上唯一的一个儒教衰落、佛道思想大行的时期。因其时天下骚动，士人颠连困厄，儒家严肃板正的名物训诂之学，已无法适应乱世的生活，玄言清谈便继之而起，成为一时的潮流："约言析理，发明奇趣，此释氏智慧之所以能弘也。祖尚浮虚，佯狂遁世，此僧徒出家之所以日众也"。① 唐人杜牧《江南春绝句》一诗中所谓"南朝四百八十寺，多少楼台烟雨中"，正是当时社会现实的真实写照。而废名的家乡湖北黄梅，向来是佛道圣地。那里有著名的四祖寺、五祖寺，所以民间修道礼佛的风气甚为浓厚。1936 年，废名还写过一篇《五祖寺》的文章，追忆幼年时期外祖母与母亲携自己到寺里进香的情景，虽然因其时年幼而被大人们留在外面，但"过门不入也是一个圆满，其圆满仿佛是一个人间的圆满"，并以为"到五祖寺进香是一个奇迹……给了我一个很好的记忆"。一个人从小浸淫于这样的氛围中，耳濡目染，在人生观念与审美取向上自

---

① 汤用彤:《汉魏两晋南北朝佛教史》，北京大学出版社 1997 年版，第 134 页。

不免要受到一些影响。这表现在，废名本人一直笃好佛学，具有深厚的佛学理论功底，经常与也是一代佛学大师的好友熊十力在一起辩佛论道，曾著有《阿赖耶识论》一书，自以为高过熊的名噪一时的《新唯识论》。生活中的废名还喜欢静坐沉思，并会像老僧一般打坐入定。20 年代后期，他又在北京西山度过了数年的隐居生活，自言"遗世而独立，微笑以拈花"① 的境界，乃素所追求。由此可见，这种文化背景的相似，使得六朝文学于废名很自然地具有了某种亲和感。

然而，废名对六朝文学的最终取向，在很大程度上是师承渊源使然。在现代文坛上，废名是周作人的忠实弟子。他终身服膺周作人为精神导师，推崇其"渐进自然"的人生态度，即使在周氏因附逆入狱的 40 年代及新中国成立后人人自危的"文革"时期依然如此，可谓至死未泯。而周作人早年在日本留学期间，深受提倡"五朝学"的章太炎的影响，对于六朝文学也一向是称赏有加，声称："汉魏六朝的文字中我所喜的也有若干，大都不是正宗的一派，文章不太是做作，虽然也可以绮丽优美，思想不太是一尊，要能了解释老，虽然不必归心于哪一宗，如陶渊明颜之推等都是好的。"② 1936 年，周作人在北京大学开设六朝散文课，曾为之作课程纲要说明，其宗旨是："择取六朝一二小书，略为诵习，不必持与唐宋古文较短长，但使读者知此类散文亦自有其佳处耳。"并加了一段按语："成忍斋示子弟帖云，近世论古文者以为坏于六朝而振于唐，然六朝人文有为唐人之所必不能为，而唐人文则为六朝才人之所不肯为矣。"③ 虽称"不必"较短长，但"不必"实乃"不屑"；因为"不能为"与"不肯为"的不同判词，已体现了其人明显的褒贬之意。在此方面，废名可谓是亦步亦趋地遵从乃师。他曾在《三竿两竿》一文里说过："中国文章，以六朝文章最不可及。我尝同朋友们戏言，如果要我打赌的话，乃所愿学则学六朝文。我知道这种文章是学不了的，只是表示我爱好六朝文，我确信不疑六朝文的好处。"在其他场合，他还说："中国圣人有孔子，中国文章有六朝以前"④；"六朝文不可学，六朝文的生命还是不断地生长

---

① 废名：《拈花》，《中国现代文学研究丛刊》1998 年第 1 期。
② 周作人：《文学史的教训》，《立春以前》，河北教育出版社 2002 年版，第 119 页。
③ 周作人：《知堂回想录》，河北教育出版社 2002 年版，第 522 页。
④ 废名：《黄梅初级中学同学录序》，《冯文炳选集》，人民文学出版社 1985 年版，第 386 页。

着，诗有晚唐，词至南宋，俱系六朝文的命脉也。在我们现代的新散文里，还有'六朝文'"①。像这些话语，都得到了周作人的高度赞赏，以为"虽说的太简单，但意义极正确，是经过好多经验思索而得的，里面有其颠扑不破的地方"，并自言"未能如废名之悟道"。②

废名对六朝文学的偏嗜，集中表现为他对陶渊明、谢灵运、谢朓、庾信等六朝时人作品的由衷赞赏，并屡发"虽不能至，心向往焉"的叹惋。他十分倾慕陶渊明，以为其诗歌兼具庄严幽美与质朴可爱的特色，"一部陶诗是不隔，他好像做日记一样，耳目之所见闻，心意之所感触，一一以诗记之"，其诗"与《论语》是一样的分量"，其人"诚唯物的哲人也"。在谈及诗文创作时，他往往以陶渊明为例，称"陶诗不但前无古人，亦且后无来者"③，并认为自己"最后躲起来写小说乃很象古代陶潜、李商隐写诗"④。1949 年后，废名以向青年人弘扬鲁迅为己任，曾经写有《跟青年谈鲁迅》的小册子，其中论及鲁迅的语言特点时，认为"同古代陶渊明有相似的情况"⑤，即都以白描见长，因而俱能超脱于各自的时代风气之外而令人耳目一新。在重视陶渊明文学成就的同时，废名也看重其人不为五斗米折腰、恬然自适的精神品格。在《莫须有先生坐飞机以后》中，他借莫须有先生大发议论，认为陶渊明是在魏晋风流之下的真正的儒家，"因为他在伦常当中过日子，别人都是做官罢了，做官反而与社会没有关系。……陶渊明总是喜欢同乡下人喝酒，'得欢当作乐，斗酒聚比邻'，他是知道农人的辛苦，而且彼此忠实于生活了"。

其实，不独在理论上这样提倡，在实际的写作过程中，废名也自觉地去践行。除却追求陶渊明恬淡自然的语言特色外，他还在作品里精心塑造了一个个桃花源般的世界。诗歌《掐花》里，"我学一个摘花高处赌身轻，跑到桃花源岸攀手掐一瓣花儿"。另一首诗《镜》里，"我骑着将军战马误入桃花源"。小说《菱荡》里的陶家村，俨然是一个远离尘嚣的桃源世界："坝上的树叫菱荡圩的天比地更来得小，除了陶家村以及陶家村

---

①　废名：《三竿两竿》，《冯文炳选集》，人民文学出版社 1985 年版，第 342 页。

②　周作人：《怀废名》，载倪伟编《纺纸记》，珠海出版社 1997 年版，第 366 页。

③　废名：《关于派别》，《废名文集》，东方出版社 2000 年版，第 148—153 页。

④　废名：《〈废名小说选〉序》，《冯文炳选集》，人民文学出版社 1985 年版，第 393 页。

⑤　废名：《鲁迅对文学形式和文学语言的贡献》，《冯文炳选集》，人民文学出版社 1985 年版，第 429 页。

对面的一个小庙，走路是在树林里走了一圈。有时听得斧头斫树响，一直听到不再响了还是一无所见。"在《莫须有先生坐飞机以后》里，"腊树窠民众对于日本老谈故事，如谈'长毛'而已，这里真是桃花源，不知今是何世，而空间的距离此乡与县城只不过相隔三十五里"。《竹林的故事》中的竹林、《桥》中的史家庄等，都可以看作是桃花源的现实再现。在废名那里，桃花源不仅是理想世界，同时也是真实存在的现实世界，而并非像前人所哀叹的那样"桃源望断无寻处"。这种远离现代都市文明的乡村世界，成了他美好人生理想的最后寄居所。所以，他对其中古老宗法制度所保留下来的淳厚风俗表现出了毫无保留的歆羡向往之意。那里的人物，都充满了美好素朴的人性。他们恬淡静穆，人与人之间绝少纷争，平和相与；人与自然之间则谐和惬意、浑然一体。《菱荡》里的陶家村人淳厚蔼然、勤勉素朴，《桥》里的史家庄人仁爱和睦、抱朴守真，《竹林的故事》里的三姑娘美丽娴雅，《桃园》里的王老大忠厚善良。所有这些，都与废名本人对于世界及对于人的独特认识有着深厚的渊源。当还是一个小孩子的时候，在看到了关在监狱里的犯人后，废名便领会道，"人生是黑暗的，而人心是善的。换一句话说，狱是黑暗的，心是光明的"[1]。1931 年，废名写有《梦之使者》一诗："我在女人的梦里写一个善字，我在男子的梦里写一个美字，厌世诗人我画一幅好看的山水，小孩子我替他画一个世界。"自然法则与人伦观念合而为一，不着丝毫的人工痕迹，豪华落尽见真淳，是废名自觉的美学追求，也是其人生态度的一种体现。

　　如果说陶渊明主要是以其素朴真淳的田园诗风与恬淡静穆的人生态度使废名时存"于我心有戚戚焉"般的感慨，那么庾信对废名所产生的更为直接而深刻的影响，则主要表现在其自然流利的写作风格方面。废名十分喜好庾信的文章，多次在文章中论及，并向师友弟子们广为推荐。据友人卞之琳回忆："废名喜欢魏晋风度……大约见我入'道'无缘吧，就送过我一本《庾子山集》。"[2] 废名以为，庾信为文既善于用典，又任性挥洒，从而不为典故所束缚。在《莫须有先生坐飞机以后》里，莫须有先生就说："我生平很喜欢庾信。"虽然莫须有先生自陈之所以这样说，有向素不喜好新文学的余校长"投机取巧"的意味，"这一来表示他不是新

---

① 废名：《小孩子对于抽象的观念》，《新文学史料》2001 年第 1 期。
② 卞之琳：《〈冯文炳选集〉序》，《新文学史料》1984 年第 2 期。

文学家，因为他喜欢用典故的六朝文章"，但也未尝不可以看作是废名的夫子自道。因为莫须有先生接着还将庾信与英国的莎士比亚相提并论，称："我读莎士比亚，读庾子山，只认得一个诗人，处处是这个诗人自己表现，不过莎士比亚是以故事人物来表现自己，中国诗人则是以词藻典故来表现自己，一个表现于生活，一个表现于意境。表现生活也好，表现意境也好，都可以说是用典故，因为生活不是现实生活，意境不是当前意境，都是诗人的想象。"这些都与废名本人平素对莎士比亚与庾信推崇备至的文学趣味相符。废名对金圣叹在评点《水浒传》时所提出的"无全书在胸而姑涉笔成趣"式的写作方式颇富好感。庾信的文章在他看来，恰好最投合他这一方面的脾胃，即看似"乱写"而生香真色自呈，所用典故都恰到好处，令后人难以追攀。在谈到庾信《象戏赋》中的两句话"昭日月之光景，乘风云之性灵"时，废名还说："我最佩服这种文章，因为我自己的文章恰短于此，故我佩服他。"他称赞亡友梁遇春为"白话文学里头的庾信"①，认为其散文写得不仅洒脱自如，而且葆有那份出自性灵的天真，是新文学当中的六朝文，所谓"玲珑多态，繁华足媚，其芜杂亦相当，其深厚也正是六朝文章所特有的"②。在《中国文章》里，他指出："读庾信文章，觉得中国文字真可以写好些美丽的东西，'草无忘忧之意，花无长乐之心'，'霜随柳白，月逐坟圆'，都令我喜悦。'月逐坟圆'这一句，我直觉的感得中国难得有第二人这样写。杜甫咏明妃诗对得一句'独留青冢向黄昏'，大约是从庾信学来的，却没有庾信写得自然了。"同一篇文章里，他还对庾信《谢明皇帝丝布等启》篇末"物受其生，于天不谢"一句大加赞叹，以为是"中国文章里绝无而仅有的句子"，"完全是英国莎士比亚的写法"，"如此应酬文章写得如此美丽，如此见性情"。因为激赏庾信，故将其与莎士比亚并称，而言下对杜甫便颇含不敬之意。写于40年代末的《再谈用典故》一文甚至以为："无论怎么说杜甫的典故是来得非常之慢的，较之庾信是小巫见大巫。"尽管60年代以后的废名再次谈到杜甫与庾信时，又说"庾信的思故国，集中于《哀江南》一赋。但杜甫的积极奋斗的精神却是庾信所完全没有的"③，

---

① 废名：《谈用典故》，《废名文集》，东方出版社2000年版，第280页。
② 废名：《〈泪与笑〉序》，《冯文炳选集》，人民文学出版社1985年版，第327页。
③ 废名：《杜甫的价值和杜诗的成就》，《冯文炳选集》，人民文学出版社1985年版，第453页。

但那是当时现实主义至上的时代风气使然，未可视为其由衷之言。这里面都可以见出废名独特的审美趣味，亦可以见出其独特的个人性情。

除却陶渊明、庾信而外，废名对于谢灵运也颇富好感，谢氏《登池上楼》一诗中的名句"池塘生春草，园柳变鸣禽"，在其多篇诗文里被反复征引。像谢灵运一样，废名热爱自然山水，并在作品里不吝赞辞。"既然废名小说人物的美好品质，在很大程度上来自山水的钟灵毓秀，那么自然风景的描写在他的小说中的位置就可想而知了。"①《菱荡》里的陶家村，茂林修竹，绿水环绕。《竹林的故事》里，青翠的竹林、碧绿的菜畦与潺湲的流水交相掩映。《初恋》里的后园有一棵扶疏的桑树，紫红的桑葚像"天上星那样丛密着"。所有这些都构成了人物活动的背景，也隐含着废名写作命意的旨趣：由山水的清丽可爱，映衬出人物的清纯可亲。废名喜好自然山水，尤为喜好树。所以，他许多作品的题目，即以树为名，如《竹林的故事》《河上柳》《桃园》以及《桥》里的《棕榈》《桃林》等。他在《散文》里说："我看着树常常觉得很奇怪，仿佛世间的事一点也不假，它本来是一个插枝，栽下去了便长大了，夏天里有许多人在它下面乘荫，莫非梦也夫？"《浣衣母》中李妈家的门口"有水有树，夏天自然是最适宜的地方了"。《河上柳》的陈老爹"老是蹲在柳树脚下，朝对面的青山望，仿佛船家探望天气一般"。《鹧鸪》里，一开始的场景便是"四五株杨柳包围两间茅舍的船埠立在眼前了"。在《莫须有先生传》里，他借莫须有先生之口，赞美孤路旁边的五棵大树："这五棵树都多么大呵，所以我远而望之以为是狼哩。唉，鹞鹰飞在天上，它的翅膀遮荫了我的心，我没有见过这么好的树，干多么高，叶多么绿，多么密，我只愿山上我的家同这路上的大树一样。"另外，他还专门写过两篇《树与柴火》及《陶渊明爱树》的短文。在《树与柴火》里，他说："我觉得春天没有冬日的树林那么的繁华，我仿佛一枚一枚的叶子都是一个一个的生命了。冬日的落叶，乃是生之跳舞。"在《陶渊明爱树》里，他以为陶渊明"大约是对于树荫凉儿很有好感，自己又孤独惯了，一旦走到大树荫下，遇凉风暂至，不觉景与罔两俱无，惟有树影在地"。这里又何尝没有以己度人、同病相怜的意味？废名写作时，胸中有树；读者阅读他的作品时，也自然树在胸中。周作人评价他的《竹林的故事》说："我不知怎的总是有

① 杨义：《中国现代小说史》，人民文学出版社1986年版，第463页。

点'隐逸的',有时候很想找一点温和的读,正如一个人喜欢在树荫下闲坐,虽然晒太阳也是一件快事。我读冯君的小说便是坐在树荫下的时候。"① 卞之琳也说:"他的小说里总常见树荫,常写在树荫下歇脚。"② 在废名的作品里,树与水构成了人物活动的主要环境,也是人物精神品格的一种表征。他们像树一样的坚韧、执着,长年固守着一方土地;也像水一样的清纯、明净,永远充满了生命的活力。

对于六朝文学的心仪,也造就了废名独特的语言风格。其特色是简洁明快而平中见奇,灵动跳跃又充满韵味,虽不事华饰却自然典雅。例如:《桥》里的小林说"我常常喜欢想象雨,想象雨中女人美——雨是一件袈裟",《碑》中"和尚的道袍好比一阵云,遮得放马场一步一步的小",《桃园》里"王老大一门闩把月光都闩出去了",《菱荡》里"野花做了她们的蒲团,原来青青的草她们踏成了路",像这样的句子,空灵奇僻,又秀逸典雅,几近神来之笔。以前有人认为这是废名接受了欧美意象派文学的影响所致;其实,与其说它是西方现代意象诗派在中国的附生物,不如说它依然是对中国古典诗文传统的遥远回应。这种以简洁素净之语言,抒写古雅幽僻之情趣,以达成平淡朴讷之风致,固然是废名之长,但若运用过火则亦有所失。例如,废名有时就将六朝诗文直接嵌进现代语言里,形成了一种古今杂陈的特殊语言格式,像"莫须有先生欲辩已忘言,愁眉莫展殊是好容颜","刽子手可以一刀要人命,而生命之河大江流日夜","可爱的女郎呵,上帝的音乐呵,园柳变鸣禽呵"(《莫须有先生传》),"洗衣在她们是一种游戏,好像久在樊笼,突然飞进树林的雀子"(《浣衣母》),"琴子心里纳罕茶铺门口一棵大柳树,树下池塘生春草"(《桥》),等等。这些句法虽新奇脱俗、不落窠臼,但用到极处,却佶屈晦涩,不免有生造硬做之嫌,且与作品的整体意境显得扞格不入。

六朝文学在铸造了废名独特的写作品格的同时,也给其本人的人生态度濡染上了浓重的六朝色彩。正如其自称为"厌世诗人"一样:因为"厌世",所以不免虚无而恬淡寂寞;又因为是"诗人",故而又自然以纯任天真。无论是莫须有先生感慨"我是这样的可怜,在梦里头见我的现实,我的现实则是一个梦",还是《桥》里的细竹沉吟"人生如梦倒是一

---

① 周作人:《〈竹林的故事〉序》,《谈龙集》,河北教育出版社2002年版,第34页。
② 卞之琳:《〈冯文炳选集〉序》,《新文学史料》1984年第2期。

句实在话"，都可以看作是废名本人人生观的某种表白。朱光潜说"废名先生富敏感的苦思，有禅家道人的风味"①，是既论其人也论其文。废名认为人生虚无荒诞："世界的意义根本上等于地狱，大家都是来受罪的"；然而，人并不因此即陷于悲观，因为"我们自己可以把枷锁去掉，人唯有自己可以解放，人类的圣哲正是自己解放者，自己解放然后有绝对的自由，自由正是从束缚来的，所以地狱又正是天国"。②他笔下的很多人物都或多或少地带有这种特定的气质，即不问外界环境的横逆穷通，皆无可无不可地随顺自然、自得其乐。在那个自足封闭而又抒情诗化的古老世界里，他们尽着一己的本分，也随顺着自然的天性。以故，周作人曾指出，废名在本质上是一个诗人。的确，他的作品总是充满了浓郁的诗意，那是一种我们从六朝人的诗作中经常可以品咂出的自然清丽，而非唐诗的雄浑精严与宋诗的萧散疏朗。

　　值得注意的是，尽管废名认为"中国人生在世，确乎是重实际，少理想，更不喜欢思索那'死'"③，但他在作品中往往反其道而行之，多次写到了死。在废名的笔下，死并不具惨烈或悲壮的意味，而往往是那么的不经意：就好像一件美好的东西随着时间的流逝而磨蚀、消失，一个可爱的生命也是渐进地走向了毁灭。《浣衣母》里酒鬼李爷在"家运刚转到塞滞的时候，确乎到什么地方做鬼去了"，酗酒的哥儿在李妈的诅咒下"终于死了"，驼背姑娘也是在没有任何预兆的情况下"死了"。接踵而至的死亡，似出突然，却又是那么的自然。《竹林的故事》中"绿团团的坡上，从此也不见老程的踪迹了"，死亦显得平平淡淡、无声无息。由于作者这种近乎不动声色的冷静处理笔法，悲剧性的东西被冲淡了。死亡成了一个安闲的人生解脱方式。它不再是一杯难以吞咽的烈酒，更像是一盏清茗。废名曾写过《死之 beauty》的一篇长文，赞美古埃及艳后 Cleopatra，"她的死相就是一个睡貌"。《桥》里的小林喜欢看坟台，并以为"'死'是人生最好的装饰"。这实际上都来源于废名个人的经验与感受，如他在《打锣的故事》一文里所说，"我是喜欢看陈死人的坟的，春草年年绿，仿佛是清新庾开府的诗了"。又说："憧憬于一个'死'的寂寞，也就是

---

① 朱光潜：《文学杂志》编后记，《文学杂志》1937年第1卷第2期。
② 废名：《莫须有先生坐飞机以后》，载倪伟编《纺纸记》，珠海出版社1997年版，第177—178页。
③ 废名：《中国文章》，《废名文集》，东方出版社2000年版，第190页。

生之美丽了。"在这里，我们分明感受到了陶渊明式的那种旷达自然的人生态度："纵浪大化中，不喜亦不惧。应尽便须尽，无复独多虑。"（陶渊明《形影神三首·神释》）

鲁迅曾在《〈中国新文学大系〉小说二集序》里指出，废名早期的作品"以冲淡为衣"，到了后期，由于"过于珍惜他有限的哀愁"、"不欲像先前一般的闪露"，而不免"有意低徊，顾影自怜之态"，① 这自是确评。但无可否认，废名在中国现代文坛上所独具的艺术特色，开启了一种新的创作传统。那就是，现代抒情诗化小说在其沾溉之下，蔚然自成一派："从思想方面说，老庄哲学，六朝文士的狂放习气，陶渊明、王维的隐士作风，直至现代知识分子的正义感与软弱性等等，形成了作品的浓厚的民族情调。从艺术形式方面说，它们吸收了中国古典散文、诗词、小说的营养，形成了鲜明的民族风格。"② 现代作家沈从文、何其芳、师陀、孙犁与当代作家汪曾祺、贾平凹等人，都曾言及从废名这里受惠良多。中国现代文学中的这种"废名现象"，的确值得我们深思。那就是，在对待传统方面，我们如何不仅于理论上而且于实践中真正避免那种自"五四"以来简单化的一味拒斥的态度。中国的古典传统毕竟是我们这个民族赖以生生不息的根系。它不应当只是书斋里的学者们进行考校比量式的研究时的琐碎材料，而是依然充满活力并可以随时借取的有效资源，是一个具有整体性生命的有机体。就像一件长久沉埋于地下的金缕玉衣，只要拂去历史的风尘，便依然熠熠生辉。现代人不应当仅仅满足于其抉幽发隐的猎奇心理，而应灌注新鲜的血液于其中，努力使之实现创造性的现代生成与转换。可以说，废名对于六朝文学的吸收借鉴，为我们在这方面提供了一个生动鲜明的个案。

---

① 鲁迅：《〈中国新文学大系〉小说二集序》，《鲁迅全集》第6卷，人民文学出版社1981年版，第244页。

② 马良春：《一位具有独特风格的作家》，载废名《废名选集》，四川文艺出版社1988年版，第5页。

第五章　施蛰存:在历史迷雾中寻找"新感觉"
——《鸠摩罗什》解读

　　如果说司马迁的《史记》是由于个人独立撰写尚保留着几分醇厚的人情味,那么从班固奉诏撰写《汉书》开始,中国的历史书写便走上了一条高度违反人性化的道路。它遵循的不再是具体的人情物态,而是抽象的道德原则。历史人物也不再是鲜活的个体生命,而成了抽象的伦理符号。忠奸、善恶、正邪,代表了传统文化理性对历史人物的全部评判。一部中国历史,在很大程度上可以说就是一部编撰严密的伦理教科书。值得注意的是,与此同时的中国传统小说恰恰相反,从另一个高度人性化的极端对历史加以解构与颠覆。人物的悲欢离合以及由此而产生的喜怒哀乐之情在这里得到了充分的展示。史书中为维护人物神秘性而有意为之的史实阙失,在小说中靠作者的想象力得到了恰当的弥补。这种历史与小说的互补性一直延续到今天。从这个意义上我们也许可以说,真实性即存在于历史书写与小说虚构的两极之间。

　　在中国现代小说史上,也曾有过一个历史小说的创作高潮。鲁迅、郭沫若、茅盾、郁达夫、郑振铎、冯至等作家都曾创作过历史题材小说。与当时的社会背景紧密联系,"借古讽今"几乎无一例外地成了这些作家创作的主要目的。郁达夫在《采石矶》里借黄仲则来悲叹自己的怀才不遇;茅盾以《大泽乡》《石碣》呼应中国共产党领导的土地革命;郑振铎《桂公塘》里对于文天祥的赞赏,则意在激发国人的抗日热情;至于郭沫若的《秦始皇将死》《楚霸王自杀》等作,也几乎完全是对现实社会政治的影射。即使是鲁迅《故事新编》那样的高度夸张变形之作,也往往把现实中的人物直接拉进了荒诞虚谬的历史情境。与此不同的是,施蛰存的历史题材小说完全是从个人兴趣出发,超越于讽喻时事的功利目的,试图运用弗洛伊德的心理分析理论与霭理士的性心理学说来烛照古人幽暗心灵深处的隐秘。和当时文坛上其他历史小说相比,他的小说自是别具一格。

1929 年 9 月,施蛰存的第一篇历史小说《鸠摩罗什》发表在当时的《新文艺》创刊号上。以此为开端,他先后又创作了《将军的头》《石秀之恋》《阿褴公主》《李师师》《黄心大师》等历史小说。这些作品纯熟地运用心理分析方法进行了多种技巧的试验,和古典传统中的历史题材作品相比,它们传达出了一种全新的文学理念,即不再拘泥于具体的历史事实,而是借题发挥,有意淡化情节,对人物由外在的行为叙述转向内在的心灵叙述,注重人物的意识流程与情绪体验,从而于现实主义盛行的 30 年代,走出了一条新的创作路径。笔者即拟以其最负盛名的代表作《鸠摩罗什》为例,就历史与小说在处理人物背后的真实性问题上的不同态度,以及由此而呈现于它们之间的微妙关系,做一详细解读。

施蛰存写《鸠摩罗什》最直接的史料来源是《晋纪》与《高僧传》二书。据史载,鸠摩罗什原籍天竺。其父本相国世家,因避位东渡葱岭,并娶龟兹王之妹为妻,遂生鸠摩罗什。罗什自幼聪慧,七岁随母出家,遍习大小乘法,精通汉文。龟兹国亡后他曾被吕光掳至凉州羁居十多年,于后秦弘始三年被姚兴迎至长安,待以国师之礼。他一生致力于佛教传播事业,曾与弟子翻译佛经 300 余卷,与真谛、玄奘并列为中国佛教的三大翻译家。门下弟子数千,其中僧肇等四位被时人誉为"什门四圣"。鸠摩罗什与龟兹国公主的表兄妹关系也是史有明载的。《晋书》原文是"(吕)光见其年齿尚少,以凡人戏之,强妻以龟兹王女,罗什距而不受,辞甚苦至。光曰:'道士之操不逾先父,何所固辞?'乃饮以醇酒,同闭密室。罗什被逼,遂妻之"。"被逼,遂妻之"寥寥五字,于鸠摩罗什的心理矛盾无所涉及,而且具体有关的经历也语焉不详,但施蛰存以虚构与想象对之作了合乎情理的加工。在他的笔下,这位受时人顶礼膜拜的高僧,并未六根清净、弃绝尘缘,世俗生活的种种诱惑仍在烦扰着他,"每次在月夜的华林中看见了他的天女似的表妹,真不觉得有些心中不自持了"。如果说,此时鸠摩罗什尚能自觉抑制这种本能的冲动,对于破戒的恐惧使他在情欲的边缘时存临深履薄之感;但在被吕光灌醉并与表妹同时幽闭于密室之后,他长期遭压抑的自然冲动终于冲破了清规戒律的束缚,表露出人性的真实一面,从此过上了有别于众僧的娶妻生子的世俗生活。历史上的鸠摩罗什在此事后的真实心理反应如何，我们不得而知。《高僧传》里只以"被逼既至，遂亏其节"八个字一笔带过。而在施蛰存的小说里，这种玷污佛门的忏悔意识从此成了他心中永远的阴翳，使他的心灵再也无法平静。

"《鸠摩罗什》是写道和爱的冲突"①，其实主要是人性与宗教律令、情欲与社会规范之间的尖锐矛盾。施蛰存对这一冲突性主题做了深刻的挖掘，他极力肯定人性的一面，并通过性爱压抑的描写暗示了人生痛苦的直接根源。小说中人性与佛性、欲念与理念之间的二元对立构成了基本的情节模式，最终是人性战胜了佛性，欲念战胜了理念。鸠摩罗什也由虔诚的佛教徒转变为佛教的叛逆者。由于这一叛逆的结果并非出自人物的主动选择，而是在情欲煎熬下迫不得已的行为，所以带有浓重的悲剧色彩。在小说里，支配着人物外在行为的是其内在的性欲冲动。鸠摩罗什"自信为一个有定性的僧人，他十余年来的潜修已经很能够保证他的道行，看见了别个女人，即使是很美丽的，他绝不曾动过一点杂念"。但是潜在的性欲冲动最终驱使他娶了年轻貌美的表妹为妻，使自己感到亵渎了从前苦行的惭愧。妻子的死使他一度相信，自己从此摆脱一切诱惑，"现在是真的做到了一尘不染，五蕴皆空的境地"，然而妓女孟娇娘又使他的色欲之火重新燃起，以致再度过起了世俗生活，由此认识到"自己已经只不过是一个有学问的通晓经典的凡人，而不是一个真有戒行的僧人了"。

需要指出的是，施蛰存对人物本能冲动的揭示，是在承认人的理性的前提下进行的。他笔下的人物固然有各种各样的奇情逸思，但在行动上始终受着理性的制约。鸠摩罗什不是一任本能冲动而尽情发泄的莽汉，佛家的戒律与俗家的道德规范依然限制着他的行动，导致他灵与肉激烈搏斗的痛苦——"他开始懊悔小时候不该受剃度的。他真的想走下蒲团来，脱去了袈裟，重又穿起凡人的衣服，生活在凡人中间。这虽然从此抛撇了成正果的光荣的路，但或者会熄灭了这样燃烧在心中的烦躁的火"。施蛰存努力使鸠摩罗什从这些种种的束缚下解脱了出来，予他以丰厚的人性内涵，从而使人物形象变得丰厚饱满：一方面，鸠摩罗什是虔诚的佛教徒，一个精研佛理、自以为参透人生的高僧；另一方面，他又是世俗的凡人，

①　施蛰存：《〈将军的头〉自序》，《施蛰存七十年文选》，上海文艺出版社1996年版，第804页。

一个对妻子眷念不已、充满爱心的丈夫。向佛与还俗的矛盾心理造成了他人格的严重分裂，并使他带着玷污佛门的忏悔意识在痛苦中走向死亡。

如果说历史的真相因种种主客观因素，我们已不可能完全获知，那么对于鸠摩罗什这一段久遭尘封的历史，施蛰存也只是小心地揭开了那幽暗的一角，用现代意识进行重新解释与还原。他一方面还原遭压抑的人性，另一方面也还原被讳饰的历史。这种对历史文本所进行的人性化解读，表现出作者理性的反思精神和对于人的生命本真的呼唤。不同于郁达夫的《采石矶》那样的主观抒情型历史小说，往往是作家夺历史人物之酒杯，浇自己胸中之块垒；也不同于鲁迅的《故事新编》那样的讽刺型历史小说，作者所讥讽的历史人物，常常可以在现实生活中找到对应的影子。施蛰存更乐意于用偶然去消解必然，用现实世界中的人性去激活非凡世界中反人性、非人性的一面。他选择历史典籍中被神化了的人物作为自己的表现对象，以现代意识挖掘人物中被掩盖了的人性的本来面目，他发现在这些高傲的灵魂深处奔涌着被历史典籍出于"为尊者讳"的目的而有意忽略了的性欲冲动，这种性欲冲动所遭受的职业或身份压抑，构成其本人独特的双重人格。鸠摩罗什为中国佛教事业的发展作出了伟大的贡献，过去对他颇多神化；而事实上，他的真实生活与佛教徒的身份大相径庭。他不仅娶有妻室，而且在妻死后又夜夜与宫女、妓女寻欢。传统历史的叙述者面对这样一个无法回避的事实，不断地为他进行粉饰与开脱，如说鸠摩罗什是受外界所迫，是皇帝出于传留法嗣的好意。《晋书》与《高僧传》里都记载说，"（姚）兴尝谓罗什曰：'大师聪明超悟，天下莫二，何可使法种少嗣。'遂以伎女十人，逼令受之"。对于这样一种情欲生活，鸠摩罗什自己也强为辩解，"每至讲说，常先自譬喻：如臭泥中生莲花，但采莲花，勿取臭泥也"。好似他不仅功德丝毫未损，反倒"出淤泥而不染"，愈显高洁。这种对历史事实"抓住一点，不计其余"的有意简化与强加曲解，使得人物始终戴着类型化的脸谱，我们无从窥知其丰富生动的真实面目。丰富的人性在虚幻的宗教灵光中丧失殆尽。施蛰存深入人物最隐秘的内心深处，展现他作为人的本来面目，把他还原为一个真实的人，以此来肯定世俗需要的合理性。

在小说情节结构的设计上，施蛰存无意于编织扑朔迷离的故事情节和抒写浪漫雅致的风流韵事，他只是将人类强烈的原始本能展示给读者，从而消解了历史中人物的神秘性。《鸠摩罗什》就是一个佛教徒灵肉冲突的真实记录，它有一个循序渐进的展开过程。鸠摩罗什虽精研佛典多年，却无法勘破人生的玄机，更无法逃避情欲的诱惑。"道和魔在他迷惑的心里动乱着，斗争着。"他先是迷恋于表妹龟兹公主的情爱，接着蛊惑于长安名妓孟娇娘的媚态，最后又沉溺于十数名宫女、妓女的淫乱之中。一位虔诚的佛教徒在作者笔下逐步世俗化，直至由高僧蜕变为凡人。在毁灭法身的深深忏悔中，他"认出自己非但已经不是一个僧人，竟是一个最卑下的凡人了"。他以前所自诩的"一切人世间的牵引，一切的磨难，一切的诱惑，全都勘破了"的圆满功德，至此已幻化为镜花水月。庄严的佛法在世俗的情欲生活面前终于缴械投降。

　　小说还显示了施蛰存对于旧材料加以创造性解释的努力，作者希望能够借此剥去这些"圣人"身上被文化涂抹的层层油彩，恢复他们人性的本来面目。为此，他特别注重对于细节的处理。这种对细节的重新认识必然会导引出对历史人物的重新评价来。例如在史书中，吞针是鸠摩罗什作为得道高僧的一种了不起的法力，以此来警告那些效仿他过着情欲生活的僧徒。"（什）为性率达，不拘小检，修行者颇共疑之"，"什乃聚针盈钵，引诸僧谓之曰：'若能见效食此者，乃可畜室耳。'因举匕进针，与常食不别，诸僧愧服而止。"在施蛰存笔下，这一神奇的法力不过是一个简单的魔术，是鸠摩罗什为掩盖自己淫乱生活不得已而为之的障眼法："他这样踌躇着，他想现在不得不借助于小时候曾经从处士处学会了的魔法了"，"他自己悲悼着，但以为惟有这个方法，想来长安的僧人是一定会被哄骗过了的"。赖此，史书中不合情理的一面在小说中得到了合乎情理的解释。另外，小说中还多次有意提到了鸠摩罗什的舌头，按《晋书》与《高僧传》里的记载，鸠摩罗什死于长安，临终遗言："今于众前发诚实誓，若所传无谬者，当使焚身之后，舌不焦烂"，"姚兴于逍遥园依外国法以火焚尸，薪灭形碎，唯舌不烂"。这种叙述给鸠摩罗什笼罩上了一层神圣的光辉。施蛰存保留了他死后尸体被焚，唯舌头没有焦朽的史实。在小说里，那是他的妻子龟兹公主临终前亲吻时所深情含过的舌头，也是他后来向众僧示法时被一支针刺痛的舌头。这里的舌头指向世俗世界，舌头的不朽隐喻着人性的永存。

　　施蛰存对于鸠摩罗什这一人物的独特处理，与他向来对于佛教的理解大有关系。对于佛教，施蛰存持有一种非常理性的态度。他以为人的凡俗与伟大，不过是一个硬币的正反两面。历史上所谓的道德高僧，都是经过当时与后来无数人的层层包装才显得"妙相庄严"的。例如，史书与民间传说中所津津乐道的禅宗五祖弘忍向六祖慧能传授衣钵的故事，在他看来，背后可能隐藏着商业的动机。所以弘忍只是一个佛教企业家，神秀是个老实的和尚，慧能则是一个精明能干、善于投机的文盲懒汉。① "为了信奉宗教而使生活不自然，无论是意识的或无意识的，这是我们不大愿意接近宗教的缘故。"② 正是在这一基础上，他以写实主义的笔法揭开了历史上一切所谓圣人、超人、伟人的伪饰，展示出他们在不食人间烟火、泯却七情六欲的表象背后不为人所知的另一面。因此，在鸠摩罗什身上，既有着施蛰存对人的重新理解和评价，也有着施蛰存对历史与宗教的重新理解和评价。

就历史小说创作本身而言，施蛰存还赋予了它以一种新的艺术内涵，即不再像传统的历史演义小说家那样即使在虚构时依然不忘遵循着一定的道德观念，而是对历史的空白地段展开了挥洒自如的想象，进行人性化的填充，从而表现出强烈的人本主义情怀。作为 20 世纪 30 年代中国现代派小说的创始人，施蛰存的历史小说始终充溢着强烈的现代意识。《鸠摩罗什》在对史料的处理上，暗合了鲁迅所提倡的"只取一点因由，随意点染，铺成一篇"的理论主张。在他笔下，鸠摩罗什受情欲支配无法解脱的迷茫与痛苦，就是人性的率真表露。作者站在人性的角度重新审视历史人物，远离了从唐传奇、宋元话本与明清演义以来小说以情节为中心的作法，而直接去书写被历史典籍忽略了的人物的心灵史。施蛰存把握人物的精神脉络，检审其意识流动的轨迹，将人的感觉、情绪及本能欲望都挖掘出来，为中国现代历史小说的创新作出了杰出的贡献。

在具体的写作技巧上，施蛰存强调作家要善于想象，"一切都仅仅是为了写小说，从来没有人在小说中寻求信史的"③。因此，他的小说既以历史文本为依据，又大胆地游离于历史文本之外，运用想象与虚构在感同身受般的体验中追寻历史另一个侧面的真实。鸠摩罗什与表妹的情爱关系的细节，以及鸠摩罗什在脱俗与入俗之间摇摆不定的矛盾心态，就全出自

---

① 施蛰存:《禅学》,《施蛰存七十年文选》,上海文艺出版社 1996 年版,第 733 页。
② 施蛰存:《灵心小史》,《施蛰存七十年文选》,上海文艺出版社 1996 年版,第 632 页。
③ 施蛰存:《一个永久的歉疚》,《施蛰存七十年文选》,上海文艺出版社 1996 年版,第 179 页。

于作者的主观想象与发挥。诸如"他的大危险是对于妻的爱恋。即使有了肉体关系，只要并不爱着就好了"，"为了要使自己做一个高僧而这样地刻意要把妻从情爱的记忆中驱逐出去，现在他也觉得是不近人情了"，"为什么娶了妻，染了爱欲，不自己设法忏悔，而又勉强造作出这种惊人的理解来替自己辩解呢？从这方面想来，他觉得自己真是一个叛道者了"，这种种心理纠纷与情感波澜，体现了施蛰存丰富的想象力与对人性的深刻洞察力。他表现人物真实而微妙的情感，展示他们如常人一样的血肉与灵魂。小说中固然有过分渲染性本能作用的偏颇，但人物却因此焕发出人性的魅力和光彩。作者也曾谦称："我自己知道，我的小说不够好，我只是从显尼志勒、弗洛伊德和艾里斯那里学习心理方法，运用在我的作品中，当时这是使读者感到新奇的。"① 但他并非一味借鉴与模仿，"'五四'新文学运动给我的教育，是重视文艺的'创'字。一个作家，必不能依傍或摹仿别人的作品，以写作自己的作品"②。他把西方现代派技巧与中国古典传统方法结合起来，将梦想、幻觉、意识的潜流、情绪的变幻等都写进小说，使历史小说发生了创造性的变化，既具现代意识，又有民族特色。

郁达夫曾论及历史小说的写作，以为："一段短短的记事里，必能发现出许多新的生活经验出来。小说家在此地，就可以以古人的生活，来制造他的现代的生活体验来了。"③ 基于此，他给予施蛰存的历史小说以很高的评价，认为在这方面作出了典范。施蛰存并无意于重写历史，他说："我讲故事的态度是想在这旧故事中发掘出一点人性"④，"文学家并不比普通人具有更敏锐的眼睛或耳朵或感觉，但因为他能够有尽善尽美的文字的技巧去把他所看到的人生各方面表现得格外清楚，格外变幻，或格外深刻，使他的读者对于自己所知道的人生有更进一步的了解"⑤。的确，他

---

① 施蛰存：《英译本〈梅雨之夕〉序言》，《施蛰存七十年文选》，上海文艺出版社 1996 年版，第 896 页。
② 施蛰存：《我的第一本书》，《施蛰存七十年文选》，上海文艺出版社 1996 年版，第 700 页。
③ 郁达夫：《历史小说论》，《郁达夫文集》第 5 卷，花城出版社 1982 年版，第 240 页。
④ 施蛰存：《关于〈黄心大师〉》，《文艺百话》，华东师范大学出版社 1994 年版，第 153 页。
⑤ 施蛰存：《"文"而不"学"》，《文艺百话》，华东师范大学出版社 1994 年版，第 177 页。

眼中的历史毕竟是小说意义的历史，而不是史学意义的历史。他写的不是道德化的历史，而是人性化的历史。我们正是从施蛰存历史小说里所表现的人物的心灵起伏与情感冲突中，感受到他对于人自身的尊严与价值的肯定。因为他表现了真实的人性，所以我们也可以说他展现了另一个真实的历史。

第六章　钱钟书:"学人小说"的现代创造者

　　1946 年 6 月,短篇小说集《人·兽·鬼》由开明书店出版。将近一年后,长篇小说《围城》又由上海晨光公司出版。这两部称得上是精致的书涵盖了作为作家的钱钟书一生的全部小说创作。它们问世半个多世纪以来,海外文学史家们曾予之以积极的评价,如夏志清在他的《中国现代小说史》里就赞道:"这两部战时苦心经营的作品,的确不同凡响。"①香港的司马长风也在其 20 世纪 70 年代出版的《中国新文学史》一书里称赞它们是精心结撰之作,展现了作者不羁的才华。但在中国大陆,它们还是不可避免地遭受了近 40 年被冷落的命运。这当然和我们众所周知的那个特定的时代氛围密切相关。直到 1980 年 10 月人民文学出版社重新出版了《围城》,1983 年 7 月福建人民出版社也重印了《人·兽·鬼》,此后才形成了一个钱钟书小说出版的热潮。与此相应,由于新时期以来政治环境的日渐宽松,钱学研究也蒸蒸日上。这些都表明,钱钟书的小说已得到了越来越多的读者的由衷喜爱。但令人遗憾的是,在一时蔚为壮观的评钱热潮中,人们纷纷将目光投注于光彩照人的《围城》,而鲜有人涉及《人·兽·鬼》这部短篇小说集。从对一个作家创作的全面衡量与整体评价而言,这是极不应该的。事实上,作为钱钟书小说创作的牛刀初试,《人·兽·鬼》无论是在整体结构布局、人物塑造、叙事手法上,还是在语言推敲、人性探讨乃至"围城"意识的表达上,都与写于两年之后的《围城》有着极为密切的关系。下面,笔者即拟从这些方面着手,对钱钟书的全部小说创作做一粗浅的探讨。

---

　　①　夏志清:《中国现代小说史》,台湾传记文学出版社 1979 年版,第 441 页。

一　关于文本

作为叙事性文本的典型，《人·兽·鬼》与《围城》确立了自己独特的叙事规范。它们没有追求宏大的叙事模式，没有预设过分张扬的主题与创制启蒙性的叙述话语方式，而只是专注于社会生活的常态，努力挖掘出日常生活中林林总总的几乎无事的悲喜剧，在对形而下的生活本真的叙述中引发出形而上的哲学思考，这与 40 年代的其他小说诸如路翎的《财主底儿女们》、丁玲的《太阳照在桑干河上》、周立波的《暴风骤雨》等作是迥然有别的。

《围城》是使作者享有盛誉的一部小说。在 20 世纪 90 年代初，更因它曾被改编为电视连续剧而家喻户晓。夏志清对它赞叹不已：“《围城》是中国近代文学中最有趣和最用心经营的小说，可能是最伟大的一部。作为讽刺文学，它令人想起像《儒林外史》那一类的著名中国古典小说；但它比它们优胜，因为它有统一的结构和更丰富的喜剧性。和牵涉众多人物而结构松懈的《儒林外史》有别，《围城》称得上是‘浪荡汉’的喜剧旅程录。”①《围城》讲述的是知识分子的故事：青年方鸿渐从法国留学归来后，先后与鲍小姐、苏小姐、唐小姐产生了爱情纠葛。在对唐晓芙的苦恋落空之后，伤心之余，他与一朋友赵辛楣一起到内地湖南的三闾大学去应聘。而原本以为纯净的校园也充满了种种人事上的倾轧。所幸与他同去的一位上海女子孙柔嘉成了他的妻子。两人于是相伴离开湖南返回上海，却不料因为双方家庭的纠纷而口角不断，感情濒于破裂。于是方鸿渐又决定离开上海，前往重庆寻找赵辛楣另谋出路。对于他来说，这大半年来人事上与婚姻生活上的经历不过是“围城”：城外的人想冲进去，城里的人想逃出来。《围城》毫无疑问，是一个隐喻性的故事结构，作品中的情节设置显然也是围绕着这个隐喻而展开的。但由于作者渊博的学识与诙谐的手法，我们在阅读作品时总是不自觉地把自己全身心地投入进去，一点也感受不到正襟危坐般的训诲气氛，倒是在对人物命运的深刻体味中有一种感同身受的共鸣。“饮食男女，人之大欲所存也”，《围城》关注的则是知识分子这类“非常男女”的特殊生存境遇。在这一点上，不管它打

---

①　夏志清：《中国现代小说史》，台湾传记文学出版社 1979 年版，第 447 页。

上了多么深厚的时代烙印，多么富有现代气息，而在展示知识分子的命运遭际与人生起伏、透过生活琐事而绽露知识界众生相方面，它与《儒林外史》在精神上的确是相通的。但也正如夏志清所说的："《围城》尤其比任何中国古典讽刺小说优秀。由于它对当时中国风情的有趣写照，它有喜剧气氛和悲剧意识，我们可以肯定地说，对未来世代的中国读者，这将是民国时代的小说中最受他们喜爱的作品。"①

《人·兽·鬼》共收有四个短篇小说：《上帝的梦》《猫》《灵感》《纪念》。在《上帝的梦》里，"至高无上的上帝是进化最后的产物"②。他百无聊赖，做了一场创造人类然后又将之毁灭的荒唐怪梦。与鲁迅小说《补天》里女娲造人的因由颇为相似，上帝造人的最初动机也是为了排遣苦闷。于是有了天地万物，有了饮食男女。然而上帝所创造出的一切尤其是他仿照自己的形象造出的人类，却大悖于他创造的初衷，只好又想出种种办法将之毁灭。这是一个"有阿诺托尔·法朗士风格的轻浮寓言"③。论者普遍认为它是一篇失败之作，诸如不能成功地协调描写、对话和主题，无论是作为寓言还是作为小说都不能维持其完整性，等等。在这个短篇里，只有三个人物：上帝与他创造出来的一对男女。上帝是无聊的甚至是无能的。它创造的生命力也只有到梦里才能够实现。而那一对男女作为上帝梦境的产物，他们既是卑琐的，又是没有生趣的。他们因欲而生情，情尽而恨生。欲无止境是他们失去上帝庇护的根源。在这个短篇寓言故事里，作者试图向我们传达出人世的卑琐与乏味。它有着一个高度象征化的主题：生命本身即是空虚的，生活在生存得到满足之前尚充满希望，在生存得到满足之后则充满厌倦。

《猫》的故事发生在北平一个所谓的高级知识分子家庭。李建侯与爱默是其中的男女主人。丈夫附庸风雅，在出国漫游归来之后便请一个大学生齐颐谷给他当秘书，炮制旅美杂记类的笔记。妻子爱默颇有几分姿色又爱慕虚荣，因此这个家庭便成为一群知识分子聚会的沙龙。他们中有亲日派袁友春，有迂腐的语言学家赵玉山、善写自传体小说的曹世昌、政论家马用中——"这些有身家名望的中年人到李太太家来，是他们现在唯一

① 夏志清：《中国现代小说史》，台湾传记文学出版社1979年版，第441页。
② 钱钟书：《人·兽·鬼》，中国华侨出版社1999年版，以下所引相关原文皆出自同一版本，不再一一注明出处。
③ 夏志清：《中国现代小说史》，台湾传记文学出版社1979年版，第447页。

经济保险的浪漫关系,不会出乱子,不会闹笑话,不要花费,而获得精神上的休假,有了逃避家庭的俱乐部"。他们高谈阔论,进行精神会餐,并共同赞美爱默;而女主人爱默空虚的心灵也借此得以满足。但在获知丈夫李建侯携一普通女子私奔南下后,爱默的精神支柱已完全被摧垮。出于潜意识心理作祟的报复行为,她要拉上对她怀有单相思而涉世不深的齐颐谷作为自己的临时情人,后者却因胆怯而退缩,一场家庭生活的悲喜剧至此落下了帷幕。《猫》类似于《围城》的缩版,它反映的是知识分子圈内的生活,也是乱世里智识男女生活的真实写照。我们在《围城》里看到苏小姐家里褚慎明、董斜川、曹元朗、方鸿渐与赵辛楣诸人辩论的场面后,《猫》于我们便有一种似曾相识的感觉。其实,在这个短篇小说里,我们还可以或多或少地看到日本作家夏目漱石的《我是猫》的某些影子。它们的反映对象与主题表现都惊人的相似:一群心灵空虚的人,在社会历史发生重大转折的关头,茫然无措,只有在无所事事中消磨时间,打发日子。

《灵感》则将笔法一转,以怪诞的形式表现了一出文坛的笑剧。"有那么一个有名望的作家,我们竟不知道他的姓名叫什么。这并非因为他是未名、废名、无名氏,或者莫名其妙。缘故很简单:他的声名太响了,震得我们听不清他的名字。"寥寥数语,就以幽默的笔触勾勒出现代文学史上的几个文学现象,使我们不能不叹服于钱钟书的机敏。故事中的这位作家因与诺贝尔文学奖无缘而一病不起。他下了地府后,生前所著作品中的各色人等纷纷前来索命,说他拙劣的描写使他们失去了鲜活的生命力。阴司的司长最后作出裁判,罚他转世到一个想成为作家的青年即将要写的一部小说里充当角色。那位青年正与房东女儿谈恋爱。作家的灵魂趁此机会钻进了房东女儿的耳朵,而使之怀孕。"那青年丧失了书里的角色,那女孩子获得了肚子里的胎儿。""据说,那孩子一生下地就笑,看见父亲,笑得愈有一种胜利的表情。亲戚们都说这孩子的命运一定大吉大利。直到现在,我们还猜不出这孩子长大了是否成为作家。"在这篇小说里,钱钟书以他特有的诙谐与机趣对当时的文化界进行了讽刺与批判。然而,40年代的钱钟书大约始料未及的是:当时他还可以以这种独特的笔法进行有目标的调侃与嘲弄,而此后他连值得批判的对象本身也因时代风云的变幻而丧失殆尽了。

《人·兽·鬼》里被公认为写得最好的短篇小说是最后一篇《纪念》。

它曾先后被译为不同版本的英文与德文，享有国际声誉。在这篇小说里，钱钟书选取了一个类似于旧话本小说中"红杏出墙"的题材。才叔与曼倩是一对夫妇，他们年轻时相爱并不顾家人反对而毅然结婚。然而，平淡又乏味的婚后生活使得曼倩感觉空虚。此后，一个偶然的机会，曼倩结识了才叔的表弟航空兵天健。"天健身材高壮，五官却雕琢得很精细，态度谈吐只有比才叔安详。"他的幽默大方、大胆而敢于冒险，使曼倩心生爱意。终于在两人发生了肉体关系之后，天健的粗鲁完全破坏了曼倩的浪漫梦想，她只感到了失望。不久在一次敌机空袭中，天健牺牲了，而此时曼倩已怀上了天健的孩子。毫不知情的丈夫给妻子建议：为了纪念表弟，孩子就起名为天健。这是一个带有反讽色彩的故事。如果运用传统说书艺人的结构方式，我们完全可以把它转述成一个庸俗的充满小市民趣味的"连环套"。钱钟书的高明之处在于，他细腻地刻画出了女主人公处身平庸又不甘心于平庸的微妙心理：在对乏味的婚姻生活不满的同时，又渴盼着一次意外的遇合；而一旦这种愿望转化为现实后，带来的并不是预想中的快乐，反是更大的失望。"她想不到天健竟那样直接。天健所给予她的结实的、平凡的肉体恋爱只使她害怕，使她感到超出希望的失望，好比肠胃娇弱的人，塞饱了油腻的东西。"

《人·兽·鬼》里所收的这四篇小说，尽管都流贯着钱钟书的学识与机敏，但艺术水准参差不齐。我们很可以把它们当作钱钟书早年小说创作的一种练笔，是为两年以后的《围城》写作做准备的。它们尽管受外国短篇小说的影响很大，但基本上是对他所热爱的传统小说文体的一种继承与稍加变革。"《上帝的梦》离奇荒诞，是他痴迷的《西游记》的样式；《猫》讽刺士人，是他激赏的《儒林外史》的风格。《灵感》则情节荒诞，笔调辛辣，似乎显露出糅合前两种风格的企图。至于《纪念》故事是演绎情感问题，主角变成了女性，大大加强了心理刻画，笔触细致入微，韵致缠绵，与前三篇格调迥异，显而易见是他所酷爱的《红楼梦》的风貌。"① 可以说，《人·兽·鬼》是一次调和中西文体的试验，这里有西方小说中常见的心理刻画，也有东方小说所见长的语言叙述与瑰奇想象。钱钟书在中西文体中左冲右突，融合了他对当代社会、文化及家庭生活的批判。在妙趣横生的讽刺背后，我们体会得出高高在上的作者在俯视

---

① 沈治钧：《关于钱钟书的〈百合心〉》，《中国文化研究》2000 年夏之卷总第 28 期。

这些芸芸众生时所表露的那一份悲天悯人的个人情怀。而这些技法与这种情怀,也贯穿了此后钱钟书所有创作的全过程。

钱钟书的所有小说,我们如果再加以仔细考察就会发现,除了《灵感》一篇因处理的题材不同而稍显特异外,其余作品构思的基本框架都是趋于一致的,即都是以家庭为单位,以情爱纠葛为中心,以一个或几个男性与女性为中心人物,而在其周围则交织着或疏或密的情感网络。它们的主题也大体相同:对于家庭生活的厌倦,表露出要求突破"围城"的愿望。为了便于描述,我们以图为示。

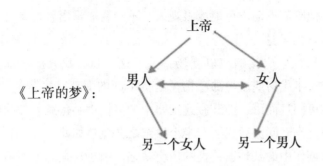

《上帝的梦》:

《纪念》: 才叔→曼倩←天健

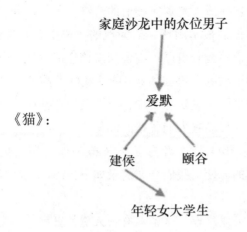

《猫》:

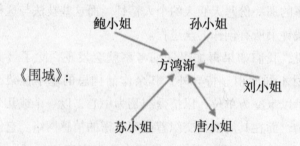

《围城》：

这些图示表明，钱钟书擅长于围绕男女主人公的婚恋生活展开情节。由于作者的睿智，他颇似不动声色地冷眼观人，不轻易流露出叙述者对于人物的情感态度来。而且这一图式发展到《围城》，线索固然更加繁密，却已经明显地带有男性中心化的叙事立场，关于这一点，我只提一部作品，就是 20 世纪 90 年代初期炒得沸沸扬扬的贾平凹的那部《废都》。二者的艺术水准固不可同日而语，而其叙述策略中的男性中心化意识却如出一辙。两部小说的创作时间前后相隔有半个世纪之久竟然如此一致，它暴露了我们男性作家创作中的某种遗传性的历史缺陷。由于这是一个不容易一下子说得清的大问题，所以我仅在这里顺便一提，不再详细论述，也许他日中国的女权主义批评家们会对之作出新的解释来。

在对钱钟书的小说进行评价时，我们注意到这样一个现象，那就是有人提出钱钟书的小说或者是自叙传或者是现实影射的产物。譬如，据说现代著名作家徐訏就对钱钟书的作品很不满意，认为他的小说里太多自己，散文里太少自己。而小说里恰恰不能有自己，小说家应该忘掉自己，全心全意扑在他的人物身上，钻到人物的心里去体察。[1] 这实际上涉及小说创作的题材来源问题。由于钱钟书的小说实在太少，所以我们在探讨这个问题时有必要细读作品并关注那些最易被人们忽略的部分。

我们首先要注意的是 1944 年 4 月作者为《人·兽·鬼》所写的序一。由于序文很短，为了行文的方便，我们全文引录如下：

> 假使这部稿子没有遗失或烧毁，这本书有一天能够出版，序是免不了的。

---

① 　蓝棣之：《现代文学经典：症候式分析》，清华大学出版社 1998 年版，第 130 页。

节省人工的方法愈来愈进步，往往有人甘心承认是小说或剧本中角色的原身，借以不费事地自登广告。为防止这种冒名顶替，我特此照例声明，书里的人物情事都是凭空臆造的。不但人是安分守法的良民，兽是驯服的家畜，而且鬼也并非没管束的野鬼；他们都只在本书范围里生活，决不越规溜出书外。假如谁要顶认自己是这本集子里的人、兽或鬼，<u>这等于说我幻想虚构的书中角色</u>，竟会走出书，别具血肉、心灵和生命，变成了他，在现实里自由活动。从黄土抟人以来，怕没有这样创造的奇迹。我不敢梦想我的艺术会那么成功，惟有事先否认，并且敬谢他抬举我的好意。（虚线为引者所加）

无独有偶，在 1946 年 12 月 15 日作者为自己的《围城》所写的序言里也有这样一段文字：

在这本书里，我想写现代中国某一部分社会、某一类人物。写这类人，我没忘记他们是人类，只是人类，具有无毛两足动物的基本根性。<u>角色当然是虚构的</u>，但是有考据癖的人也当然不肯错过索隐的机会，放弃附会的权利的。（虚线为引者所加）

根据我们的阅读经验，那些在书的扉页上题写"情节全属虚构，请勿对号入座"的作品，往往里面充满了大量现实生活的影子。这其实属于作家创作心理学的研究范围。固然每一个作家的创作都是他人生经验的升华，但不同的作家对之显然有不同的处理方式，如郁达夫坦然承认作品是作家的自叙传，巴金也有过类似的说法；而余华、苏童等当代作家则更强调作品的虚构性。一般说来，这些作家本人的声明与其作品的一致性使我们在分析作品时显然避免了许多麻烦。钱钟书则不然，他声明作品是虚构的，但大量的事实证明，他的作品里写了很多现实生活中的真人真事。这样，他的声明与作品便构成了明显的矛盾。因为从作家的创作本意而言，如果他的作品完全是虚构的产物，他当然不会顾忌作品被人认作是自传或影射；相反，如果他的作品里有许多现实生活的影子，而他又坚持创作源于个人亲身体验的原则，他当然也不会在乎别人的对号入座。钱钟书的悖论在于：他个人显然意识到了自己的作品里有许多真人真事的影子，而他又不愿承担讽刺与影射或"自叙传"、"忏悔录"之类的责任，因此才用心良苦，在作品前面一再申说情节全然是虚构的，并且预先警告别人的索隐与附会是荒唐无聊的。他既因此避免了被别人对号入座的麻烦与尴尬，又达到了讽刺的目的与效果。所以我个人以为，钱钟书在序言里的声明只是一种"障眼法"。他凭此将少数易于附会的读者推到了可笑的境地，而使大多数读者认同于他的声明，自觉地将其小说中的人物与对应的现实生活中的人物相区别开来。但也正因为如此，我们才觉得出他的这种做法颇有"此地无银三百两"之嫌。真正的阅读事实是，自从他的《人·兽·鬼》与《围城》出版以后，没有几个读者主动放弃了索隐的企图。他们找出了许多的证据，证明其作品是对别人的影射或者自己生活的一个写照。

夏志清指出，"如果我们在《人·兽·鬼》中发现若干讽刺的写照，实在有影射一些当时知名作家和教授之嫌时，一些也不奇怪"①。例如，在《猫》那篇小说里，被讽刺的名流就涉及了赵元任、林语堂、沈从文诸人，而其中的男女主角被普遍看作是影射梁思成、林徽因夫妇。E. 冈恩认为："在《猫》里，他虚构了30年代北京文化界名流的一次社交聚会……其中包括林语堂（袁友春）、周作人（陆伯麟）、沈从文（曹世昌）和朱光潜（傅聚聊）。"② 胡志德也指出，《猫》中爱默的沙龙聚集了许多京派名流，曹世昌近似沈从文，其他一些牵涉到的人物则包括形象略作饰改的周作人、林语堂以及政论作家罗隆基等。如果我们的读者深谙现代文坛掌故的话，就会觉得某些评论家的索隐并非空穴来风、一味附会，而是颇有根据的。就以被他们谈论得最多的《猫》为例。小说中的袁友春自小给外国传教士带了出洋，身上沾满了教会和青年会气，回国后又发掘中国旧文明，提倡陈眉公、王百谷的清客作风，这显然是30年代主张"幽默"、"两脚踏东西文化，一心写宇宙文章"的林语堂的写照。那个留着一小撮日本胡子，大讲茶道、俳句与盆景的亲日派陆伯麟，则是周作人的一个摹写。说话细声细气、生活充满传奇色彩，出身下层而又善于刻画"绅士"丑态的作家曹世昌，无论从生理特征或创作风貌来看，都无疑是沈从文的化身。至于提倡恋爱心理距离的傅聚聊，则与现实中的美学家朱光潜有着紧密的联系。如此等等，我们不一一列举。其实，影射与否，意义并不重大；重要的是作者的态度问题，也就是说，在40年代时，30多

① 夏志清：《中国现代小说史》，台湾传记文学出版社1979年版，第443页。
② 《美国作家评钱钟书》，《译海》1986年第3期。

岁的钱钟书对于自己所置身的文化环境体现的是怎样的一种批判精神。他可以嘲笑那些灵魂空虚的上层知识分子,鄙夷他们的思想大于行动的弱点以及在国难方殷时的因循、苟安,甚至批判他们个人品性中的诸多缺陷,但他显然无法将自己置身于其外,因为他并非是加谬所谓的"局外人",至少也该如汤因比所谓的"在而不属于"这个文化圈子。事实上抗战期间的钱钟书思想极为苦闷,面对局势同样也一筹莫展,写于 1940 年的《笔砚》一诗便从侧面反映了他当时的心情:"昔游睡起理残梦,春事阴成表晚花。忧患遍均安得外,欢娱分减已为奢。宾筵郁郁冰投炭,讲肆悠悠饭煮沙。笔砚幸堪驱使在,姑容涂抹度年华。"① 最后一联再明显不过地折射出了一个正直的知识分子在战火纷扰的时代环境里那种忧思凄怆而终至无可奈何的心绪。所以从这个角度来看,所谓"影射"不只是影射别人,也是影射自己。书中的人物也有作者自己的影子,打上了作者个性的烙印。我比较赞同蓝棣之先生的看法,他指出:"《围城》写出了作者的压抑与愿望。《围城》所写的并不是什么抽象的人的婚姻生活,而是一种婚姻生活;所写的不是婚姻矛盾的普遍性、共性,而是特殊性。作者所写出来的,是他自己对于婚姻的体验和压抑。作者并不要写一部教训众生之作,而是在写自己的自叙传、血泪书和忏悔录,但由于作品的讽刺品格,使得它的本意被掩盖了。"② 实际上,不只是《围城》,《人·兽·鬼》亦体现了这一点,只是它比《围城》更显隐蔽而已。我们知道《围城》与《人·兽·鬼》写作时间间隔只有两年。在这短短的两年时间里,作者的生活处境并没有什么明显的变化。因此,两部书只有写作技法与语言锤炼上的成熟与否的差异,而在传达作者的人生态度与社会观念方面则是大体相通的。为了证明这一点,我们有必要对作者的妻子,也就是现代著名作家杨绛先生的长文《记钱钟书与〈围城〉》做一仔细研究。

　　《围城》只是一部虚构的小说,尽管读来好象真有其事,实有其人。

　　我熟悉故事里人物和情节的来历。除了作者本人,最有资格为《围城》做注释的,该是我了。

---

① 钱钟书:《槐聚诗存》,生活·读书·新知三联书店 1995 年版,第 46 页。
② 蓝棣之:《现代文学经典:症候式分析》,清华大学出版社 1998 年版,第 141 页。

　　钱钟书从他熟悉的地方、熟悉的社会阶层取材。但组成故事的人物和情节全属虚构。尽管某几个角色稍有真人的影子，事情都子虚乌有；某些情节略具真实，人物却全是捏造的。①

我们如果认真推敲，就会发现这些话语前后矛盾，充满了逻辑的悖论与混乱。因为情节若真实，则作为情节制造者的人物必然也是真实的。他生活在这个现实当中，作者不过是在小说中替他换了一个名字而已。这符合取材于现实生活的小说的基本创作规律。反之，有些人物"有真人的影子，事情都子虚乌有"一句话颇让人费解：如果事情本身子虚乌有，又如何可以从中辨别出现实生活的影子来呢？所以杨绛先生在该文里所说的"《围城》里写的全是捏造，我所记的却全是事实"一句话，读者大可不必天真地信以为真。我们不惜词费，还可以看看别人的意见。钱钟书生前的好友、著名外国文学翻译家杨宪益先生在一次回忆中谈道："解放前他回国的生活经历也不是那么一帆风顺，也经历了不少不愉快的事。后来写了一本《围城》，虽是讽刺小说，并不都是真事，更不是自传，但是书中主人公方鸿渐的经历也或多或少反映了作者本人在那个时期的遭遇。"②这一段表述，我们当然愿意相信：方鸿渐的确不完全等同于钱钟书本人。但它也证实了我们的看法：方鸿渐的生活就是钱钟书生活的某种写照。大而化之地讲，钱钟书不多的小说创作，基本上都是作者本人当年生活的一种隐晦而曲折的反映。他熟谙其男女主人公所经历的一切，虽然其中不乏旁逸斜出的想象之笔（如李建侯携女学生南下及曼倩和天健之间的私情，很有些在幻想中冲出围城的精神胜利法意味）。这里，我们当然主要以《围城》中的男主人公方鸿渐为参照对象。方鸿渐归国后，在国内漂泊不定，从老家转至上海又到湖南的三闾大学，然后重新身陷孤岛，最后又想到重庆去。这一段经历与生活中的钱钟书完全重合：钱钟书于 1938 年从法国回国后，也是先上海，次湖南的国立兰田师范学院，后又到上海。他本人虽然最后没有到重庆去，是否动过念头也未可知，但却曾与入蜀的师友话别，写于 1945 年的《徐森玉丈鸿宾间道入蜀话别》一诗即为明证，

---

① 杨绛：《记钱钟书与〈围城〉》，《杨绛作品集》第 2 卷，中国社会科学出版社 1993 年版，第 129—132 页。

② 杨宪益：《回忆钱钟书兄》，《十月》2000 年第 5 期。

诗中的最后两句"围城轻托命，转赚祝平安"，再清楚不过地表露了他当时的心迹。① 不但如此，连方鸿渐的性格也与作者本人极为相似：机警、风趣、能言善辩而又文弱，书生气十足，对于夤缘而进的投机钻营之徒嗤之以鼻、不屑一顾。据此，我们确知，钱钟书的小说尤其是《围城》是从自己身边写起的。

　　然而"'围城'这个题目本身差不多就可理解为对于妻子的不满或指摘，'围城'的故事也差不多就是妻子缺陷的种种故事"②。我们现在感兴趣的是，钱钟书本人的婚姻生活是否与方鸿渐的一样呢？按说，这似乎是一个无聊的问题，有烦琐考证之嫌。不过，既然这个问题一再引起了人们的争议，而且它也和我们所要探讨的钱钟书的小说创作技法与取材范围相关联，我们这里就有谈一谈的必要。文学史上的记载表明，《围城》才出版后不久，在知识界便引起了轰动。与此同时，许多读者也纷纷给作者来信，对他本人的婚姻生活或询问或直接就表示同情，因为他们认定：《围城》小说中的女主人公孙柔嘉的原型不是别人，正是钱钟书的夫人杨绛女士。对此作者本人与杨绛都曾多次表示否认。而且知识界普遍认为，钱杨二人的婚姻是珠联璧合，堪称幸福婚姻的楷模。最早为钱钟书写传的孔庆茂在《钱钟书传》一书里也谈道，当时中国社会科学院里经常可以看见他们一对老夫妻携手同行，以至于引起了青年人的啧啧赞叹。③

　　但我在这里还想钻一下牛角尖，婚姻生活的本质问题，我想，大凡有过一段婚姻生活经历的人，可能都会认同"婚姻是围城"这个说法。两个个性不完全相同的人无论在婚前如何相爱，婚后由于家长里短、柴米油盐等日常现象甚至生活习惯的不同都难免要发生口角之争。这是一个客观的事实，否认它是虚伪的。所以，一场婚姻能否长期稳定地维持下去，关键不在于夫妻俩吵不吵架，而在于他们在志趣追求与根本利益上是否大体一致。婚姻的实质在很大程度上即是夫妻俩吵了好，好了又吵，吵了再好这样一个磕磕绊绊、无限循环的过程，从两情相悦开始一直伴随到生命的终结，我们很难想象会有一对夫妇厮守一世而从未红过

---

① 钱钟书：《槐聚诗存》，生活·读书·新知三联书店 1995 年版，第 88 页。
② 蓝棣之：《现代文学经典：症候式分析》，清华大学出版社 1998 年版，第 134 页。
③ 孔庆茂：《钱钟书传》，江苏文艺出版社 1992 年版，第 183 页。

一次脸。这一点应该属于社会学的一个基本常识。从《围城》中的方孙关系推测，现实生活中的钱杨之间爆发"内战"自属不免。我们不举别的，只以收在《槐聚诗存》一书里作者写于 1959 年的一组诗中的一首为例：

> 偶见二十六年前为绛所书诗册、电谢波流、似尘如梦、复书十章其七①
>
> 荒唐满纸古为新，流俗从教幻认真。
>
> 恼煞声名缘我损，无端说梦向痴人。

这里，我也想做一个"痴人"。注意这首诗的第三句"恼煞声名缘我损"，显然泄露了他们婚姻生活中的一线天机。在此诗后面作者自注道："余小说《围城》出版，颇多痴人说梦者。"对于这种指孙（柔嘉）为杨（绛）的说法，杨绛本人显然最有理由表示不满也最不愿意接受。谓予不信，我们可以再回过头来重读杨绛的那篇长文《记钱钟书与〈围城〉》，其中有这么一段文字：

> 孙柔嘉虽然跟着方鸿渐同到湖南又同回到上海，我却从未见过。相识的女人中间（包括我自己），没一个和她相貌相似。但和她稍多接触，就发现她原来是我们这个圈子里最寻常可见的。她受过高等教育，没什么特长，可也不笨；不是美人，可也不丑；没什么兴趣，却有自己的主张。方鸿渐兴趣很广，毫无所得；她是毫无兴趣而很有打算。她的天地极小，只局限在"围城"内外。她最大的成功是嫁了一个方鸿渐，最大的失败也是嫁了一个方鸿渐。她和方鸿渐是芸芸知识分子间很典型的夫妇。②（虚线为引者所加）

我们从杨绛的这一段话里可以体察到她非常敏感的防范心理。"包括我自己"五个字声明自己与孙柔嘉毫无关系，主要理由是相貌不相似；

---

① 钱钟书:《槐聚诗存》，生活·读书·新知三联书店 1995 年版，第 115 页。
② 杨绛:《记钱钟书与〈围城〉》，《杨绛作品集》第 2 卷，中国社会科学出版社 1993 年版，第 138 页。

可她忘了，"遗貌取神"是小说家惯用的伎俩。她对于孙柔嘉其他各个方面的描述准确而生动，颇使人起"请君入彀"的念头。因为我们通读杨绛的这篇长文，得知原来《围城》里几乎所有的重要人物都有或隐或显的原型，而唯独唐晓芙与孙柔嘉却完全出自作者的凭空捏造，尽管这两个人物对于方鸿渐前后期生活的影响之大是其他人无法比拟的。小说要么完全是虚构；如果它有大量真实的生活背景，它的一些非中心人物都有原型，而最重要的两个女主人公却完全是出于作者本人的向壁虚构，这显然有悖于创作的基本规律，是不可能的。对于此矛盾，蓝棣之先生曾经隐约暗示过，孙柔嘉与唐晓芙不过是一个人的分身法，是一而二、二而一的关系。如果说孙柔嘉是结婚后的唐晓芙，那么唐晓芙不过是结婚前的孙柔嘉而已。这种移花接木之术，我们在《围城》里可以找到出处：方鸿渐在报馆里碰到了从前的熟人沈太太，于是

　　　　他回去和柔嘉谈起，因说天下真小，碰见了苏文纨以后，不料又会碰到她。柔嘉冷冷道："是，世界是小。你等着罢还会碰见个人呢。"鸿渐不懂，问碰见谁。柔嘉笑道："还用我说么？你心里明白，唅，别烧盘。"他才会意是唐晓芙，笑骂道："真胡闹！我做梦都没有想到。就算碰见她又怎么样？"柔嘉道："问你自己。"他叹口气道："只有你这傻瓜念念不忘地把她记在心里！我早忘了，她也许嫁了人，做了母亲，也不会记得我了。现在想想结婚以前把恋爱看得那样郑重，真是幼稚。老实说，不管你跟谁结婚，结婚以后，你总发现你娶的不是原来的人，换了另外一个。早知道这样，结婚以前那种追求、恋爱等，全可以省掉。"①（虚线为引者所加）

　　现实生活中的方鸿渐是否也对他的孙柔嘉说过同样的话，我们不得而知。但"情动于中而形于言"，方鸿渐能以叹息的口吻说出这种颇含人生哲理的话，自然不会是无谓而发的，它应当是作者深味人生后的经验之谈。我还要提请读者们注意，钱钟书在我们上文所引的那首诗的第三句用了个词——"恼煞"，这两个字本身就足以引发我们丰富的联想。也许还

－－－－－－－－－－

　　①　钱钟书：《围城》，人民文学出版社1991年版。以下所引相关原文皆出自同一版本，不再一一注明出处。

有人认为我的举例太过牵强，他们会提出反对意见：你所说的是已经写过《围城》之后的钱杨生活（那时《围城》一书本身已给他们的家庭生活带来了很大的变化），而非写《围城》之前的钱杨生活。对于这个质疑，我也可以找出答案来。杨绛讲过她为了钱钟书写《围城》，亲自劈柴生火做饭洗衣，因为她"急切要看钟书写《围城》，做灶下婢也心甘情愿"①。这当然是他们 40 年代生活的一个写照。可我们知道，现实生活中的钱钟书于家务也的确不大在行，只知一味专心于读书写作。早在 1936 年他与杨绛婚后不久，他即写有一首《赠绛》诗："卷袖围裙为口忙，朝朝洗手作羹汤。忧卿烟火熏颜色，欲觅仙人辟谷方。"② 诗写得当然幽默风趣，而对于妻子的关心呵护与自己不能帮忙操持家务的愧疚之情也溢于言表。这样的生活长久下去，矛盾也就出现了。于是在作者 1959 年所写的那十首组诗的其五里，我们仿佛看到了当年小两口吵架的情景："弄翰然脂咏玉台，青编粉指更勤开。偏生怪我耽书癖，忘却身为女秀才。"③ 这里，我们的考证也许已经够长了，也足以能说明问题了。所以，杨绛曾感慨方鸿渐没有和意中人唐晓芙结婚，使围城的含意发挥得不够透彻（其实，这只是杨绛的误读，方鸿渐确实已经和自己的意中人结婚了）；我则更惋惜于钱钟书没有在男女主人公方与孙之间安插一个"第三者"——小孩子。或许那是钱钟书的有意识回避，因为其时他与杨绛的女儿阿园已经诞生了，而这也可能是引起杨绛误读的一个主要原因。如果真这样安排了，也许更可以写出我们普天之下芸芸众生所共感的围城来。《围城》里的方鸿渐与孙柔嘉最终似乎是分手了（小说中没有明确交代，但许多人持此说，如夏志清及目前一些通行的文学史教材），而现实生活中的无数方鸿渐与孙柔嘉们则依然"今是而昨非"地恩恩怨怨地生活着。他们争吵着，也恩爱着。也许他们会努力冲出围城，但不久便会发现自己又陷入了一个类似的围城之中。婚姻的围城、事业的围城……我们的生命本身便是一个充满了无数个大大小小的围城的围城。这也就是我们接下来要探讨的第三个问题：钱钟书小说创作中的"围城"意识。

① 杨绛：《记钱钟书与〈围城〉》，《杨绛作品集》第 2 卷，中国社会科学出版社 1993 年版，第 132 页。
② 钱钟书：《槐聚诗存》，生活·读书·新知三联书店 1995 年版，第 9 页。
③ 钱钟书：《槐聚诗存》，生活·读书·新知三联书店 1995 年版，第 114 页。

二 "围城"意识

"围城"这个词的隐喻义,当然是钱钟书第一次嵌进我们现代汉语语言的。也就是说,把婚姻及其他类似的一切比喻为围城是1946年前后才正式开始的。但在现代小说创作中表现"围城"意识,却应该出现得更早。如果我们不把自己的目光仅驻留于钱钟书一人、《围城》一书,就会发现,中国现代文学史上,早在《围城》之先,就已经有了表达此类意识的经典作品。要找它的源头的话,鲁迅的《伤逝》应该是当之无愧的。因为正是鲁迅先生在这个短篇小说里通过子君与涓生这一对青年男女的婚恋悲剧,第一次为我们揭示出了"婚姻是围城"这一现代意义的话题,而这一点恰恰是为我们过去所一向忽视的。

这里,我们稍稍荡开一笔,来重新解读一下鲁迅的《伤逝》。以我们传统的批评眼光来看,子君与涓生的悲剧是不合理的社会制度造成的。80年代以来又有了一种新的看法:他们的悲剧是由于他们个人的思想有很大的局限性,没有把个性解放与社会解放结合起来。不能说以上这两种说法都毫无道理,但至少可以这么说,它们只是触及皮毛,而未涉及要害。实际上,《伤逝》所表露的思想意识是颇具现代意义的。它反映的不光是由于经济上的不独立而造成的婚恋悲剧,也写到了一对热恋的男女如何经历了从恋爱到婚姻(同居)、从理想到现实及从围城外到围城内的心理、行为变化的全过程。在这样的过程当中,人物的情感由热而冷,最后终于幻灭。我们不妨引用原文中的几段话,它们大致以子君与涓生同居前后为界限而形成了鲜明的对比。

同居之前——

蓦地,她的鞋声近来了,一步响于一步,迎出去时,却已经走过紫藤棚下脸上带着微笑的酒窝。她在她叔子的家里大约并未受气;我的心宁帖了,默默地注视片时之后,破屋里便渐渐充满了我的语声,谈家庭专制谈打破旧习惯,谈男女平等,谈伊孛生,谈泰戈尔,谈雪莱……她总是微笑点头,两眼里弥漫着稚气的好奇的光泽。

同居之后——

　　子君竟胖了起来，脸色也红活了，可惜的是忙。管了家务便连谈天的功夫也没有，何况读书和散步……这就使我一样地不快活。

　　可惜的是我没有一间静室，子君又没有先前那么幽静，善于体贴了。

　　子君，——不在近旁。她的勇气都失掉了，只为着阿随悲愤，为着做饭出神；然而奇怪的是倒也并不怎样瘦损……

　　在同居前后的对比中，我们明显地可以看出，婚姻（同居）是如何把一个争取个性解放的青年女性变成一个琐屑无聊的家庭主妇的。当悬浮在空中的理想爱情演变为脚踏实地的现实婚姻时，爱情与婚姻便都变得庸俗与琐碎了。因为生活本身是庸俗与琐碎的，它充盈的不是风花雪月，而只是"一地鸡毛"。生活尤其是温情脉脉的小家庭生活，固然是维系亲情的纽带，却也是一个磨蚀斗志的狭小天地，一个束缚人手脚的围城。这就要求我们换一种眼光来审视此前未及深味的男女之情的另一面，从它华丽炫目的外表看破其藤缠葛绕的内里。曾经有一种流行的说法：婚姻是爱情的坟墓。其实，即使没有婚姻，朝夕厮守的爱情也会或多或少地发生变质。从这个意义上讲，鲁迅的《伤逝》与钱钟书的《围城》二者的主题内涵是相似的。我们不要忘记鲁迅借涓生之口所说的那一句话："爱情必须时时更新、生长、创造。"而我们以前之所以对此轻易地忽视，是因为我们太执着于这篇小说所产生的时代背景：20世纪20年代正如火如荼地上演着的个性解放与经济独立的矛盾图景。因此，我们也就极易不自觉地被诱入了评论者的思维模式。可以说，《伤逝》是自它诞生迄今70多年来一直没有被正读的小说。关于这一点，我们可以《围城》中的几段话做一对照，就很可以找出它们的相似之处：

　　鸿渐柔嘉左右为难，受足了气，只好在彼此身上出气。鸿渐为太太而受气，同时也发现受了气而有个太太的方便。从前受了气，只好闷在心里，不能随意发泄，谁都不是自己的出气筒。现在不同了；对任何人发脾气，都不能够像对太太那样痛快。父母兄弟不用说，朋友要绝交，用人要罢工，只有太太像荷马史诗里风神的皮袋，受气的容量最大，离婚毕竟不容易。

等柔嘉睡熟了。他（鸿渐）想现在想到重逢唐晓芙的可能性，木然无动于中，真见了面，准也如此。缘故是一年前爱她的自己早死了，爱她、怕苏文纨、给鲍小姐诱惑这许多自己，一个个全死了。有几个死掉的自己埋葬在记忆里，立碑志墓，偶一凭吊，像对唐晓芙的一番情感。有几个自己，仿佛是路毙的，不去收拾，让它们烂掉化掉，给鸟兽吃掉，不过始终消灭不了，譬如向爱尔兰人买文凭的自己。

与《伤逝》一样，《围城》里的这两段话也是从一个男性的视角来展现从爱情到婚姻的幻灭全过程。方鸿渐在人生道路上处处碰壁，本想缩居于家庭一隅寻找避风港，不料家庭一样也是个旋涡，使他不断地苦苦挣扎于围城内外，欲罢不能。这种如宿命一般地永远伴随着人物行动的"围城"意识，我们在茅盾的《虹》、老舍的《离婚》、巴金的《寒夜》乃至于当代小说中的《烦恼人生》《一地鸡毛》《废都》中都可以隐隐约约地看到。

我们再来看《人·兽·鬼》。《猫》与《纪念》或写男主人公的空虚无聊至极而寻找刺激，或写女主人公的因厌倦乏味生活而红杏出墙，都未尝不可以看作是《围城》的先声，是疲惫于婚姻围城的生活而试图突出重围之举。它们贵族化的风格很有些类似于凌叔华的《酒后》等小说。在《上帝的梦》里，作者写了创世之初的一对男女的厌倦，以及他们对于两相厮守、终日陪伴的麻木与冷漠。所以不管钱钟书本人的创作意愿是什么，我一直认为，《上帝的梦》这一篇准小说（有人坚持说它只是一篇寓言体的散文），是具有高度象征意义的。它好像构成了钱钟书所有小说创作的序幕，尽管没有展示多少丰富的情节，却已隐然透露出了某种征兆：在这个世界上，我们的饮食男女本身便是一种自我封闭的围城。神创造了人，也同时创造了围城，围城之于人具有了某种先在的规定性。我们追求幸福，追求幸福本身的坎坷历程又使我们一再置身于苦难；我们在舒适安逸中待惯了，但精神的丝缕时刻牵系着荒凉与野蛮，一旦荒凉与野蛮真正降临时，便又如叶公好龙一般渴盼恢复原有的安宁。方鸿渐与孙柔嘉结婚后，发现了他们自己身陷围城。《上帝的梦》里那最初的一男一女，便是原始时期的方鸿渐与孙柔嘉。那时他们还没有受到文明的洗礼，但他们的精神因困于长期的安宁产生厌倦，反而渴盼一次灵魂的冒险。他们开始怀有各种正当的愿望或非分的痴想，在惯常外寻找新鲜，于空虚里追求刺激，而得到的往往是更大的失望。那一对男女没有死于狮子、猛虎之口，最终却败于臭虫及其所制造的瘟疫。我们人类自身的缺陷也正是如此：是狭隘的处境改变了我们的性格，也改变了我们的命运。因为一味局守一隅、画地为牢，便只有面对灰色的百无聊赖的生活。真的，在这样的一个世界上，连万能的上帝也要经常发出叹息，遑论穿梭于大大小小的围城之间的可悲的人类？万幸的是，这不过是上帝做的一个梦而已，而我们的作者钱钟书先生在为我们传达这个象征性寓意的同时，也做了一场文学上的白日梦。

三　心理现实主义与智识型讽刺

凡是认真阅读过钱钟书小说的人，都无不感佩他对于人物心理洞幽烛微式的体察。他不仅善于把握人物的显在心理动机，而且长于挖掘人物的潜意识、隐意识，从看似不经意的细枝末节里寻找出关涉到重大情节转换的蛛丝马迹来。所以以前就曾有多位评论者指出他深受弗洛伊德思想的影响，认为其对于弗洛伊德主义的接触是直接的和自觉的。也有学者在评价他的《人·兽·鬼》时指出："钱钟书以其犀利的讽刺笔锋，挑开了伦理道德、家庭婚姻帷幕，大胆地涉入到这个'特殊的精神领域'。细腻地描写了爱默、曼倩这两位年近中年的妇女与青年男子的病态恋情。"[1] 钱钟书的这种技法，批评家胡志德称之为"心理自然主义"，而我们则不妨称之为"心理现实主义"，即他对人物的心理把握也从一个特定的角度丰富了现实主义的表现手法，拓宽了现实主义的取材范围，使之深入到人物的心理层次，去考察其动机与成效之间的因果关系。下面，笔者即拟就此做一详论。

《上帝的梦》固然只是试笔，但对上帝心理的描述却也并非是可轻易忽视掉的，因为上帝的心理变化直接决定着情节的发展变化。只是这时的心理描述未免略嫌幼稚，在文本中直接以"他想"二字引出，显然还停留在显意识的层面。到了《猫》里，钱钟书的心理现实主义就开始有了

---

[1] 洪维平：《机智、犀利、奇趣——浅谈钱钟书小说的讽刺艺术》，《江西师范大学学报》1988 年第 3 期。

进一步的发展。这表现在对于家庭沙龙中的那群知识分子心理动机的深层把握上:

> 这些有身家名望的中年人到李太太家来,是他们现在唯一经济保险的浪漫关系。不会出乱子,不会闹笑话,不要花费,而获得精神上的休假,有了逃避家庭的俱乐部。建侯并不对他们猜忌,可是他们彼此吃醋得厉害,只肯在一点上通力合作:李太太对某一个新相识感到兴趣,他们异口同声讲些巧妙中听的坏话。他们对外卖弄和李家的交情,同时不许任何外人轻易进李家的交情圈子。

仅此一小段文字,就将这一群高级知识分子狭隘、猥琐、空虚、自怜的微妙心理揭示了出来,而且也勾画出了当时知识界某一类人的灵魂。这使我们很容易想起同时代的著名作家沈从文的那篇辛辣的《八骏图》。令人哑然失笑的是,沈从文自身也成了《猫》里被调侃的一个人物(曹世昌)。《猫》里心理刻画尤见功力的人物是年轻的大学生齐颐谷。作者写他暗恋上女主人爱默以后,"那天晚上做了好几个颠倒混沌的梦,梦见不小心把茶泼在李太太的衣服上,窘得无地自容,只好逃出了梦。醒过来,又梦见淘气抓破自己的鼻子,陈侠君骂自己是猫身上的跳虱。气得正要回骂,梦又转了弯,自己在抚摸'淘气'的毛,忽然发现抚摸的是李太太的头发,醒来十分惭愧,想明天真无颜见李氏夫妇了。却又偷偷地喜欢,昧了良心,牛反刍似的把这梦追温一遍。"这一段描述颐谷离奇古怪的梦境与那种"剪不断,理还乱"的矛盾心理的文字,明显是受了弗洛伊德《梦的解析》一书的启发。尤其是颐谷在梦里由抚摸"淘气"(一只猫的名字)的毛忽然转到抚摸李太太的头发,简直是神来之笔,好似电影中的蒙太奇剪辑手法,使我们不能不叹服于钱钟书对心理分析方法的高超运用。

《人·兽·鬼》这个集子里,在挖掘人物隐秘心理方面最成功的大概还要算《纪念》一篇。我们知道,曼倩与才叔只是芸芸众生中一对很普通的夫妻。他们之间的感情虽然没有达到爱得难分难舍的程度,却也还不错。但随着婚后日子一天天的逝去,曼倩总感到自己过于平静的生活里少了几丝涟漪、几朵浪花。她朦朦胧胧地渴盼着某种事件发生,以打破自己死水一般的生活。在这个时候,天健适逢其会地出现了。我们的心理分析即可以此入手：像福楼拜《包法利夫人》中的爱玛一样，在遇见天健之前，曼倩的内心深处已种下了不满现状的种子，因为她的生活"从没有辛酸苦辣，老是清茶的风味，现在更象泡一次，淡一次。日子一天天无事过去，跟自己毫无关系，似乎光阴不是自己真正度过的，转瞬就会三十岁了，这样老得也有些冤枉"。那么怎样才算老得不冤枉呢？且看曼倩与天健的第一次会面："相见之后，曼倩颇为快意的失望。原来他并不是粗犷浮滑的少年，曼倩竟不能照她预期的厌恶他。……一望而知是个善于交际的人……事实不容许她厌恶天健，除非讨厌他常偷眼瞧自己。"这样，此前横亘在两人之间的心理距离一下子缩短了。此后在两人的频繁交往中，曼倩的心理已渐渐起了非常微妙的变化，曼倩猜想天健喜欢和自己在一起。这种喜欢也在无形中增进她对自己的满意……天健在她身上所产生的兴趣，稳定了她摇动的自信心，证明她还没过时，还没给人生消磨尽她动人的能力。我们从曼倩这一段微妙的心理可以看出，她对天健的暗恋并非是真正萌发于纯情，而只是一个将届中年的少妇对自己容颜渐失的隐忧和企图以吸引别人来证明自己青春尚在的虚荣。正如作者在小说中以叙述者的口吻指出的那样："要对一个女人证明她可爱，最好就是去爱上她，在妙龄未婚的女子，这种证明不过是她的可爱该得的承认，而在已婚或中年逼近的女人，这种证明不但是安慰，并且算得是恭维。"曼倩现在所急需的正是这种安慰与恭维。所以当两个人终于发生了肉体关系之后，她才意识到这种虚荣心所造成的后果并非她的期望所在，反而觉到了沉重的失落。但她有办法来消解这种背夫偷情的愧疚心理："结婚两年多了，她没有过着舒服日子，她耐心陪才叔吃苦，把骄傲来维持爱情，始终没向人怨过。这样的妻子，不能说她对不住丈夫。"在原谅了自己以后，她的心理又有了奇怪的更进一步的发展，"应该说，丈夫对不住她。在订婚之前，曼倩的母亲就说才叔骗了她的宝贝女儿……曼倩的女伴们也说曼倩聪明一世，何以碰到终身大事，反而这样糊涂……至少她们没有象曼倩肯错配了谁！"这样，在细读完全文后，我们可以寻绎出一条曼倩心理发展变化的明晰线索：

预想中的厌恶→快意的失望→得到恭维的满足→日渐滋生的好感→沉重的失落→勉强的自慰→值得保存的纪念

　　评论家们据此称道:"犀利的心理观察和分析是钱钟书小说的重要特色。"① 而将这种心理分析技法加以炉火纯青运用的,自然要属《围城》。《围城》中关于方鸿渐与孙柔嘉之间婚恋经过的心理刻画尤其具有典范性。由于原文过长,我们无法一一加以引述,只需看一下在方孙的情感纠葛中,方鸿渐、孙柔嘉与赵辛楣三人之间的那种极富戏剧性的关系网络即可。

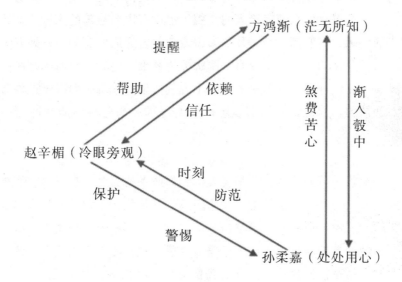

　　在这一关系网络中,赵辛楣与孙柔嘉都是异常清醒的,只有方鸿渐对于这一切懵懂无知,所以才被赵辛楣讥评为"不讨厌,可是全无用处"。我们可以找出原文的一段话来加以证明。例如在三闾大学,孙小姐受到了学生的攻击后,来找方鸿渐诉苦。"(鸿渐)忙问孙小姐近来好不好。孙小姐忽然别转脸,手帕按嘴,肩膀耸动,唏嘘哭起来。鸿渐急跑去叫辛楣,两人进来,孙小姐倒不哭了。"我以为这短短的一个场景是钱钟书描摹世态人情的精彩之笔。因为就在这几句话里,三个人物的心理及其相互间的微妙关系被准确无遗地交代了出来。孙小姐在方鸿渐面前哭,显然是因为受了委屈,而把方作为自己心目中的亲人来寻找抚慰;方去找辛楣,

　　① 金宏达:《钱钟书小说艺术初探》,《江汉论坛》1983 年第 1 期。

一方面说明他对孙的心思全然不知，另一方面也表明他遇事毫无主见，处处依赖赵辛楣，所以颇具书生气；而孙小姐在看到辛楣进来之后又不哭了，除了表明她对辛楣极强的戒备心理外，也隐含着她对方鸿渐不了解她这份隐情的失望与不满。这种见微知著、通过细节来展示人物心理及其关系的技法，非钱钟书这样的大手笔无法做到。

钱钟书心理现实主义手法的高明之处还在于，他不像俄国的作家如屠格涅夫、陀斯妥耶夫斯基等人那样描写那种大起大落、大喜大悲式的爱情，而是着眼于寻常可见的那种鸡零狗碎式的爱情心理的挖掘。爱情中的男女主人公都没有什么惊艳绝人的美貌，也没有声名显赫的家世，更无识见过人的天赋，他们都只是平凡的人，谈着普普通通的恋爱，发展着无声无息、潜移默化的感情，偶或有一两次惊涛骇浪，绝大多数时间则风平浪静。其实，在钱钟书为数不多的全部小说创作里，他都是着眼于这种普通的男女恋情的。为此，我们不能忽视小说《猫》里陈侠君所发的那一通议论：

> 最能得男人爱的并不是美人。我们防备的倒是相貌平常、姿色中等的女人。见了有名的美人，我们只能仰慕她，不敢爱她。我们这种未老已丑的臭男人自惭形秽，知道没希望，决不做癞蛤蟆吃天鹅肉的梦。她的美貌增进她跟我们心理上的距离，仿佛是危险记号，使我们胆怯、懦怯，不敢接近。要是我们爱她，我们好比敢死冒险的勇士，抱有明知故犯的心思。反过来，我们碰见普通女人，至多觉得她长得还不讨厌，来往的时候全不放在眼里，吓！忽然一天发现自己糊里糊涂地，不知什么时候让她在我们心里做了小窝。这真叫恋爱得不明不白，恋爱得冤枉。美人像敌人的正规军队，你知道戒备，即使打败了，也有个交代。平常女子像这次西班牙内战里弗朗哥的"第五纵队"，做间谍工作，把你颠倒了，你还在梦里，像咱们家里的太太，或咱们爱过的其他女人，一个都说不上美，可是我们当初追求的时候，也曾为她们睡不着觉，吃不下。

我这里之所以不惜长篇大段地引述原文，是因为这一段文字体现了钱钟书对普通人恋爱心理的深刻观察，也是他的小说如《围城》里方鸿渐与孙柔嘉、《纪念》里曼倩与才叔等人婚恋经过的最好注脚，更是他本人对人类社会里某种带有普遍性的婚恋心理的理论阐述。其中融汇了人类的集体经验，使我们在苦索不解时得到了意外发现的惊喜。但我们也看到了，在钱钟书的笔下，这种潜移默化的恋爱本身也潜伏着情感与婚姻的危机，它或者表现为男女主人公任何一方的情感转移（如建侯的携女学生南下、曼倩与天健的私情），或者以双方相互之间彻底失望而告终（如孙柔嘉与方鸿渐）。

夏志清说过，钱钟书小说的两大特色是讽刺和心理描写。① 我们在了解了其出色的心理现实主义技法后，再来看其卓绝的讽刺技法。这一方面体现在作品的整体布局上，即他的所有小说都呈现为一种讽刺性结构，其讽刺的用意已"意在笔先"；另一方面，还在于他采取了多种讽刺手段，诸如漫画式的人物形象勾勒，人物语言的有意夸大、变形，不失时机的反语与双关，滑稽可笑的人物行为细节展示，荒唐悖理的人物心理及潜意识心理的剖析，还有离奇古怪、出人意料又在人意中的各种比喻，如此等等，使钱钟书的小说构成了一个讽刺的世界，一座充满各种讽刺技巧与意趣的讽刺大观园。关于这些，已有多人作出过种种阐释，我毋庸这里再鹦鹉学舌般地重复一遍。我需要补充一点的是，钱钟书很善于在他的小说中加上一个讽刺性的道具，通过这个道具来传达出人物与外在环境之间的明显不协调，从而产生一种强有力的讽刺效果。《围城》里最具有讽刺效果的无疑是那只由父母送给方鸿渐的不准时的钟表，因为"这个时间落伍的计时机无意中包涵对人生的讽刺和感伤，深于一切语言，一切啼笑"。再如范小姐借给辛楣看的两个剧本，李梅亭一路携带的装有药品与卡片的大箱子，小至孙柔嘉借给李梅亭用的那把掉色的绿绸伞，方鸿渐与鲍小姐私会时不慎脱落而被阿刘捡到并借机敲诈的发钗，方鸿渐与韩学愈不约而同地购买的克莱登大学的假文凭，李梅亭的那张上面印有各种乱七八糟头衔的名片及题有苏小姐小诗的扇子，方遁翁日日不忘撰写的日记……它们都在情节转换的关掖发挥了重要的作用。最为典型的，是短篇小说《猫》里那只似乎没有发挥多大作用的名叫"淘气"的黑猫。猫在小说里先是撕烂了齐颐谷替李建侯起草好的稿件，由此而引发了颐谷对于爱默的单相思；接着出现在颐谷的梦境里，使颐谷感到自己欲罢不能、且喜且愧；最后，当爱默从陈侠君那里得知建侯已与人私奔南下时，出于潜在的报复与

---

① 夏志清：《中国现代小说史》，台湾传记文学出版社1979年版，第445页。

补偿心理，而临时拉上了齐颐谷作为安慰，颐谷却在突如其来的变故面前退缩不已。这时候，猫又出现了，起到了一个使人啼笑皆非的讽刺效果。我们且引用小说中的两段话：

> 　　颐谷急得什么推托借口都想不出，哭丧着脸胡扯道："这猫虽然不是人，我总觉得它懂事，好象是个第三者。当着它有许多话不好讲。"说完才觉得这句话可笑。
>
> 　　爱默皱眉道："你这孩子真不痛快！好，你提它到外面去。"把淘气递给颐谷。淘气挣扎，颐谷紧提了它的颈皮——这事李太太已看不入眼了——半开书房门，把淘气扔出去，赶快带上门，只听得淘气连一接二的尖叫，锐利得把听觉神经刺个对穿，原来门关得太快，夹住了它的尾巴尖儿，爱默再忍不住了，立起来顺手给颐谷一下耳光，打开门放走淘气，一面说："去你的，你这个大傻瓜！"淘气夹着创痛的尾巴直向里面窜，颐谷带着热辣辣的一片脸颊一口气跑到街上，大门都没等老白来开。头脑里象春米似的一声声顿着："大傻瓜！大傻瓜！"

猫的出现反映了爱默的虚荣与在虚荣被撕破之后的软弱，也映衬出了颐谷的怯懦与天真未凿。这只猫就好像马克·吐温在《败坏了赫德莱堡的人》里所精心安排的那只狗一样，在构筑一个讽刺性场面的同时，也使小说出现了一个喜剧性的高潮。

四　道德的自律与他律

在《文学自由谈》2007 年第 1 期上，看到了李江锋先生的《他有不做战士的权力》一文。围绕着近年来文化界聚讼纷纭的关于钱钟书的评价问题，作者谈了一些个人的看法。我在读完后颇感认同，因为说出了我自己长期以来一直想说而没有说出的话。但同时又觉得意犹未尽，忍不住要拿起笔来，再补充几句，便有了这篇小文。

正如李先生文中所言，当前对于钱钟书的贬斥大都表现出了一种泛道德化的倾向，"以一种陈义过高的随意性，把道德准则提升为严苛的戒律"。于是，在这种高调道德理性的观照下，钱钟书素来为人们所称道的博学、智慧等优点,在他们所谓的重大个人道德缺陷面前,都被抹杀殆尽甚至化为乌有。

钱钟书的个人道德到底有何重大缺陷?按说,我自己也算是搞点钱钟书研究的,居然对此一无所知。一时颇感惭愧,便试着在网上搜索了一下,结果很轻易地就找到了一篇署名伍国的文章。在这篇洋洋洒洒数千言的讨钱檄文里,伍国先生以近乎愤怒的语气指出:钱钟书在"文革"期间没有做战士,身上缺乏"一种鲜明的精神力量",不过是"精致而麻木的大师","一个没有激情也没有愤怒的人,再大的变动,只要不殃及自身,便可得过且过"。

这篇文章被到处转载,看来反响甚大。再看后面的一连串跟帖中的叫好之声,便可知晓,其中的观点显然得到了好多人的认同。但让我觉得纳罕的是:是谁赋予了伍国先生他们以如此至高无上的权力,让他们扮演着近乎上帝一般的角色,从而站在一个俯视芸芸众生的道德高台上,对钱钟书的道德横加指责?

以常理揆之,在某一方面指责某一个人,则指责者本人一定要在此方面比被指责者高出一大截子才行。例如,袁隆平可以指责钱钟书不了解水稻杂交知识,陈景润也可以指责钱钟书不会证明哥德巴赫猜想,爱因斯坦还可以指责钱钟书不懂相对论,尽管这种指责因专业领域风马牛不相及而荒谬至极,但起码还让人勉强能够接受。以此类推,既然有人敢于指责钱钟书在"文革"期间没有成为战士,因而道德上有重大缺陷云云,那么指责者本人如果不是佛祖释迦牟尼、基督耶稣、圣雄甘地或者纳尔逊·曼德拉与特蕾莎修女这样的杰出之士,至少也应该是林昭、张志新与顾准一流人物才行。因为他们或为教主,或为圣人,或为烈士,言行一致而表里如一,切切实实地实践着自己的理想。故而,也只有他们才有资格做出这样的评价。

令人遗憾的是,现在这些对钱钟书横加指责的人,则既非战士亦非圣人更非教主,只是和我们普通人一样的肉眼凡胎。他们自身的道德水准如何,我们尚且不大清楚。但只要看其攻势凌厉的批评文章,那种不顾基本事实,极尽罗织之能事,抓住一点、不计其余的批评方式,就着实令人作呕。这不禁使我想起了《圣经·约翰福音》里所讲的一个著名的故事:一群法利赛人捉住了一位行淫的妇人意欲进行惩罚。耶稣看见了后,就对他们说:"你们中间谁是没有罪的,谁就可以先拿石头打她。"结果是,那些拿着石头的法利赛人一个个默默走开了事。这个类比或许有些不伦，但至少表明一个基本道理——指责别人道德有缺陷的人们，首先应该扪心自问：自己的道德是否完美得近乎无懈可击？

遗憾的是，在当代中国，这些所谓的批评家都缺乏足够的自知之明。他们似乎并不愿意也不屑于进行这么一番良心的自省，而是动辄站在一个道德制高点上，召开道德法庭裁判大会，对不合他们心意的所有人都发出诛心之论。结果，在他们所特制的道德屈光镜的折射下，别人都是满身泥水、污浊不堪，他们自己则一个个美丽若天使、纯真似鸽子、洁白如羔羊，灵魂堪比水晶玻璃，玲珑剔透而不含渣滓。这真所谓"丈八高的灯台，不照自己专照别人"，自家门前雪盈尺，反怨他人瓦霜厚。荒谬如斯，未免让人哑然失笑。

其实，此类现象在我们这个特殊的国度里算得上"古已有之"，一点儿也不新鲜。早在汉朝，即有所谓"举秀才，不知书，举孝廉，父别居"；宋明的理学家们则一面倡言"饿死事小，失节事大"，一面大养其私生子；明末的东林党人念念不忘忠君报国，却在后来的李自成进北京与满清入关后丑态百出，"箪食壶浆，以迎王师"。让人觉得匪夷所思的是，中国号称有五千年的文明史，可继承的有价值东西自是不少，却偏偏多的是这类道学家的谬种流传，虽衣着光鲜而货色照旧。他们的拿手好戏是，在心造的幻影王国里做道德的僭主，进行道德意淫。本来是一个小小的弼马温，硬要自封为齐天大圣，将绣花针当作了如意金箍棒，拿着到处胡抢乱舞。然而终究心虚，缺乏足够的自信，于是自吹自擂与贬人损人双管齐下，在对别人的批判中获得一种自欺欺人的自我道德优越感。

更为可怕的是，这些道学家总是惯于悬置一个极高的道德准则，但自己从来不遵循，到了别人那里就成了一道紧箍咒。这一理论与实践的严重脱节必然导致的结果是：空头理论家多如牛毛，实践家却寥若晨星。往往自己躲在销金帐里声色犬马、花天酒地，却号召别人去冲锋陷阵、浴血奋战，从而使得一幕幕"战士军前半死生，美人帐下犹歌舞"的活剧盛演不衰。正如著名历史学家黄仁宇回忆，他早年在成都中央军校时，曾多次亲聆当时兼任该校校长的蒋介石的训话。蒋最喜欢对军校的青年人讲的一句话是："你们赶快地去死！"在国难当头的危急时刻，以一国元首兼一校之长的身份号召大家奋勇杀敌、为国捐躯，当然是可以理解的。但疑问也就来了:要死大家一起死,凭什么让我们去死,你自己却偏偏活得好好的。道德者,必须人人可做、个个易行才是,而并非只是一部分人为另一部分人所精心设计的陷阱。

真正的道德评判应坚持一个基本原则,那就是设身处地,与人为善。因为在维护最基本的生存权的基础上,每个人都有权利追求个人的幸福,追求自己的发展与进步。只要守住底线,不伤害别人,我们就没有必要像道学家那样动辄拿着自己定做的尺子与圆规对别人横挑鼻子竖挑眼,小不称意便肆意凌辱。须知,道德首先是一种自律,而不是强加。任何外在强加的所谓道德,不论其色彩多么鲜艳,名号多么动听,其实已经不再是道德,只能是不道德或反道德。再者,道德标准本身也并非恒定不变的,往往以时代为转移。有时"有所为"是一种道德,有时"有所不为"也是一种道德。在某一个时代的道德高标准,到了另一个时代可能就成为道德低标准,反之亦然。

话又说回到钱钟书这里。在我看来,比之于今天那些只是一味数黑论黄、指手画脚以至不惜反咬一口、倒打一耙的新锐批评家,钱钟书的道德水准不知要高出多少倍。在那个人人自危、万马齐喑的非常年代里,知识分子劫难重重,历经"反右"、"四清"与"文革"等疾风骤雨的袭击,钱钟书始终坚守着自己的道德良知。他没有逾越底线,也没有写过什么《李白与杜甫》或者《柳文指要》之类的皇皇巨著,更没有把自己的智慧与学问滥用到整人的事务上去。他的所谓"明哲保身"说来也十分可怜,不过是维护自己最基本的生存权而已。不仅此也,在这期间,他值得称道的事反而不少:50年代编选《宋诗选注》时,不为时风所动,因坚持不选文天祥的《正气歌》一诗而一度遭到批判;"文革"后期又拒赴江青邀请的国宴招待;平时还经常对身边的工友们慷慨解囊、不计回报;等等。这些作为,我们今天看来也许稀松平常,但在当时却是需要很大的定力与勇气的。至于他在新时期以来谢绝参加各类讨论会与纪念会,以为那是"邀约不三不四之人,谈讲不痛不痒之话,花费不明不白之钱"的场合。他还指出,真正的学问应当是"荒江野老屋中二三素心人商量培养之事,朝市之显学必成俗学"。这些饱含着深厚道德与高度智慧的话语,对于我们当下的文化现状不都是很好的针砭良药吗?相形之下,今天那些所谓的新锐批评家不惜颠倒黑白,信口雌黄,高调放言,滥套行事。我们很难想象,如果处身于同样的历史情境,不知他们还能否达到被自己倍加指责的像钱钟书这样的"低"道德水准？

钱钟书故去快满十个年头了，斯人已矣。但如果起其人于地下，面对这些新派"道学家"的指责，他有理由问心无愧。因为在那样一个语言荒唐、行为怪诞、心理变态类似于嘉年华会的全民大疯狂岁月里，对于像他这样一位无权无势的普通读书人来说，唯一可做的，只有保持沉默。毕竟他没有隔岸观火、幸灾乐祸，更没有乘人之危、落井下石，从而维护了一个正直知识分子应有的良知与尊严。我常常在想，假如中国的知识分子们当年都能像钱钟书那样，守住底线，不主动跳出来当整人的急先锋，也不想踩着别人的肩膀往上爬，或借着别人的鲜血以洗干净自己的手；而是沉默以对，冷眼旁观，那么那场声势浩大、史无前例的"文化大革命"恐怕早就草草收场了，绝不致演变成一场空前的民族浩劫。想到这里，我倒要建议这些新派批评家，不妨先去阅读一下《圣经·路加福音》，看看耶稣是怎样教诲自己门徒的："为什么看见你弟兄眼中有刺，却不想自己眼中有梁木呢？你不见自己眼中有梁木，怎能对你弟兄说'容我去掉你眼中的刺'呢？你这假冒为善的人，先去掉自己眼中的梁木，然后才能看得清楚，去掉你弟兄眼中的刺。"

"何必"长解语，不须师旷知音"，是钱钟书早年所写的一首诗的其中两句。我这里且断章取义地拿过来，算是代替钱钟书做出的对于伍国先生这样的当代"公"长"与"师旷"们的回应吧。我相信，只要人类还生存，只要汉字作为一种独立的语言文字还没有消失，那么今天那些形形色色以至让人眼花缭乱的各类"酷评"、"苛责"终将成为明日黄花、过眼烟云，而钱钟书的《围城》《谈艺录》与《管锥编》等著作以及他本人的道德风范必将继续存留下去，为一代又一代的虽为数不多但却是真正的知音们所"高山仰止，景行行止"。

第七章　李季:新诗民歌化、大众化 试验的一个范例

——《王贵与李香香》的重新解读

如果从 1946 年 9 月在延安的《解放日报》副刊上连载算起（同年夏天曾在《三边报》上发表过，但因为是地方小报，未引起广泛注意），李季的叙事长诗《王贵与李香香》已经面世将近 70 年了。从它诞生伊始，即好评如潮，并为作者本人赢得了广泛的声誉。在延安负责宣传工作的陆定一著文介绍说，它"用丰富的民间语汇来做诗，内容形式都好"①。时在国统区的郭沫若也赞之为"文艺翻身"的"响亮的信号"。而身在香港的周而复更是热情洋溢地写道："一颗光辉夺目的星星，从西北高原上出现，它照耀着今天和明天的文坛"；并断言："《王贵与李香香》的出现，无疑的，是中国诗坛上一个划时代的大事件。"② 类似这样的揄扬褒奖之声，一直延续到了 20 世纪 80 年代初。因为直到那时，人们还坚持认为它"是从农民心坎上发出的歌唱"③，"开一代诗风……可以说是不朽之作"④。

然而从 80 年代中叶开始，随着学术界"重写文学史"的呼声，一些新的质疑逐渐出现了。有论者称李季的诗"理过其辞，淡乎寡味"，"永远跟在主题的后面，看不出构思的主动性；其形式则始终未能从民间歌谣

---

① 陆定一：《读了一首诗》，《解放日报》1949 年 9 月 28 日。
② 周而复：《〈王贵与李香香〉后记》，载张器友、王宗法编《李季研究专集》，海峡文艺出版社 1985 年版，第 329 页。
③ 刘白羽：《泥土气息与石油芳香》，《文艺报》1980 年第 5 期。
④ 孙犁：《悼念李季同志》，《天津日报》1980 年 3 月 20 日。

和说唱文学的狭隘性中超越出来"①。具体到《王贵与李香香》这首诗，也认为由于它在形式上纯用民歌传统中的比兴手法，"造成了艺术上的单一与板滞"；内容上也显得不够丰厚繁杂，而流于"单一情节的直线发展"②。与此相应的是，似乎在不知不觉中，一些新编的时髦的文学史里对于它的评价越来越低或者越来越少，甚至干脆避而不谈，好像中国现代诗歌史上压根儿就没有过这首诗似的。对于同一首诗的评价，仅仅是数年间，前后却发生了如此巨大的反差。这一独特的文学现象，不能不引起我们的深思。因为作为新诗民歌化、大众化写作试验的一个范例，《王贵与李香香》的成败与得失无疑都具有典型意义。它关乎我们对于新诗近一个世纪以来写作成就的总体评价，新诗独特的审美规范的确立，以及新诗今后的出路何在等问题的基本认识与最终解决。下面，笔者即拟以此为由头，就这首诗的思想意义、历史价值与美学风格以及其民歌化、大众化试验的经验与教训等方面，做一些个人的探讨。

众所周知，《王贵与李香香》一诗最大的特色，就在于对民间文艺形式的积极借鉴。它是 40 年代文学创作中"旧瓶装新酒"的一个突出范例。所以无论是在具体的叙事内容、叙事技巧上，还是在诗歌本身的语言表现形式上，都打上了深厚的民间文化烙印。这主要表现在，它纯熟自如地采用了陕北三边地区民歌"顺天游"的独特体式，以醇正质朴的民歌风味，赢得了当地群众的普遍欢迎。"顺天游"本是流行于晋、陕与内蒙古等周边地区的一种民歌样式。它一般两句一节，以抒情为主，并广泛采用比兴手法。在结构上也相当灵活，只要咏唱者个人的感情容许，就可以无限制地一直接连下去，当地便有所谓"顺天游，不断头，断了头，穷人就无法解忧愁"的说法。可以说，它是生养于斯与歌哭于斯的劳动人民传达自我心声的最佳载体，也是他们与土地相联系的纽带。虽然在内容上略嫌单调，无外乎表现劳动的艰辛、生活的苦难或男女青年的两情相悦，但它将真率自然的情感与哀怨缠绵的曲调结合得恰到好处，极大地发挥了情绪宣泄的作用。这种当地人于日常生活中借助"顺天游"来相互沟通与交流的方式，在某种程度上正是中国古代诗学传统中所讲求的"不学诗，无以言"于民间底层社会的一种自然呈现。作为在三边地区工

① 犹家仲：《理过其辞，淡乎寡味——论李季的诗》，《河池师专学报》1994 年第 4 期。
② 钱理群等：《中国现代文学三十年》，北京大学出版社 1998 年版，第 593—594 页。

作过多年的诗人，李季对"顺天游"产生了极大的兴趣，曾多次深入基层采集，前后辑录了3000多首。他自称："我不仅是一个单纯的收集记录者，我甚至能同农村工作干部、和同路相伴赶毛驴的脚户们，以及那些在崖畔上、沙滩里牧放羊群的放羊老汉，即兴地编唱新词，同路交谈。"①由此可见，他已经完全自觉地浸淫于这种浓厚的民间文化氛围之中，并且能够像当地人那样应对裕如。

实际上，在接触"顺天游"之前，李季很早就已经接受了民间文化的深厚熏陶。作为农民的儿子，他与乡村社会有着天然的联系。加以幼年丧母，便经常出入于当地说书艺人们的场所，从民间的鼓儿词、梆子、坠子与曲子戏里寻找精神慰藉，连不多的糖果钱也用来买了七字断之类的小唱本。这些早年的经历，使他对民间文化尤其是民歌有一种精神上的亲和感。所以，40年代用"顺天游"的形式来写作《王贵与李香香》，于李季而言，不过是多年积累后的一次集中爆发，一种长期浸润而终于水到渠成的结果而已。他后来在向别人谈及创作经验时，对此也毫不讳言，坦承自己"是从学习民歌而开始学习写诗的"②。

除却民间文化的濡染外，《王贵与李香香》一诗的民歌体制，主要还是1942年毛泽东《在延安文艺座谈会上的讲话》（以下简称《讲话》）影响下的结果。《讲话》中指出："中国的革命的文学家艺术家，有出息的文学家艺术家，必须到群众中去，必须长期地无条件地全心全意地到工农兵群众中去，到火热的斗争中去，到唯一的最广大最丰富的源泉中去，观察、体验、研究、分析一切人，一切阶级，一切群众，一切生动的生活形式和斗争形式，一切文学和艺术的原始材料，然后才有可能进入创作过程。"对此，李季在具体的创作实践中是奉之为圭臬的。可以说，正是在《讲话》精神的指导下，诗人自觉地加入了时代的同声大合唱。因为，"对于一个真正属于人民和时代的诗人来说，他是通过属于人民和时代的这个'我'，去表现'我'所属于的人民和时代的"③。为此，他积极深入群众，努力去理解民间生活："我大概是属于那种类乎'本色演员'的

---

① 李季：《〈菊花石〉重版后记》，载张器友、王宗法编《李季研究专集》，海峡文艺出版社1985年版，第187页。
② 李季：《热爱生活，大胆创造》，《文艺学习》1956年第3期。
③ 贺敬之：《〈李季文集〉序》，《人民日报》1981年10月14日。

角色，只能凭靠自己直接地亲身体验和生活实感来写作"①，"谁疏远了生活，谁对生活失去了爱情，谁的创作生命也就终止了"②。如果抛开具体的时代局限，就坚持诗歌现实主义的创作原则本身而言，这无疑是正确的。这种从民间取材、为民间服务的创作宗旨，决定了《王贵与李香香》特定的主题思想与具体的表现手段。据曾担任过《解放日报》副刊编辑的黎辛先生回忆，该诗最初在《三边报》上登载时的标题是"红旗插在死羊湾"，《解放日报》在转载时改为"太阳会从西边出来吗?"，当时它还有个副标题是"三边民间革命历史故事"。③ 由此可见，作者在一开始创作的时候，是把它当作一段新的民间演义故事题材来处理的。我们注意到，作为诗歌开端的两句："公元一九三零年，有一件伤心事出在三边"，便正是传统说书艺人宣讲历史演义故事时一开头"话说某某年"形式的最为明显的模仿。其创作旨意十分明显，就是要以民歌的体裁形式来反映这场轰轰烈烈的革命斗争历程。所以在具体的叙事过程中，个人的悲欢离合与革命的兴衰成败紧密地结合在一起，实现了个人身边叙事与革命宏大叙事的有机统一。这就又将它与传统的历史演义小说以及官方正史中的史传文学截然区别开来，因为从前那种壁垒森严、泾渭分明的所谓正史与野史或官方"大传统"与民间"小传统"的两个系列，现在已经彼此水乳交融、一体无间了。

　　若单纯考察思想内容，就新文学创作"母题"的继承性来看，《王贵与李香香》可以说是二三十年代革命文学中"革命加恋爱"模式在40年代解放区的又一次出现，不过是多了一些浓郁的黄土地气息，因而也增加了几分厚重感与沧桑感。不仅创作者本人由革命理论的提倡者递进为现实的革命战士，而且主人公也由具有革命倾向的小资产阶级知识分子转化为已经觉悟且参加了实际革命的农村青年。但在具体的表现手段上，由于作者十分自然地采用了他最为谙熟也极其拿手的民歌体式，使得浓郁的民歌情调与生动的群众语言相得益彰。我们读该诗的时候，其中的音乐性很明显是来自于民歌的说唱传统。那种自然、流畅、本色，都得力于对民歌形式的积极借鉴。像这样的诗句："阳洼里糜子背洼里谷，那里想起你那里

---

　　① 李季:《〈李季诗选〉编后小记》，《李季诗选》，人民文学出版社1980年版，第245页。
　　② 李季:《热爱生活，大胆创造》，载张器友、王宗法编《李季研究专集》，海峡文艺出版社1985年版，第112页。
　　③ 黎辛:《〈王贵与李香香〉发表的前前后后》，《纵横》1997年第9期。

哭!/端起饭碗想起了你,眼泪滴到饭碗里。/前半夜想你点不着灯,后半夜想你天不明",就民歌风味而言,完全醇正自然,可以说已臻化境。所以,一方面是鲜明进步的主题思想,另一方面是生动丰富的表现形式。正是革命化、民歌化与大众化的相辅相成,合力促成了这首诗。这种在先进意识形态指导下的"言之有理",辅之以新型的"革命加恋爱"内容的"言之有物"与为民间大众所喜闻乐见的"言之有序"的民歌表现形式,造就了《王贵与李香香》在现代革命文学史上无可动摇的经典地位。

然而正如文学史不能等同于文学一样,诗歌史同样也不能等同于诗歌本身。对于那些作出了历史性贡献的诗作,我们有必要加以历史的同情与理解,充分认识到其思想意义与历史价值,但不宜因此过于夸大它在美学上的价值。对于《王贵与李香香》一诗来说,也是如此。它固然在新诗民歌化、大众化的探索方面取得了较高的成就,但我们必须看到,其缺陷也是较为突出的。早在1959年,卓如就在一篇评论文章中称李季"尽管摸索了多年,尚未找到一种比较稳定比较鲜明的便于表现新的生活内容,又具有自己独特的艺术风格的诗歌形式"[1]。该文在当时遭到了广泛的批评,被认为是"鲜明地流露出来的那种陈腐的资产阶级的艺术法则和批评标准"[2]。今天看来,批评者的目光其实相当尖锐,他是找到了症结所在的。事实上,这不仅仅是李季一人的局限,也是当时所有新诗创作者受制于特定的社会政治因素与时代背景所面临的一个共同的难题。例如,由于对民间传统的过于膜拜,使得李季在民间文艺形式的运用方面,未免有所迁就,而没有积极调动创作者的主动性进行充分的加工与改造。作者曾说过:"我觉得,口语化,也就是用人民群众喜闻乐见的生动活泼的语言、形式来写诗,不论在什么时候,什么地方,应当都是每一个写诗的人的严重任务。"[3] 像这样的主张,未免有所偏颇。尽管诗人并非原封不动地照搬民歌,他在力所能及的范围内也做了一定的润色增饰。例如,"顺天游"里有这样的句子:"一杆红旗半空中飘,领兵的元帅是朱、毛。革命的势力大无边,红旗一展天下都红遍!"经过诗人的加工,变成:"领头的名叫刘志丹,把红旗举到半天上。草堆上落火星大火烧,红旗一展穷

---

① 卓如:《试谈李季的诗歌创作》,《文学评论》1959年第5期。
② 冯牧:《一个违背事实的论断》,《诗刊》1960年第2期。
③ 李季:《兰州诗话》,载张器友、王宗法编《李季研究专集》,海峡文艺出版社1985年版,第169页。

人都红了。"像这种改造，还是比较成功的。但与此同时，诗中也运用了许多当地的方言土语，除当地人外，可能很少有人能够懂得。例如"大"指父亲，"光榻榻"指一穷二白，"牛不老"指小牛犊子，"饸饹"则指当地用粗粮荞麦所做的一种面食，等等。其他诸如"嘴里吃来屁股里巴"、"狗咬巴屎人你不识抬举"（其中的"巴"在当地方言里即大便之意）、"顺水推舟亲了一个嘴，大白天他想胡日鬼"，也明显地使得诗歌语言濡染上了民歌中常见的那种严重的世俗化、粗鄙化倾向。这类情况的出现，显然是作者的创作理念使然。由于诗人过于崇信于民间，主张最大限度地追求诗歌的通俗化、大众化，并以为，当工农兵群众看不懂诗歌时，"你总不能怪群众'水平太低'吧？'解铃还需系铃人'，这个矛盾，还是要由写诗的人自己来解决。解决的方法，就是学习群众语言，学习用群众语言来写诗"①。我们知道，历史上曾经有过这样的例子。据说唐代著名诗人白居易在写诗时也曾将"老妪能解"作为其诗歌通俗性的一个标准，但他却并未将其推至极端。而李季于此走得似乎太远，从而大大影响了诗歌本身的生动性与表现力。这实际上关涉到在当时的解放区文坛上长期以来一直困扰着创作者们的关于普及与提高的关系问题。尽管毛泽东在《讲话》中提出要合理地解决这一问题，"我们的提高，是在普及基础上的提高；我们的普及，是在提高指导下的普及。正因为这样，我们所说的普及工作不但不是妨碍提高，而且是给目前的范围有限的提高工作以基础，也是给将来的范围大为广阔的提高工作准备必要的条件"，但服务于当时严酷的革命斗争的实际需要，作家在具体的文学创作实践中，必然会首先且主要着眼于普及的工作。要做到为群众所喜闻乐见，就必然不能曲高和寡，这使得提高在实际的操作过程中只能沦为一种理论呼声，而长期裹足不前。

《王贵与李香香》的缺陷还表现在，它依然是着眼于一种政治斗争的形式表现。诗中所塑造的人物形象只是服从于政治逻辑的抽象符号，而没有展现出作为人本身的更为复杂的一面来。对于战争与人性关系的处理，也由于其时错误地认为它是属于资产阶级的有害思想而在诗篇里付之阙如。须知，在那个特定的战争年代，革命文学不一定非要以人性为中心，

---

① 李季：《兰州诗话》，载张器友、王宗法编《李季研究专集》，海峡文艺出版社 1985 年版，第 147 页。

但也并不拒绝人性；相反，革命是弘扬人性的，是为了让人性更加饱满并得到升华。而此诗在一些具体细节的把握上，缺乏更为深入的透骨析髓的人性的悲悯意识。诸如王贵父亲王三麻子因为欠债而被崔二爷活活打死一节，诗人固然从阶级斗争的角度加以表现，但也仅此而已，情节显得过于简单化。正面人物雕塑化、反面人物漫画化的情况，表现得异常突出。在这里，一切都是非清晰、善恶判然，爱憎分明，呈现为一种简单的情感伦理的二元对立，以阶级的明确性掩盖了人性的复杂性。这就使得诗歌本身显得苍白浮泛，缺乏应有的深度。在全诗中，"咱们闹革命，革命也是为了咱"这种主题先行的思想苗头一再出现，在一定程度上干扰了诗歌情节的自然流程，致使有些地方显得奇兀拗涩。再者，诗的最基本的功能还在于抒情，即使是叙事诗，它也还是在叙事的过程中实现抒情，否则完全可以用小说的形式来表现。因为真正的诗是情感激流冲击下的产物，是那种所谓不能已于言者，正如清代诗人洪亮吉在其《北江诗话》里所指出的："诗可以作、可以不作，则不作可也。"以此来看《王贵与李香香》，也自有其瑕疵。它抒情的成分甚少，诗人的自我形象在诗中出现了不应有的缺席。这当然和诗人个人的创作性情相关，作者自己也曾承认"缺乏写作抒情诗的才能"，"总是写不好抒情诗"①；但在很大程度上，还是诗人为了追求革命历史进程的"客观性"与"必然性"叙述而将自我有意抑制乃至完全抹杀的结果。

　　诚然，《王贵与李香香》是40年代在《讲话》精神指导下出现的现代革命文学的典范，它有着鲜明的主题思想与崇高的美学风格，也产生过广泛的社会影响。但主题的鲜明、风格的崇高、意义的重大，乃至内容的丰厚，都不能代替对诗歌自身语言表现形式的有效把握，也不能成为作者创作惯性乃至思维惰性的最佳借口。相反，优秀的诗歌作品在具体的形式表现上，必然是现代著名诗人闻一多所谓的"戴着镣铐跳舞"，是创作者本人以完全自由的心态对这种不自由的语言艺术的运用自如。因为"诗从来不是把语言当作一种现成的材料来接受，相反，诗本身才使语言成为可能。诗乃是一个历史性民族的原语言"②。而《王贵与李香香》中的部

---

① 李季：《兰州诗话》，载张器友、王宗法编《李季研究专集》，海峡文艺出版社1985年版，第139页。

② ［德］海德格尔：《荷尔德林和诗的本质》，《海德格尔选集》，孙周兴等译，上海三联书店1996年版，第319页。

分诗歌语言显得僵硬机械，前后不够和谐统一。这里随便举几个例子，即如"男女自由都平等，自由结婚新时样"，不仅有标语化、口号化之嫌，而且"自由"一词在一句诗里重复出现。与此类似的还有"太阳出来"这样的词组搭配，作者以此来隐喻革命前景的光明当然是对的，但也用得似乎缺乏节制，仅在第二部的第三、四两节里就连续出现了四次。这对于以高度凝练为基本特征的诗歌而言，显然是一种不必要的语言资源浪费。在造成诗歌语言无法凝练的同时，势必要影响到诗歌的节奏。尽管《王贵与李香香》的句式长短不一，但去掉一些虚词、衬字，基本上还是以七言句式为主，表现为"二二三"的节奏，这和中国古典诗歌的写作格式比较类似。部分诗句虽不乏错落有致、音节顿挫的长处，但整体而言，似乎缺乏古典诗歌所通常具备的那种悠长的韵味、深远的意境与明晰的形象。有些地方，游词赘句太多，如"冬天雪大来年冬麦好，王贵就像麦苗苗。/十冬腊月雪乱下，王贵想起他亲大"，显得啰唆不堪。再如"二三月饿死人装棺材，五六月饿死没人埋！/窖里粮食霉个遍，崔二爷粮食吃不完"诸句诗，固然有民间通俗本色等优点，但就概括性与凝练程度而言，则显然无法与古诗"朱门酒肉臭，路有冻死骨"相提并论。还有一些诗句由于上下文之间缺乏必要的承接，易致误解，例如"人人都说三边有三宝，穷人多来富人少"，由于中间没有适当的过渡，很容易让人理解为下一句是对上一句的解释。其实，"三宝"系指当地的三种土特产而言，因为当地一直流传着这样一句俗谚："三边有三宝：咸盐、皮毛、甜甘草。"

　　造成以上种种缺陷的原因当然是多方面的，但主要是特定的文艺政策与作者本人的创作理念使然。有人曾指责李季作为诗人缺乏丰富的艺术想象与必要的艺术技巧，我以为这种指责是不公平的。我们只要看他在《那时候在太行山》一诗里写当年行军艰难的情景："每走一步留下一个血印，青石板上血迹点点。血是印泥脚是印，太行山永远是我们的山！"《难忘的春天·给山村青年》里："鲜花朵朵虽然娇艳，总是跟苦味的蒂叶相连；我的幸福的青年兄弟呵，你们谁能没有一个辛酸的童年？"《报信姑娘》："草原上的人们最爱唱歌，不会唱歌就算你不会生活。姑娘的故事也被编成歌曲，和那些古老的民歌一样四方传播。"这些诗句，在奇思妙想与艺术技巧上并不逊色。可见，作者并非没有才情，只是在特殊的年代，承载着特定的政治使命，极力沿着新诗民歌化、大众化的道路前进,而有意抑制着诗人自我的想象力与创造性。正如他后来在一篇文章里所指出的,"我一直在探索着怎样使诗为广大工农兵群众服务所易于接受,乐于接受,以便更好地为他们服务。作为这种探索的第一个成果,就是我在 1945 年冬天所写的那部长诗"①。由于作者首先把自己看作是一名无产阶级革命战士,是一位为工农兵服务的文艺尖兵,而不是一个以完全自由与开放的心态从事创作的独立诗人,这就使得作者时刻注意着要去照顾意识形态的正确性与服务对象的可接受性而不能彻底地放开手脚,以致全诗缺乏宏大的气魄与开阔的境界,从而不具备史诗的品格。我们这个民族历史的残酷性与现实生活的丰厚性并不欠缺,却至今没有诞生一部我们自己的《罗兰之歌》与《尼伯龙根之歌》,这不能不说是一个很大的缺憾。

虽然新诗已经走过了近 100 年的历程,但无可否认,新诗迄今依然是在摸索中前进,因为它尚未形成较为自觉的传统,也没有建立起一套严格的自我体认规范。在离弃中国古典诗学而与西方现代诗学对接的过程中,新诗目眩于杂彩纷呈的各种时髦理论,充盈于耳的则是一波又一波的现代主义的鼎沸与后现代主义的聒噪,犹如一个迷了路的孩子,进退失据,瞎打误撞,还没有找到自我的家园。这表现在:诗歌创作章法上的散漫无忌,诗人创作心态的茫然无从,以及诗歌本身的语言运用也时时在通俗与晦涩的两个极端之间来回摇摆不定,等等。诗人内在的心理焦灼必然导致诗歌外在表现的粗粝。因为诗毕竟是一种特殊的文学体式,它不是小说、散文、戏剧,也不是报告文学与学术论文,更不是口号标语与政策文件。它在外在结构的匀称与内在音调的和谐方面,在情感的凝练与意境的深远等方面,都有着相当严格的要求。一句话,诗必须是诗,是一种严谨又疏放、含蓄且畅达、精工而天然的文学样式。

新诗今后的前途何在? 是走向民间,走回传统,还是走往西方? 近百年来的理论探讨与写作实践,并没有给出我们一个满意的答案。在未受外来的西方文化冲击之前,就中国文学内部的发展演进来看,历史上曾多次出现过这样的情况:当一种文学体式萎靡不振、逐步走向死胡同的时候,便要从民间汲取新鲜的汁液,靠民间文学的活力来恢复它的造血功能。正是民间文学与主流文学的良性互动,才实现了雅俗两极的调和,为一种新

---

① 李季:《李季诗选》,人民文学出版社 1980 年版,第 243 页。

的文学体式赢得了创造的生命力。宋词、元曲、明清通俗小说等新的文学样式的兴起，无不遵循着这一原则。当然，回归民间，并不是永远固守民间，而是依然要再走出民间。刘禹锡、元稹、白居易的诗歌之所以为"竹枝词"所不及，苏轼、秦观、辛弃疾等人的词作之所以逾越了敦煌曲子词的藩篱，关汉卿、马致远、白朴等人的散曲也之所以远远地超出了冯梦龙所辑录的《山歌》《挂枝儿》等，原因即在于此。这样，当我们回过头来再看李季在这方面所做出的有益探索，所谓"以民歌为基调，广泛采用传统诗、词和新诗的表现手法来写作长诗"①，这种理论上的探讨，未尝不可以作为我们进一步实践的依据。虽然从前的封建文人也做过这方面的尝试，但他们只是出于一时的兴致偶然为之，而并未将之视为一个可以终身投入的事业。李季在这一点上则完全不同。他模仿陕北的"顺天游"写作《王贵与李香香》，后来又模仿湖南的盘歌写作《菊花石》，始终保持着一种自觉而清醒的探索意识。我以为，新诗如果不想再像当前这样继续故步自封、远离群众也远离最基本的读者而沿着一条窄路走下去，那么李季的探索对我们而言就是有意义的。他的《王贵与李香香》一诗的写作实践以及其中的得失，为我们今后的新诗写作提供了一条可资借鉴的路子和可供汲取的相关经验与教训。我们现在所要做的不仅是"照着"写，而且是"接着"写。因为我们已经没有多少时间再像过去那样一次次地漠视前人的努力而奢侈地"从零开始"；因为只有这样，新诗及其写作者才有可能摆脱目前这样一种孤芳自赏或者虽不芳也要自赏的尴尬处境。

---

① 李季：《〈难忘的春天〉后记》，《李季诗选》，人民文学出版社 1980 年版，第 243 页。

第八章　新时期的几位代表作家

一　北岛：在语言的丛莽里穿行自如
——读《时间的玫瑰》

晚清批评家王国维曾经说过："凡一代有一代之文学，楚之骚，汉之赋，六代之骈语，唐之诗，宋之词，元之曲，皆所谓一代之文学，而后世莫能继焉者也。"（《〈宋元戏曲史〉序》）文章既然关乎时代气运，以此类推，当下的中国也许最适宜于散文的发展。在我看来，诗、赋、词、曲之类，都只能是盛行英雄豪杰或高人逸士的时代之产物，最终伴随着时代的远去，成为遥远的绝唱。在我们这样一个欠缺英雄与逸士而各类明星偶像大量充斥、犬儒遍地的快餐消费时代，散文自然要粉墨登场并大行于世了。当然，我的这个看法也只能是大致言之，说不上精确。因为即使就散文本身而言，现今某些打着"文化"旗号而红遍大江南北的所谓散文作家，充其量也不过是文学领域里面的"超女"而已。他们的头脑俨然是工厂车间里的生产流水线，正在大批量地制造着某种软绵绵又干瘪瘪、类乎口香糖的玩意儿，就好像一锅沸腾的烂粥里冒出的气泡。相形之下，那些真正动人心魄、洋溢着生命极致的大欢喜与大悲哀的散文，已经日渐式微乃至销声匿迹。

所以，置身于如此的文化氛围中，一个极为偶然的机会，当我读到了北岛的新著《时间的玫瑰》一书时，那种久违了的来自于心灵深处的震撼，那种直面生命本真状态的痛感与快感，也就可想而知了。作为一部谈诗的著作，《时间的玫瑰》总共涉及了20世纪作者最为喜爱的九个外国诗人，其中既有苏联著名的"异端"诗人曼德尔施塔姆、帕斯捷尔纳克与根纳季·艾基，也包括用德语写作的奥地利文学大师里尔克、保罗·策兰与有"黑暗诗人"之称的特拉克尔，另外还有西班牙内战时期的革命诗人洛尔加、瑞典诗人特朗斯特罗默和英国现代诗人狄兰·托马斯。正如作者在后记里所指出的："他们用不同的语言写作，风格迥异，构成了20世纪诗歌壮美的风景。"

按说，在一个平庸的散文时代来谈论诗歌，似乎有某种不合时宜的尴尬，毕竟这已不再是诗歌的时代。可能作者也意识到了这一点，事先即做出了一定的妥协。以故，当它们最初在《收获》杂志的"世纪金链"专栏上连载时，便是以散文的面目出现的。诗人写散文，体裁也就很自然地介乎诗歌与散文之间，叙事与抒情并行，理智和情感杂糅。在整体结构上，就好像少女所穿的红白两色相间的连衣套裙。但就内容而言，它又确确实实讲述的是关于诗的故事，其中充满了诸如"个人与时代、经验与形式、苦难与想象"等复杂的关联。有人便又称之为一部"诗歌的传记"。如果按照时下"做学问"的眼光来看，这本书简直太"那个了点"：其中引用了那么多有名无名人物的话语，却竟然没有明确的来源出处。没有注释不说，而且态度也极不严谨：满纸满幅，都是作者对于我国前辈诗歌翻译家的错译、漏译之处的挑剔话语，有时还不无揶揄嘲讽之意。更令人难以置信的是，作者依据的并非母语原典，而几乎都是从别种语言转译过来的二手材料。好在作者并非是做学问的，或者原本就不屑于去做这类鸡零狗碎的学问。加以诗人出身的他，曾在80年代兴起的朦胧诗派里风云一时，有的是足够的自信，也就没有必要拉大旗做虎皮，墨守当前学术圈内形成的所谓成规——靠着引经据典咋咋呼呼了半天，却色厉内荏、外强中干。《时间的玫瑰》与这些都没有任何相干。全书中既有清明的理性，又有丰沛的情感。我一路读来，就觉得作者好像是一个娴熟的探险者，正在非常自如地穿行于语言的丛莽里，虽一路披荆斩棘、除荒理秽，却并没有费多大力气。

我在书中还感受到了作者对于文学翻译的极度敬业，有一种"语不惊人死不休"的执着。对于所谈到的每一首诗，几乎都不厌其烦地先后征引多个翻译文本，以相互参照，考校其中的优劣得失。在这里，作者好似摆了一个翻译的大擂台，供各路英雄好汉挥拳舞脚、相互较量。自己则充当了一名评委，在一旁点评其中的一招一式。有时看到兴动处，便按捺不住，不免也要跳上台去比画几下子。我原以为作者有些小题大做或者只是借题发挥，但仔细读来，才发现真的是差之毫厘，谬以千里。譬如曼德尔施塔姆的一首《列宁格勒》诗，即先后征引了菲野、刘文飞、杨子三种翻译版本，真正做到了精雕细刻与字斟句酌。其中的两句，在三个译作里面，便分别呈现为三种不同的面貌。菲野的译文是："彼得堡！我还有可以听到/死者声音的地址。"刘文飞则译为："彼得堡！我还握有一些地址/根据它们我能找到死者的留话。"而杨子的翻译与前两者迥异："彼得堡，我还有一些地址/我能从那儿召回死者的音容笑貌。"在相互比照了半天之后，作者自己兴趣盎然、意犹未尽，又亲自上手操刀，这两句诗最后便成为："彼得堡，我还不愿意死：/你有我的电话号码。"由此可见，翻译是一个长期累积、不断打磨的过程。或者是慢工出细活吧，因为有了参考借鉴前人经验的优势，后来者便容易居上。作者的这一翻译，我们读起来显然就更为妥帖一些。

　　实际上，大凡有过翻译经验的人都知道，往往在语言转换的同时，也意味着原生态美感的斫损与丧失。我国古代四大翻译家之一、南北朝时期杰出的佛经翻译家鸠摩罗什就以为，"译书如嚼饭哺人"，虽得以食而终于无味。在文学翻译领域里，相对于其他各类体裁形式而言，诗歌又是最难翻译的。要将这样一种高度精工凝练、富于音乐美与节奏感的文学体式转换为另外一种语言模式，而不失却它原来的风格与旨意，更是难乎其难。难怪美国现代著名诗人罗伯特·弗罗斯特就曾经近乎绝望地说过："Poetryiswhatgetslostintranslation"，用汉语来表达，就是"诗不可译，一译即失"的意思。在我看来，诗歌的翻译简直可以算作是灵魂的冒险，需要高度的谨慎诫惧才是，否则一不小心就会弄巧成拙、前功尽弃。但人类精神产品具有某种心灵的共通性，即便充满了许多的艰难，也不能成为裹足不前的借口。

　　北岛正是这样地努力坚持着，却并不停留于此。他在语言的丛莽里穿行，没有把走路看作唯一的目的，有时便走走停停，仔细欣赏着周围的风景。毕竟，作者不是一个翻译学家，这本书也就不只是一本谈翻译的书。它里面灌注着一种精神，一种悲天悯人的情怀，一种对于人生命运的深刻感悟与认真思考。像文学与时代、与社会、与政治、与人性……这些在今天时髦文学界看来已经过时甚至避之唯恐不及的东西，却得到了作者最为大量的关注。尤为可贵的是，作者没有逐新骛奇，有意制造语言的迷宫，给他的讲述对象贴上诸如"现代主义"、"后现代主义"的时髦标签；相反，他看重的是每一首诗里所要表达的真实的生命与生活本身。对此，他在书中已经用诗人艾基的话作了回答："生活决不是后现代主义者所理解的那样短促和片面，生活是地久天长的。从这种意义上来讲，写作不仅是可能的，而且是一种必需。"的确，在原生态的生活展示面前，一切口号与标语都显得是那么的苍白无力、那么的浮薄浅俗。回眸刚刚逝去的20世纪，它带给了人类如许多史无前例的创痛：世界大战、种族清洗、核恐怖、极权主义、大饥荒、现代乌托邦幻想的破灭……绝望的现实产生了极度的精神匮乏，如艾基在诗中所概括的那样："在那儿风／像一种视觉／移动：／从四周蒙住我们：／没有词被听见：／关于一切：／没有思想。"而当敏感的诗人们以自己的如椽巨笔记载下这一页页心灵的痛史时，诗便不再是廉价的政治颂歌或无聊的文字游戏，而真正成为它自己。

不管怎么说，好的书籍总是一种给人温暖的东西。在充满寒意的日子里，它能够源源不断地散发出精神的热量。《时间的玫瑰》便是一本这样的好书。透过一个个鲜活的文字，我们可以清楚地感觉到诗人们情感的温热与脉搏的跃动。它给我们展示了伟大的诗人们一个个丰富的精神世界，也为我们对于这个世界的重新思考与诗意关怀提供了一种有益的参照。因为长期以来，在历史的与逻辑的统一之哲学观照下，我们已经以自己的思维惰性习惯于去迎接生活发展的唯一必然性，而将偶然放逐于我们的视界之外。直到有一天，生命的真实凭靠着各种偶然机缘给我们制造瞬间的灵魂惊悸时，我们才会明白，自己以前在多大程度上已经丧失了真实的生命感觉。那种本该拥有的丰富性与失之交臂的多种可能性，带给了人们多少无尽的遗憾与痛悔。正如书中所引苏联著名诗人帕斯捷尔纳克《二月》一诗结尾的那两句："越是偶然就越是真实／痛哭形成诗章。"

现在，新的世纪已然走过了十几个年头，人们期待已久的千年王国神话并没有如期降临，历史的车轮也并没有随之戛然而止。我们还是一如既往地活着，延续着先辈们曾经有过的各个不同的生活方式，就像鲁迅当年所感慨过的那样：或辛苦而恣睢，或辛苦而麻木，或辛苦而辗转。这真可以说得上是另一种方式的薪尽火传吧，充满了令人尴尬的无奈。我也知道，在这个喧嚣的日趋平面化的时代，这个凭靠塑料泡沫构筑精神掩体的时代，谈及良知、道德、正义、坚守这些近乎奢侈的名词似乎显得比较迂腐。但只要依然有人默默地做着，只要还有类似于《时间的玫瑰》这样的好书继续出现，总会在暗处给我们一份动人的力量。当然，也无法就此完全乐观起来，因为这个世界上肯定还有许多不能喻于言辞的东西，像我国古人所谓的"书不尽言，言不尽意"，也像该书中所引瑞典诗人特朗斯特罗默的一首诗里所说的那样："我写给你的如此贫乏。而我不能写的/像老式飞艇不断膨胀/最终穿过夜空消逝。"

二　墨白：无法抗拒的宿命

——墨白新世纪以来的小说创作

（一）概念的界定

一直以来，我对于当代理论界用从西方移植过来的现代主义与后现代主义话语来分析当下中国，都抱持着一种谨慎的怀疑态度。尤其是当看到这些话语被相当广泛地用来阐释中国当代小说创作中的整体境况时，就更是感到了一种不安。我担心的是，这些流行的西方话语在以全新的视角给我们揭示出了某些细节性的真实的同时，又遮蔽了许多更为本质性的东西，毕竟我们是生活在中国这样一个特定的语境里。前现代、现代、后现代……当它们以多样的姿态出现于各个不同的领域从而显得鱼龙混杂、万象纷呈时，谁还能说中国的文化已然整齐划一，仅仅靠简单地贴上一个"现代"或"后现代"的标签就可以万事大吉了呢？

现在，当我面对着书案上摆放着的当代作家墨白在新世纪以来所创作的几部小说作品时，我的这种素来就有的怀疑主义又一次出现了。对于这样一位近年来无论是在创作内容还是在创作技法等方面都颇引人注目的作家，我正在犹豫着应该以何种角度去分析，才能够切中肯綮，而不致失之于偏颇。为此，就在写下了这个题目之后，我又特意翻阅了一下特里·伊格尔顿的《后现代主义的幻象》一书。在此书的开篇伊始，作者就给后现代主义做出了明确的定位："后现代主义是一种文化风格，它以一种无深度的、无中心的、无根据的、自我反思的、游戏的、模拟的、折衷主义的、多元主义的艺术反映这个时代性变化的某些变化，这种艺术模糊了'高雅'和'大众'文化之间，以及艺术和日常经验之间的界限。"①

用伊格尔顿的这个标准去看墨白的小说创作，似乎有颇多相合的地方。没错，"无中心的"、"自我反思的"、"游戏的"，或者"模糊了艺术

---

① ［英］特里·伊格尔顿：《后现代主义的幻象》，华明译，商务印书馆 2000 年版，第 1 页。

和日常经验之间的界限"等，这些因素在墨白的作品里都有着不同程度的体现，也是以往论者们所不惮烦劳要特别指出的。但墨白的作品又仅仅如此吗？或者说，迄今为止，他的所有创作都可以毫无异议地用"后现代"这么一个简单概念来一言以蔽之吗？似乎又不完全如此。因为类乎"模拟的"、"无深度的"、"无根据的"等一些后现代主义的基本要素，与墨白的创作显然又相去甚远。那么，退一步讲，墨白是属于完全现代意义上的纯粹先锋派吗？他是否正在亦步亦趋地沿着西方先锋派作家所走过的道路而前行，像以前不少批评家们所已经指出的那样呢？但在"先锋"这个概念面前，我又一次感到犹豫不决，因为"先锋派得自于较广义现代性意识的某些态度与倾向——强烈的战斗意识，对不遵从主义的颂扬，勇往直前的探索，以及在更一般的层面上对于时间与内在性必然战胜传统的确信不移（这些传统试图成为永恒、不可更改和先验地确定了的东西）。正是现代性本身同时间的结盟，以及它对进步概念的恒久信赖，使得一种为未来奋斗的自觉而英勇的先锋派神话成为可能"①。提到"强烈的战斗意识"，墨白的作品里是充满了不屈的抗争意识；至于"勇往直前的探索"，墨白也的确始终不惮于进行各种新的探索。但墨白"确信不移"吗？有一种"对进步概念的恒久信赖"吗？就我所看到的刚好相反，在他的作品里面更多地流露出的是一种对前路未卜的无限迷惘与对现状困惑的深切无奈。这样看来，在墨白的身上固然有诸多先锋性的因素，但西方语境下的那一套先锋话语显然也同样不能完全涵盖他的一切。

其实，像这种难以归类的尴尬，不独为墨白一人所独具，而是自 20 世纪 80 年代以来尤其是步入新世纪以来，相当一部分当代中国作家的共同特征。生活在这个有着两千多年封建专制传统的国家，浸淫在这样一个有着浓厚小农生产意识的传统农耕社会，就中华民族的民族性而言，无论其在表面上展示出了多么亮丽鲜活的形象，又充满了多少现代与后现代的油彩，其内里依然是大量的非现代或前现代的根基。所谓的现代与后现代仅仅是一种点缀，是悬浮在海面上的冰山；整个海平面以下则是我们所看不到的或者不愿意看到的前现代。对于当代创作家们来说，他们所面对的世界已经不再是先辈们所面对过的那样一个完整而纯粹的世界，而是由无

———————

① ［美］马泰·卡林内斯库：《现代性的五副面孔》，顾爱彬译，商务印书馆 2002 年版，第 103 页。

数前现代、现代与后现代的碎片拼贴而成的庞大怪物。它并非虚拟之物，而是一种真实的存在，在考验着作家的道德良知与独立意志。这个时候，作为一个优秀的有良知的当代作家，在泛商业化诱惑与泛政治化挤压的夹缝里求生存，求取文化保持其本身相对独立性的一线生机，除了面对现实以展现真实的物质世界与挖掘同样真实的心灵世界外，他还能有其他什么更好的出路？事实上，他们已经别无选择，也无可逃避，这就是他们的宿命。

对于汹涌而来的商业化写作大潮，一个具有艺术使命感的作家不一定非要断然拒绝，但也没必要完全迎合。是完全服务于读者，还是完全服务于艺术，或者在读者与艺术之间寻求某种适当的妥协，在一定程度上决定了作家个人于实际创作过程中有多大勇气对于各种创作技法进行大胆的探索与运用。也正是在今天，写作才更多地凸显为一种良知的坚守、一种风骨的呈现，而不再是古典才子式的洸洋恣肆、逞才使气。当着这样一个社会艰难转型的过渡时代，面对着道德沦丧、价值失序、理想式微、良知隐遁等如此现实，所有那些抱残守缺的伪古典、粗制滥造的伪浪漫、逐新骛奇的伪现代，都与实际的人生太过遥远，显得不合时宜。而正视现实，观照人生，从自我的生命体验出发，表达切己的真实感受，最大限度地运用各种现代与后现代技巧，并饱含着强烈批判意识与浓郁人道主义情怀的写作方法就显得异常重要。明了于此，我们也就充分地认识到了墨白的复杂性，深切理解其之所以选择目前这种写作姿态的深层背景，而不会再给他简单地贴上一个现代主义或后现代主义的标签。基于上述的种种理由，在这篇文章里，我尝试着把墨白与西方那些纯之又纯的先锋派作家完全剥离开来，而把他看作是新时期以来在中国本土成长起来的，既具有现代先锋意识又包含着古典忧患意识的当代作家。

（二）叙事策略：身份、细节与语言

融汇现代技巧，讲求叙事策略，宣布与发轫于 19 世纪欧洲的传统现实主义叙事手法告别，是新世纪以来许多具有先锋意识的作家的共同特征。在这方面，墨白表现得尤为突出。他很善于利用叙事者的身份展开故事的叙述，将现代叙事学的各种策略运用得纯熟自如。作为叙事者的"我"有时候身在局外，有时候又就在局中，一会儿是旁观者，一会儿又是直接参与者。他力图解决问题，但在解决问题的同时，又给读者制造了

新的问题，即不仅没有解开谜团，反而使自身成为谜团的一部分。蜘蛛网越结越密，一旦我们不小心陷了进去，就再也无法脱身，勒得越来越紧的细丝甚至令我们感到窒息。小说《寻找旧书的主人》中的"我"便是这么一个符号。"我"与陈平的关系本来非常简单，后来却随着情节的发展而变得越来越复杂，由此又引出了更多的纠葛。这使得以前的困难并没有随着"我"的出现迎刃而解，相反却越发纠结不清。我相信墨白之所以如此设置，并非一味地主观臆造，恰恰是忠实于生活本质的。在他看来，并不是一切都能够像演通俗电影那样曲终奏雅、真相大白；真相永远云山雾罩，可望而不可即，而这就是真实的生活。墨白自己说过："在我的小说里，历史与现实、现实与虚构、虚构与梦境，它们之间的界限往往是模糊不清的。"① 在现实的茫茫人海里，我们也经常性地陷身于迷宫之中，无法解脱，难以自拔。以此之故，人物身份的神秘莫测与情节结构的扑朔迷离，始终构成墨白小说的中心主旨。或者说，悬念几乎是墨白所有小说创作的关键词，也是墨白理解世界的一种方式；但悬念本身并非目的，它只是一种自然的呈现，而不服务于任何外在的东西。因为并不是所有的迷局都有一个合理的解释，就像杂乱无章的生活本身一样。

也正缘于此，墨白喜欢多声部合唱，经常围绕一个情节中心展开多层次、多角度的讲述。这些讲述多头并进。它们是共时性的平行展开，而非历时性的次第交替。例如在小说《雨中的墓园》里，对于一群人集体死亡的原因，就有着不同的追述。事件发生了，结果只有一个，但其背后的原因扑朔迷离。每一个原因的追溯都是自足的、完整的，令人不容置疑。但整体看来，却达成了一种荒诞不经的效果。这是历史学意义上的，也是社会学意义上的，当然也是叙事学意义上的；因为每一次讲述都是一次创新，而不仅仅是重复；即使就同一个讲述者而言，也是如此。叙述者只是沉浸在自己的叙事方式中而已，他已经有意无意地进行了多次的再创造。然而，叙述的缺陷就在于此，因为我们只是循着主观愿望以尽可能地接近现实，但现实生活却遵循着自身的逻辑，或者说没有逻辑就是它的逻辑。墨白以叙事的方式反映出了叙事本身的尴尬，那就是现实远比叙事复杂。在现实面前，叙事显得蹩脚；正如在造化面前，个人的努力往往显得十分

① 张钧：《以个人言说方式辐射历史和现实——墨白访谈录》，《当代作家》1999 年第1 期。

可笑一样。

用传统现实主义的眼光来看，叙事本身的尴尬也许暗示了叙述者的合法性危机。传统的对于叙述者的信任变成了对于叙述者的质疑。但在现代叙事学这里，叙事者的合法性地位是不容置疑的。每一次叙事视角的调整都是服务于人物心理的真实感受的。因为随着视角的不断转移，"每一个透视角度都往往被随之而来的视角所否定，从而引导读者调整他对过去行动的理解，并形成对于未来的新的期待。……叙述过程是一个否定理解世界的片面与不恰当方式的过程，它留在身后的余波不是一个构筑出来的意义，而是各种不同的假定性试点。"①《寻找旧书的主人》后来被作者改写为一部长篇小说《来访的陌生人》。篇幅的拓展，带来的是作者更为娴熟的技巧呈现。正是在各种不同的假定性试点的诱导下，这部小说变成了一个迷宫的世界和一系列悬念的集合。在情节设置上，陈平显然是中心人物，也是小说关注始终的女主人公，但她一直没有出场。围绕她的只有争议与想象。就像我们目睹着蜘蛛网一层一层地往外织，但织到了最后，我们才突然发现原来蜘蛛早就不见了。这是一种不在场的在场，是作者叙事策略的成功运用。它制造了一种是耶非耶、如梦似幻的氛围，那正是我们生活的原生态，是鱼龙混杂的众生相的映射，也是我们灵魂深处迷离惝恍而永不消退的底色。

小说《七步诗》的题目显然来源于三国时期曹操的两个儿子曹丕与曹植争夺帝位的故事。这是一个民间传说，就其原始意义而言，"七步诗"显示了一种深重的压迫感，在长期以来意志被压抑的基础上，生命又进一步被压缩、折叠在那样一个短暂的瞬间。我总觉得那是民间社会对于他们所不熟知的宫闱权力社会的想象。那种想象在虚构细节的基础上带有某种本质性的真实。正是在想象的世界里，弱者以智慧取得了胜利，而强者因为愚蠢陷入了尴尬。无论如何，这是一种精神性的胜利。但在墨白这里，"七步诗"既成为小说情节发展的重要步骤，也是小说步步为营、环环相扣的基本架构。"七步"隐含着时间的紧迫感，其中的每一步都是一个环节、一个死扣，里面掺杂着陈文财与谭青海两家几代人的恩恩怨怨，以及亲兄弟之间的相互倾轧。同样，在《隔壁的声音》里，为了寻

①　[美] 华莱士·马丁：《当代叙事学》，伍晓明译，北京大学出版社1990年版，第203、204页。

找公道，死去十年的四婶的坟头每天都要被泼上盐水，以防止尸身腐烂而保留证据，显示了底层人物的执着、坚忍，这与他们对于苦难的麻木并不互相矛盾。我想，任何一个读者读到这样的细节，都会感到触目惊心。其实，它们每天都在我们附近发生，但我们以自身的冷漠对之习焉不察或者见怪不怪。这种对于细节的观照，还表现在墨白注意到了我们经常遗忘掉的那些最不该忘记的一切。在《父亲的黄昏》里："由于爷爷长年卧病在床，这使他成了个多余的人，他在我们的日常生活中几乎失去了影响。一个人长久地躺在床上终日等待着死亡的降临，那是一种多么凄惨而荒凉的景象呀！"是的，有时候生命就真的只是一种可悲的轮回。在人类生生不息的漫长过程中，我们的眼光永远都是向下的，牵挂着自己不断成长的儿女，却忘记了自己日渐衰老的父亲。父亲浑浊的泪眼始终看着我们，那个曾经意气风发的英雄已远离前台，现在正静悄悄地退场。

墨白是一个对于语言非常敏感的作家，他经常会运用一些具有抒情色彩的长句子，以产生一种舒缓迂曲的诗意感，例如："冬日的阳光在雪后显得无比的灿烂，然而父亲的脸却一片灰黄，如同大雪来临之前那种湿潮的天色，父亲的神色仿佛一只突然飞临而至的秃鹫，它的翅膀遮住了我面前的阳光"，"阳光从我的头顶上倾泻而下，把一条长长的街道弄出许多霉烂的辉煌"。有时候，为了表现人性的异化，他刻意营造了一种陌生化的、具有阻拒性的语言。在《父亲的黄昏》里，当我去寻找母亲时，"这回男警服真的不耐烦了，他像赶一头猪似的朝我摆着手"。这类语言看似夸张，其实无比的真实，透视出了人性的巨大反差。但在更多的情况下，墨白的语言是他早年就有的美术底蕴的自然展现，他经常不惮于使用各种极富有色彩性的词语，像"一群白色的鸟突然从墨绿色的林丛里飞向了淡蓝色的天空"（《阳光下的海滩》），"黄色的泥浆像天女散花似的飞满天空，把河水搞得终日浑浊不堪"（《雨中的墓园》），"他在月光下看到冬夜的雪原一片银白，天和地像一块巨大的冰冷冻在一起，他感到了刻骨的寒冷"（《七步诗》）。他的语言有时明快瑰丽，有时又幽艳冷峭、参差对照，凝聚了人真实的主观心理感受，形成了鲜明的个人化风格。在极个别的情况下，墨白会有意表现出对于语言的放任自如，就像一匹脱缰的野马在草地上随意驰骋。在《阳光下的海滩》里，整篇小说简直就是一场语言的盛宴。我们甚至会觉得男女主人公都同时患上了话痨病，他们只是在不停地讲述。在这样的讲述过程中，人物的历史记忆与现实感受纠结在一起，变得难以分辨。

　　毫无疑问，墨白笔下的语言都经过了仔细的打磨。无论是叙述者的描述性语言还是小说中人物自身的口头语言，都是一种精心锻"、反复淬炼的结果，但这就不可避免地使其语言带有某种刻意的成分在内，即有时候表现得过于雅致，有时候则又显现出一种对于粗俗的过度模仿。这是一个富于创新的作家在为语言进行探索时所付出的必要代价。也许，墨白以后会写得更为自然一些。当然，这似乎是一个悖论。因为在创新与天然方面，总是存在着某些无法克服的困难。

（三）权力：现实感受与底层想象

　　在墨白的所有作品里，宏大的历史叙事从来都不构成中心，而是退居为淡远的背景。活跃于舞台前列的，绝大多数是底层人的身影。他反映这些小人物的孤独、凄苦与悲哀。他们无声无息地活着，以身份的卑微而注定得不到关注，最后自生自灭。这与墨白早年的坎坷经历有很大的关系。由于家庭出身的原因，墨白高中没毕业就外出独自谋生，先后当过火车站的装卸工，做过漆匠，上山打过石头，烧过石灰，还被人当成盲流关押起来过。墨白后来在一次访谈中回忆说："那个时候我身上长满了黄水疮，头发纷乱，皮肤肮脏，穿着破烂的衣服，常常寄人篱下，在别人审视的目光里生活。"[①] 可以说，正是来自于底层，亲身体验过底层生活的艰辛，才使墨白在写起底层人的生活时冷暖自知，显得格外驾轻就熟。从某种角度上讲，他是在写自己，写那些虽已远逝但又无法忘怀的光阴。他将自己熟悉的那些小人小事转化为一个个社会的切片，然后像细菌学家一样用人性的显微镜来仔细观察研究，并做出自己的独立思考与判断。

　　也是在对底层的观照中，墨白在自己的小说里引入了权力的观念。在前现代社会里，权力通常是无远弗届的。它既主宰着物，也主宰着人：通过人来主宰物，或者通过物来主宰人。"普天之下莫非王土，率土之滨莫非王臣"，正是这一状况的形象化说明。它基本上保持沉默，只做不说，以无声的威严显示出自己的力量。但到了处于转型期的社会，权力不可能再像从前那样无孔不入，有时甚至会面临着自身稀释化的危险，就需要依靠无休止的反复言说的方式来强化自我存在的合法性。但即使这个时候，

---

　　①　林舟：《以梦境颠覆现实——墨白书面访谈录》，《花城》2001 年第 5 期。

个体依然必须遵循权力自身的运行法则。因为在一个现代性匮乏的前现代
领域里，进行某种现代性的祛魅无疑是很尴尬的，在一定程度上讲甚至带
有致命的危险。除非掩耳盗铃或者视若无睹，否则你无法对权力进行解
构，对权威加以颠覆，甚至也无法对权贵加以些微的讥嘲。反之，任何一
种这样的努力，其结果不仅是徒劳的，反而是个体的被淹没与碾碎。墨白
显然也意识到了这一切，所以他才从来不写什么英雄豪杰，而是将那些被
侮辱与被损害的人们置放在权力的场域里，描述他们的悲欢离合与升沉起
伏。我们在墨白的很多作品里，都可以发现一个有趣的共同特点，就是他
非常喜欢展示机关单位里的走廊，具体到了每一个细部，例如房门上方的
那些写有不同名称的牌子：收发室、内勤室、办公室、厕所、所长室、资
源保护……这是一组具有高度隐喻含义的符号，是一种权力的直接引入，
也是典型的机械化时代科层制官僚体制的集中体现。牌子醒目，其等级化
的排序方式显示了权力的威吓与森严，令人感到压抑。有时为了表现权力
的煊赫，墨白会直接安排一场个体与权力狭路相逢的游戏，让人物在权力
面前认识到自己的渺小甚至虚无，例如在《父亲的黄昏》里，当"我"
到拘留所要求探望父亲而被拒绝后，作者这样表述主人公当时的自我
感受：

> 我像个傻子站在那扇生满红锈的铁门前，我变成了一片焦黄的叶
> 子从空中飘下来，一头栽落在地上，我几乎丧失了思想和记忆。我无
> 力地在铁门前坐下来，脚下坑坑洼洼的路面发出一声无奈的叹息，那
> 叹息从古老的砖块里滋生出来，很快布满了四周，像雾一样打湿了我
> 的头发和筋骨，打湿了我的目光和血肉。我像一棵小草，沉没在那浩
> 瀚的气体里，默然无声，等待着灿烂的阳光来驱散那雾气，来把我拯
> 救。可是没有阳光，在我记忆里那个日子里没有阳光，我记忆的头顶
> 上永远是一个巨大的灰色天穹，那天穹把我罩住了，我驮着沉重的灰
> 色天穹在县城的街道走动。

我相信每一个来自于底层的人在他的一生中大概都会有这样一种类似
的体验。这是一种来自权力威吓之后的异化。"灰色天穹"只是权力的象
征。它是隐喻的，然而又是真实的。对于底层来说，那是一个神秘的世
界，那里永远有围墙与铁大门阻隔着，既然那里无法投放我们的足迹甚至

目光，便只有投放着我们的想象。

　　就其本质而言，权力是上层人物的专用名词。因为对于上层人物是权力，对于底层人物只是权利。权力想要的是一种奢侈品，权利需要的只是必需品。就像《碎片的尖叫》里张书记的一个批文就可以给雪青换来几百万元的收益，而《隔壁的声音》里家徒四壁的四叔反复上访的目的只是想给被冤死的儿子讨一个公道。墨白不喜欢展示权力者对于奢侈品的享受，而只是集中描述权利者对于必需品的渴求。无论是《寻找旧书的主人》里的陈平，《父亲的黄昏》里的父亲，还是《隔壁的声音》里的四叔，他们都是权力的受害者，长期以来一直逸出于我们的视线之外。面对权力的张牙舞爪，他们无力反抗。他们根本不敢奢望权力，只想获得自己的基本权利。但在霸气十足的权力面前，权利从来都是显得底气不足的。所以，某种意义上可以说，这些受害者同时也是合谋者，以屈辱与低贱引致了权力的骄横与野蛮。在《隔壁的声音》里，四叔几乎是马不停蹄地上访，辗转流离，死而后已，而权力始终保持着沉默。它高大傲慢，雄踞于云间，俯视下寰的芸芸众生，以本来的隐秘性与着力的掩盖而展示给大众其一如既往的神秘化存在。事实上，只有哀告无门的弱者才会大声喊冤，才会一次次地上访。上访是弱者在承认既定权力秩序的前提下的最后挣扎，表面上看来是寻找公正，其实质是呼唤恩赐。这也是中国长期以来底层人根深蒂固的"包青天"情结使然。

　　当权力进入市场资本主义阶段以后，又呈现出了一些新的特点。因为市场资本主义首先有它自身的特点："在市场资本主义阶段，成功是人得以拯救的外在标志，这是一种关于成功的意识形态，如果在这样一个社会中你不成功，不出人头地，意味着什么呢？这个社会带来的消极性感情是什么呢？是'负罪感'，这是一种负罪的文化。如果你不成功，你当然就是一个失败。……失败意味着整个生命都是一钱不值的，毫无可取之处。"① 事实上，理性的合法的市场资本主义是以道德与伦理秩序的相对完善作为基础的。一旦放逐了作为底线的道德，并蔑视最基本的伦理秩序，使得成功的内容只是金钱与权力以及由金钱带来的权力与由权力带来的金钱时，这种与权力相结合的市场资本主义便转变成为一种畸形的资本

---

　　① ［美］弗雷德里克·杰姆逊：《后现代主义与文化理论》，唐小兵译，陕西师范大学出版社1987年版，第48页。

主义。这个时候的权力成为获取最大利益的最有效的本钱。它一本万利，灵活多变，收放自如，既可以依照市场寻租的方式获取自己最大的使用价值，还可以使人在很大程度上成为自我的命运主宰。作为权力的掌控者，人的主观选择的自由度能够随着权力的膨胀而无限的增大，就像在《碎片的尖叫》里，依靠县委张书记的关系，雪青可以选择做一个副县长，也可以选择做一个从事房地产的千万富翁，而这些是为普通老百姓所只能仰望不可企及的。没有权力的小人物是很少有主动选择的机会的，他们只是被动地承受权力这个饕餮在大肆咀嚼之后所剩余的些微残渣。在墨白看来，因为权力的被滥用，导致物质的匮乏与精神的贫瘠在这些卑微者的身上同时存在。他们也许永远都无法获得物质的丰裕，但起码应该获得精神上的安慰。然而面对强大的物质压力，许多貌似坚韧的精神化存在往往会表现得虚弱至极、不堪一击，甚至在与物质的对决中渐行渐远，最后变得虚无起来。因而在墨白的笔触里，总是洋溢着一种浓烈而感伤的人道主义情怀。他在对此动情观照的同时，也表露出了深深的无奈。

（四）时空转换：历史与真实

人是靠时间与空间的交叉来定位自己在这个世界的立足点的，离开了时间与空间的具体定位，人便无法把握自我。由于空间的压迫感无处不在，它是一种立体的呈现，标志着物质的力量；时间则是一种线型的流动，展示着精神的魅力。所以在空间领域，物质力量永远是主宰；而在时间领域，精神力量才是最后的胜者。但如果具体到每一个人的现实生存处境，物质化的存在有时候会更容易挤压人的精神空间，使人在自我认知的过程中迷失方向，以致会在瞬间丧失了时间的感受、空间的感受与自我的感受。这种时空的转换，也会直接地影响到我们对于真实的把握。所以，那些所谓真实的东西其实是相对而言的，本身充满了不确定感，因为时间会让它变得虚假；而虚假的东西则往往因为空间的即时呈现又令我们误以为真实。只有当时间与空间完全凝固下来的时候，才会有绝对的真实，否则一切都是过眼烟云。墨白自然也深味于此，所以他经常让自己笔下的人物忘却了现在，而是沉溺于过去和未来的交相叠加中，以致在对美好未来的想象和痛苦往事的记忆中进退失据。例如在《碎片的尖叫》里，"我"记忆中的女主人公雪青俨然是"一只有着斑斓翅膀的蝴蝶，一只跳几下就会停下来喘息的蝴蝶"。但现在，在严酷的监狱环境里，她学会了"大热天的在屋里屙屎拉尿"，"当着众人蹲马桶"。而所有这些都是被讲述出来的，掺杂着过去的阴影与未来的期待，它隐射着我们每一个人都无法逃脱时间与空间的控制，分分秒秒都在蜕变，变到最后甚至自己也认不出自己。

在处理时间与空间、物质与精神、客观与主观的各组关系时，墨白并没有显现出有多么的为难。因为穿透一切表象以窥测其背后最为本质性的东西，是他一直追求的终极目标。墨白坚持认为，作家的一个重要责任就是要让人们了解真正的历史："我们靠什么了解历史？靠什么了解人类的思想发现史？靠什么去寻找流失的时间和生命？一方面是靠文字对客观世界的记载，而另一方面就是靠文学艺术对主观内心世界的创造，有了这两方面我们才能更接近人类活动的过程，或许这就是文学的真正意义。"①所以，墨白不仅记载着客观的物质事实，也以小说家的热情记载着主观的心灵事实。这个时候的墨白既是一个讲述者，也是一个记录者。他以写小说的方式记录着这个世界的林林总总、方方面面。不同的是，他更多记载的是人物的心灵史，尤其是小人物在沉重现实压力面前的瞬间心理体验。这显然是一种另类的历史，它排斥了正统史学中所充满的大人物的发迹史、辉煌史，而只是卑微者的屈辱史、受难史。

追寻作为本质的真实，是像墨白这样的历史记录者所秉持的核心价值观念。正是为了寻求一种本质的真实，墨白有时候会快刀斩乱麻式地摒弃一些看起来似乎真实存在的外在表象，而努力挖掘其背后那些深层次的东西。这似乎是一种二律背反：我们的视野所及全是假象，而真相又逸出于我们的视野之外。所以，在《雨中的墓园》里，诸如扳网、渠首、活动的白房子、吃蚂蚱的女人、头戴斗笠的黑衣老者乃至那个叫作青台的神秘地方，都只是浮动的影子，都带有某种虚幻色彩，只有死亡才是真实的。在《隔壁的声音》里面，所有外在呈现的现象在某种程度上也可以说都是假象，甚至那些次第出现的活生生的人物都带有某种虚幻性，只有那无处不在却没有来源的电锯声音是真实的，那是一种本质性的真实存在，是能够抓住我们内心最深处的某种东西。在《七步诗》里，即使连死亡也是虚幻的，但罪恶却是真实的。精于算计的陈文财最终死去了，死亡的背后却隐藏着多少秘密。传统的中国人都喜欢说"人死为大"，仿佛贪婪、

---

① 雷霆：《对文本的探索——墨白访谈录》，《山花》2003 年第 6 期。

邪淫、欺骗等罪恶都一齐消失。其实这些并没有随着死亡而告终。作为某一具体个体的人诚然已经死去了，但具有普遍意义的罪永远活着，并代代流传，显示了其薪尽火传、形灭神存的执着。墨白在小说的结尾，以纸扎的无情燃烧展现了这一看似荒诞的真实。

在创造了一个个虚拟的人物的同时，墨白也完成了一个真实的自己，通过艰辛的人生体验与坚韧的良知写作，实现了蛹化为蝶、蚌病成珠的蜕变。今天的墨白已经成为了一个卓有成就的作家，早年的痛苦经历早已转化为一种精神性的储存，只是偶尔以记忆的方式提醒着其主人最初的起点，在现实境遇中对墨白来说应该不会有太大的干扰了。然而正如前人所言，"顺境对人们的精神的考验是更加严厉的，因为我们对不幸完全能忍受，但是在成就面前却容易受到腐蚀"①。我们看到的是，早年上山打石头的墨白，依然保持着足够的清醒，时刻在叩打着自己心灵上负载的那个巨大的石头。那些储存在墨白记忆深处的底层生活阅历，在经历了漫长的时间尘封后，已然发了酵，弥漫着怀旧的气息，随时会令他低回不已。只要在现实的观照对象中找到了曾经的自己，只要遇到现实情境中似曾相识的过去一幕，墨白就绝不会无动于衷。"我渴望从别人那里发现和认识自己，挖掘隐藏在我记忆深处的那些被遗忘的对生命的真实的感受，并不断地拓宽进入自己生命深处的航道。"② 因为那是他最为熟悉的世界，是他既往生命的一个有机构成。所以，每一次被召唤起来的记忆都是维系当下的墨白与过去世界联系的生命脐带，为他的写作源源不断地供应着最为丰富的养料。

有论者指出，"墨白是一个逃亡者"，并认为墨白的逃亡"并不是通往朝圣之路，而仅仅是迷失在某种负重跋涉之中，这使他的处境充满了悲剧色彩和沉闷感受"③。这是颇有见地之论。面对着现实的种种困境，带着底层人民"生的挣扎"之深厚烙印的墨白，肯定会经常唤起自己内心深处的那种无力感。在还没有修为到视若无睹的境界的情况下，墨白便只有选择逃亡一途了。只是，这位论者最终没有指出墨白到底想逃到哪里去。其实他是无路可逃的。这是几千年来富有人道主义情怀的中国文人们

① ［古罗马］塔西佗：《历史》，王以铸、崔妙因译，商务印书馆 1981 年版，第 15 页。
② 刘海燕：《阅读之梦与写作之梦——与墨白对话》，《文学界》2008 年第 7 期。
③ 何海滨：《毫无诗意的逃离——墨白小说的个案分析》，《三门峡文艺》2006 年第 3 期。

的普遍悲剧，也是在当下中国喧嚣的商业化写作环境下某些依然坚守良知写作的作家的共同宿命。对于墨白自己来说，只要他的目光始终关注着底层人民，只要他无法完全冷漠地甚至喜剧化地观照自身的叙写对象，那么就注定了有着传统底色的他在后现代的旅途上是走不了多远的。无路可逃却依然要逃，又能逃到哪里去呢？所以墨白经常沉浸于自己的梦中，如他的《航行与梦想》，他的《阅读之梦与写作之梦》，他的《梦中之梦》，甚至他的《梦游症患者》。在小说《雨中的墓园》里，墨白还设置了这么一段对话：

> 我把身子端正说，人生就是一场梦，你信吗？
> 晓霞说，我信，一个很长很长的梦，可是什么时候才能醒呢？
> 当一个人走进坟墓的时候，他就醒了。

这使我忽然想起了1000多年前的诗人李白写在其《春夜宴桃李园序》一文里的一句话："夫天地者，万物之逆旅。光阴者，百代之过客。而浮生若梦，为欢几何？"多么的古典，又是多么的后现代。而古典与后现代，在穿越了漫长的时空隧道之后，它们二者居然又接榫得那么的天衣无缝。

三　野莽：欲望与意志的较量
——读《少年与鼠》

古往今来，描写老鼠的文字可谓多矣。有《诗经》里面食麦食苗、祸害庄稼的硕鼠，也有李斯所见过的"居大庑之下，不见人犬之忧"的官仓大鼠，更有柳宗元笔下的"以其饱食无祸为可恒"的永某氏之鼠。当代文学中则有已故的山东籍老作家郝湘榛先生所写的中篇小说《鼠人》，其中的男主人公苏大忠因为"对老鼠抱有极大同情"，"欣赏老鼠能积攒东西"，以至向老鼠学习生存策略，才最终熬过了艰难的岁月。现在，野莽又在小说《少年与鼠》里为我们塑造了一只叫作"灰皮"的刁钻狡黠的大老鼠形象，可以说给中国文学中的老鼠家族系列增添了一个新的角色。

在小说中，这个名为灰皮的大老鼠有着"一个像猫一样肥大的身子"。它灵活诡谲,善于斗争,把少年潘二龙的家搅了个天翻地覆。它"永远道高一尺魔高一丈,神出鬼没地活跃在他家的各个角落"。在这个家里甚至这个小区里,它肆无忌惮、任性妄为,却唯独对于潘二龙和他的母亲保持着足够的警惕。后者因为在与它搏斗的过程中摔成重伤而最终付出了生命的代价;而前者则始终孤立无援,他的灭鼠决心根本得不到周围人的同情与理解。灰皮也深知这一点,所以才会一次次地有效利用这样的罅隙成功地逃脱。

　　我们完全可以把老鼠看作是现实生活中某一类人物的写照。他们像老鼠一样不劳而获,贪得无厌。让潘二龙最为痛恨的,是灰皮身上最肿大的那个部位,"那里面装的都是在他家吃的东西,这些东西有的是他们吃剩下的倒也罢了,有的是买回来还没顾得上吃,或者是舍不得吃的,却被这个可恶的贼给偷吃了。长年累月地吃,白天黑夜地吃,才吃出这个像肥猫一样的体形"。读者读到这一段巧譬妙喻的文字,联系到社会上的某些巧取豪夺、坐地分赃的丑恶现象,当可发出会心的微笑。围绕着这只狡猾的大老鼠,各路角色纷纷登场,有善当和事佬的居委会调解大妈:"就说这老鼠吧,人家也是命,你要活,人家也要活,世界是你的,也是人家的,怎么就不能给人家留一条活路?"活脱脱一副没有是非观、甘于同流合污的乡愿面孔。也有委曲求全、姑息养奸的鱼贩子:"我就采取这么一个办法,每天丢几条死鱼烂虾在墙角里,老鼠天天有鱼有虾吃,它不就不来扰乱人了吗?"所以,真正的事实是,老鼠并不可怕,也并不难灭除,只要大家下定决心,团结协作;可怕的是众心不齐,相互掣肘,正好给老鼠提供了大肆侵害的广阔余地。在小说中,灰皮正是利用了这一矛盾,并借助于青花瓷瓶和少年母亲遗像的掩护而一次次躲开了袭击。以至于斗鼠先须斗人,投鼠不免忌器,这也是一切城狐社鼠滋蔓难图、终成气候的根源所在。

　　至于少年潘二龙,作为一个天真未凿的孩子,他对于世界的认识是素朴的、单纯的。他爱憎分明,保持着起码的是非底线,而这些宝贵的东西在我们这个日趋功利化的世俗社会里,于大部分的成年人而言,早已因麻木和猥琐而丧失殆尽。所以当他听到了父亲炫耀自己没心没肺的话后倍感好奇,"暗中还羡慕嫉恨过,觉得那一定是从小练就的一身过硬本领"。作者在这里以近乎冷峻的笔墨暗示我们:在我们所处的这个世界上,一个人只要没心没肺,尽可以浑浑噩噩,自得其乐;而一旦执着,坚守原则,便注定了要跌跌撞撞、伤痕累累。所以，坚持原则的少年潘二龙必然是孤独的，唯一理解他的母亲早已死去，他只能靠着自己毫不妥协的意志孤军奋战。因为与他对抗的其实不只是一只老鼠，而是整个麻木了的社会，是那些严重压抑人性却已被习焉不察的陈规陋俗、旧习偏见。正如著名批评家勃兰兑斯所说的："大多数人在道德观念方面的创见也都会受到现成的社会道德准则和现成的公众舆论的摧残或抑制。社会的判断是社会不加深究地加以接受的那些宗教和道德学说造成的，因此必然是靠不住的，常常是极端狭隘的，在不少情况下是残酷无情的。"①

这篇小说让人读起来似乎有些沉重和压抑，但其实内里却蕴蓄着深沉的爱。野莽自己在一篇文章里面曾经谈道："生活就是生命的活着，生命只要活着就要接触事物，就要爱与被爱。"② 当周围环境都非常冷漠的时候，少年潘二龙的心中却怀抱着炽烈的热情。他深深地爱着死去的母亲。正是出于对母亲的挚爱，他才对老鼠无比的憎恨，必欲除之而后快。同样，他也挚爱着自己的父亲，虽然这种感情在很大程度上被抑制着，表现得含蓄不露。所以即使在挨了父亲打之后，他依然无怨无悔，始终保持着一颗执着的灭鼠之心。虽屡遭邻舍的谩骂、嫂子的奚落与老师的批评，也在所不辞。另外，潘二龙的父亲显然也是爱着自己的孩子的，但由于隔膜，这种爱虽无私而不得其法。在妻子死了以后，他靠修鞋维持生计，含辛茹苦地抚养自己的孩子，却无法与儿子建立平等的对话关系，以走进儿子的内心世界，所以最终酿就了悲剧。

作者以入微的笔触揭开了世俗生活的一角，虽抉幽发隐而文理自然。正如有论者所指出的那样，"他从来不去写作那类浮光掠影的表象城市万花筒，他所开掘的正是被当前城市写作群落故意回避的日常人生。……向他的读者展现的是一幅幅真实的、沉重的近乎残酷的生活画面"③。其语言表达看似平淡，却富于质感，极具穿透力。例如"京西月饼店的门外有人在摆地摊，摊主是一个断了两条小腿的人，穿着一套象征生命力的绿色衣服"。这种鲜明的参差对照，在表现底层人生活艰辛的同时，也达成了强烈的反讽效果，给人以深刻的印象。再如作者描写大老鼠闯进了基建

---

① ［丹麦］勃兰兑斯：《十九世纪文学主流》（第一分册），张道真译，人民文学出版社1997年版，第105页。

② 野莽：《文外闲聊》，《山花》2000年第10期。

③ 林希：《文坛双枪将》，《辽河》2006年第1期。

科长岳父家以后，"大得简直是一只猫，撞破了他们家的钢丝窗纱，耀武扬威地坐在他们家的大电视上，和一个坐在主席台上的大领导差不多"。这略带夸张又充满机趣的文字刻绘出的是一幕滑稽透顶的场景，使人稍加思索便会忍俊不禁。有时候，作者则把握火候，不正面刻绘，而是侧笔勾勒，借以描摹出冷峻的现实真相。例如，他似乎是极为随意地通过街头小贩之口表达出了对于城市管理人员的愤懑："这号人只管罚我们钱，赶我们走，不管我们灭鼠还是灭人。"虽寥寥数语，却极为精准地揭示了当前城市在急功近利地追逐现代化建设的同时却将底层关怀付之阙如的深层危机。

在作者的笔下，诸如父亲的戆直、嫂子的市侩、哥哥的麻木、邻舍的鄙吝，皆纤毫毕具、呼之欲出。总之，这里的环境是压抑的，气氛是凝重的，人物是灰色的。在少年潘二龙生活的周围，触手可及的都是完全的冷漠。不仅如此，连他所置身的整个世界也已然畸形、异化：为害的老鼠被多方纵容，勇于灭鼠的少年却成为大家共同声讨的对象。不仅家里厌恶他，街坊鄙弃他，连学校也驱逐他，最后他只能如孤魂野鬼一般地流落街头。一个致力于灭鼠的少年，一个要为大家除害的英雄，最终却不见容于家里与乡邻。对于少年潘二龙来说，他一个人除恶务尽的意志与周围人姑息养奸的态度形成了强烈的反差，从而使自己被作为"异类"而放逐于这个社会之外。他的灭鼠决心，实际上已经构成了对于别人早就习以为常的秩序的挑战。在他们看来，那是扰害他们长期习惯了的生活氛围的最危险的因子。这些旧秩序的代表者惧怕一切与他们固有观念相龃龉的新鲜事物，对之是务必要赶尽杀绝的。

最后从某种意义上讲，这一场人鼠之间的较量，也正是我们在现实人生中欲望与意志相抗衡的隐喻。这里的老鼠已经不再是我们所熟悉的那个小动物，而更像是一个魅影，一只出没不定的精灵，甚至成了某种象征。好似现实生活中的我们若要坚守原则、正道直行所必然面临的诸如贪婪、野心、欲望等严峻考验一样。所以野莽的这篇小说起到了一个很好的警示作用，它提醒着我们须得随时守护着自己健全清明的理性，坚持人性的底线，而提防着自己内心深处的幽暗。不定那里正潜藏着一只叫作"灰皮"的大老鼠，它会在我们意志倦怠的时候伺机出动，制造混乱，并最终使我们一败涂地。

附　录

一　"十七年"的河南小说

从1949年中华人民共和国成立到1966年"文化大革命"正式爆发，在这十七年的时间里，河南的小说创作相对较为繁荣。创作的主力，除了极少数在现代文坛就已经有一定影响的作家如姚雪垠、徐玉诺、李蕤等人外，大部分都是在新中国成立前后土生土长起来的工人、农民、干部、军人作家。他们在这一时期崭露头角，纷纷将笔触面向崭新的社会生活，坚持运用社会主义现实主义的创作方法，创作出了一批为人所称道的中、长、短篇小说。这些小说大多都着眼于表现劳动人民在翻身做了主人之后的由衷自豪感以及他们对伟大革命理想的追求精神。正如著名批评家孙荪在《文学豫军论》一文中所指出的，它们的主要特点在于："注重的是故事的动人和人物性格的典型，而且注重在社会学特别是政治伦理学意义上的价值评判，一切都在革命与反动、先进与落后的斗争中展示。"其不足之处在于，由于株守于河南的地方一隅，固执于中原文化的封闭自足，缺乏一定的开放性，显得底气不足，加以过于紧跟并配合当时的社会政治形势，文学作品往往成为一时的政策之概念化的图解，致使其文化视野相对褊狭，因时代发展而显得面目陈旧，从而大大地影响了文学境界的提升与整体气度的恢宏。

（一）短篇小说的一时繁荣

中华人民共和国成立伊始，就短篇小说创作而言，这一时期的河南作家几乎都不约而同地转向农村题材。这当然在很大程度上和他们大都出身于农村相关。他们扎根中原大地，热情地叙写乡土生活，反映农村的新气象，塑造一代崭新的农民形象，表现他们翻身做了主人以后的自豪感，成为一时的热潮。例如吉学霈的《摔神》《两个孩子》，嘉季的《挑拨》，牛健的《婆媳俩》等作品，就是反映这一时期在河南农村展开的轰轰烈烈的土地改革运动。其中，吉学霈的作品在当时产生了一定的影响。而早在现代文坛上久负盛名的作家师陀，也于 1959 年 5 月由作家出版社出版了他的短篇小说集《石匠》。小说文笔清新自然，其中绝大多数内容都是反映社会主义革命与社会主义建设的，具有鲜明的中原地域文化特色，为当时的读者所关注。

和 1949 年以前反映农村生活的小说相比，作家这时在深入透析乡土文化的同时，也较为注重捕捉农民复杂微妙的心理变化。这种变化自然与政治形势的云谲波诡及时代风云的变幻莫测息息相关。从 50 年代开始，以李準为代表的一批作家坚持现实主义的手法，开始描写在农村社会展开的轰轰烈烈的变革。1953 年 11 月，李准在《河南日报》上发表了他的短篇小说成名作《不能走那条路》，较早地揭示了农村社会里两极分化的现实。其中所塑造的李双双这个形象，作为社会主义集体经济中所孕育出来的一代新人，有着极为鲜明生动的性格特征，从而丰富了当代文学的人物画廊。其时，较有影响的小说还有周基的《小汾水河边的故事》、李薇的《九九归一》、于秀峰的《她开始了新生活》、李文元的《婚事》、姚雪垠的《突围记》等，其他像徐慎的《初春时节》、耿振印的《双实后我家和我组》等作品都有一定的反响，而马炳文的《铁砂》、郑蓝云的《沈师傅回来的一天》、王化幼的《师徒俩》等短篇小说，则是当时反映城市里工人阶级新生活的力作。相对而言，在城市题材与工业题材领域里，苏鹰和郑克西取得了较为突出的成就。

李准的短篇小说《不能走那条路》，在当时发表了以后，先后被全国40 余家报刊广为转载，此后，由小说改编的电影《李双双》和《老兵新传》也引起了轰动。李准作品的长处在于，他总是善于从充满机趣的日常细节出发，在温情脉脉的家庭关系的展示中表现两种政治理念与生活道路的矛盾冲突。由于作者具有深厚的生活基础，所以他往往精于把握农村生活，以十分敏锐的政治眼光捕捉进行社会主义新农村建设的乡村世界，熔鲜明深刻的政治主题与浓郁温馨的家庭生活于一炉。其中所展示的事件，又往往与当时的社会政治运动密切结合。具体到每一个人物，形象也较为饱满，个性鲜明，不再是一个个简单的政治符号，而是有血有肉的独立个体。加以小说中的语言通俗，大量采用河南当地的地方土语，本色自然，惟妙惟肖。作者自己在这方面显然有着丰富的实践经验，以为，文学语言首先是可信，然后才是在此基础之上的可亲。所以，他广泛借鉴民间文学语言之长，"我首先是学习民间戏曲说唱的流畅和明快。像河南豫剧、曲子、坠子等艺术形式，都是叙述味道很浓，而又朴实流畅的。"与此同时，他还积极吸收法国作家福楼拜、俄罗斯作家阿·托尔斯泰等外国经典大师的创作优点。因此几乎他的每一篇作品的出现，都要引起文坛内外不小的震动。如写于 1959 年的短篇小说《两匹瘦马》，观察细腻，描写十分精到，这里便是主人公韩芒种眼中的两匹瘦马的形象：

> 他挤进人群，原来大家在看两匹瘦马。一匹是灰色的老骗马，足有五尺多高，可是已经瘦得成了老烟大架子。牙齿已经发黄了，向外面呲着，下嘴唇已经松弛得滴流下来，好像永远也合不拢。只有四条腿，又细又长，配上那个瘦身子，就像一条高脚条凳。另一匹是枣红色的小马，站在那里，眼睛搭蒙着，耳朵耷拉着。脊背瘦得像刀条一样，还是个"猫弓脊"，在溜尖的屁股上，还打了个火印"验"字。

这些描写完全源自于真实的生活，作家如果没有对生活认真而深刻的体察，是不可能反映出如此生动的场景的。读者通过阅读他的小说，很容易产生一种感同身受的认同，并可以由此窥见 20 世纪后半叶广大中国农村尤其是河南乡土社会发展变迁的历史轨迹，更可以进一步了解中原大地上的农民们精神嬗变的漫长而艰辛的历程。

李准的小说在题材上较为单一，一直保持着对于农业合作化、人民公社化、黄泛区等几个主题的持续关注。尽管在今天看来，其中的某些作品因为包含着隐性的民间文化结构以及审美趣味与古典传统相衔接而不乏艺术上的独特魅力，但由于特定的政治氛围与主流话语的影响，这些小说也明显地患上了时代的幼稚病，它们大多都主题雷同、情节结构类似、语言风格接近。从而使得本来应该千姿百态、富于个性特色的小说创作，反而出现了千人一面的共同模式，有一部分作品更是等而下之，甚至沦为政治的喉舌与一时政策的传声筒。

吉学霈（1926—　），原名吉清江，笔名吉预兆、耿直，河南偃师吉家沟村人。1948 年肄业于洛阳师范，在家乡小学教书时学习写作，1949

年开始发表作品。1954 年加入中国作家协会。1956 年毕业于中央文学讲习所。历任教师，河南省文联编辑，中南作家协会专业创作员，湖北省文联副主席，湖北省作家协会副主席等职务。他的主要代表作品是小说集《两个孩子的故事》《有了土地的人们》《高秀山回家》《一面小白旗的风波》等。其中短篇小说《一面小白旗的风波》因为其中塑造了农村里的一个新型妇女的形象，而为文坛所关注。故事情节其实很简单，主要写妻子叶俊英与丈夫李良玉两人之间的矛盾。这种矛盾并非一般的家庭矛盾，而是围绕生产队里面的"公家事"而展开的。叶俊英是生产队里的社干，主要负责核查队里各组耙地锄草的情况，而丈夫李良玉却马马虎虎、应付了事。妻子秉公执法，决定给丈夫插上一面小白旗，以示惩罚。丈夫一开始不理解，认为妻子有意在人多广众的场合不给自己面子，所以大发脾气，闹情绪，但最后在妻子的耐心说服与教育下，终于转变了态度，开始认真劳动，不再拖队里的后腿。小说非常善于把握细节，在描摹人物的微妙心理方面也很有特色。不足之处是，语言上还显得不够自然成熟。由于作品中大量地运用各种叠词，使得人工的斧凿痕迹过于明显，像"一阵暖柔柔的春风吹来，软绵绵的柳条轻飘飘地在河面上划来划去"这样的句子，在文中大量出现，给人以刻意为文之感。值得一提的是，由于它在内容方面的别致，该小说后来还被改编成戏剧与电影，并被翻译成俄文、英文与国外读者见面。

南丁（1931— ），原名何南丁，曾用名何铿然，安徽安庆人。1949 年结业于华东新闻学院。1950 年初由河南日报社调至河南省文联，从事过文学编辑、文学创作、文学组织等各项工作。1956 年加入中国作家协会。从 1983 年到 1991 年期间一直担任河南省文联主席。先后出版有短篇小说集《检验工叶英》《在海上》《被告》，中短篇小说集《尾巴》，散文随笔集《水印》，长篇叙事诗《我唱一支歌，为我的兄弟》《小鹰》等。

1955 年 1 月，南丁的小说《检验工叶英》在《长江文艺》上发表。同年 8 月，《人民文学》予以转载，后被翻译成多种文字介绍到国外。小说塑造了一个先进女工叶英的形象。叶英是机工车间二工段新调来的质量检验员。她积极热情，对于工作认真负责，由于工人们很多生产出来的产品在她那里一检测都不合格，所以工人们认为叶英过于苛刻，对她意见很大。她也因此和工段里的工人尤其是工段的段长赵得同志发生了矛盾。赵得是一位老革命，有着光荣的过去，但他总是沉溺在过去的光荣里面而不思进取，工作态度得过且过，致使他所负责的二工段经常生产出大量的废品。经过叶英的据理力争，特别是车间党支部书记唐亮给赵得做思想工作，使得赵得意识到自己"落在生活后面了，看过去看得太多了，思想的机器停滞了，必须清除掉使思想机器停滞的油泥"。最后他们抛弃了种种思想包袱，努力改进方法，严格把关，终于使得二工段摆脱了落后的帽子，迎头赶上。这篇小说在那个时代出现，是当时集中精力进行社会主义工业化建设的一个投影。因此，它所反映出来的问题就具有相当程度的代表性，所以产生了很大的反响。小说条理清晰，语言流畅自然，特别是在对于人物思想转变过程的展示上显得很有层次感，一点儿也不生硬。在描述女主人公叶英复杂矛盾的内在思想斗争方面，也有长足之处，表现了作家洞烛人物心理的高超技巧。

南丁此后还写了《科长》《被告》等小说，开始深入接触当时暴露出来的社会现实矛盾问题，对于各种丑恶的现象加以大胆的鞭挞。当时也有好几位作家都不约而同地涉及了此类题材，如李准《灰色的帆篷》《芦花放白的时候》，徐慎《除夕曲》，白钢《春天的泥泞》等作品，都是抨击当时社会上出现的某些阴暗面的有影响之作。至于段荃法的《凌蝴蝶》《状元搬妻》，郑克西的《杏林春暖》，张有德的《玉厚说媒》在当时都获得了一定的好评。尤其是《状元搬妻》，以其淳朴的语言和幽默的风格，展示了乡情的和谐自然，充满了独特的韵味。此外，像乔典运的《石家新史》、周西海的《葡萄架下》、尚兰芳的《老张举的故事》、樊俊智的《月夜》等作，也有很大的影响。

段荃法（1936— ），河南舞阳人。1951 年肄业于河南漯河市初级中学，同年参加工作。历任河南省文联第二、三届委员，河南省作家协会秘书长、副主席，《莽原》主编。从 1955 年开始发表作品，并于 1959 年加入中国作家协会。著有中短篇小说集《雪英学炊》《天棚趣话录》《雪路》《乡音》《活宝》《鬼地》，散文随笔集《天棚居随笔》《布袋子》等。他的作品多是以现实主义手法表现自己极为熟悉的农村生活，有评论家指出："许多篇章达到了以笔这微妙写生活之微妙的境界。"在当时，他和另外一位后来转向儿童文学写作的徐慎齐名，被认为是描摹农村生活的圣手。段荃法的特色在于，他擅长以幽默的笔法叙写农村生活的方方面面，尤其在刻画农村人物形象上显得出手不凡。因此，他笔下的人物总是活灵活现、惟妙惟肖，如代表作《"状元"搬妻》，写一位叫王二的县劳动模范，他一直给队里喂牲口，因为爱队如家，不惜饿死了自己家里养的猪，而把生产队里的牲口喂得又肥又壮。他的妻子也远远没有一般农村妇女的狭隘意识，对他的这一行为不仅不反对，反而积极支持。所以在劳模会上作报告时，王二多次不由自主地提到了自己的妻子，夸赞她在背后的功劳。大家在听了王二的报告后，都强烈要求将王二的妻子也接到县城来参加劳模大会，从而演绎了一出在新社会里"状元搬妻"的喜剧。小说显示出了作者很强的语言驾驭能力，尤其熟悉农村的口语俗谚，使得人物的言谈举止都十分符合各自的身份，自然本色。譬如，描述王二一开始作报告那一段话，就十分生动：

> 我叫王二。说我家人口多也算多，说少也算少。说少，只有我和老婆过日子；说多，加上我喂那四个牲口，整整有六口，欢欢乐乐一大家子。

仅此寥寥数语，一个纯朴憨厚的农民形象就呼之欲出，而且把农民与牲口之间的感情也表现得非常突出，使人久久难以忘怀。因为在农村，牲口就是家庭的命脉。这是长期居住在城市里的人所无法理解的。这一段描写，也表明了作者对于农民心理的细腻揣摩。他完全是站在农民的角度按照农民的体验去观察生活、描写生活的。与此同时，小说中的缺陷也十分突出，就是作者在描述人物个性的转变中，完全按照个人的主观意愿而无限拔高人物的精神境界，显得过于突兀或凑巧，使之缺乏必要而合理的过渡，由于部分违背了生活的逻辑，从而在一定程度上也削弱了艺术本身的真实力量。

1957年到1958年的"反右"运动，给河南文学创作带来了较大的伤害。从1957年6月底开始，河南省文艺界开始展开了所谓的对"资产阶级右派"进行反击的运动。根据后来文学史家的不完全统计，当时有将近四分之三的中青年作家都被戴上了"右派"的帽子或者被划为"右倾"，从而长久地失去了自由写作的权利。加以其时政治上对于所谓小资产阶级知识分子的错误认识，作家一度被视为政治上的可疑分子甚至资产阶级的代表人物，导致了他们的政治热情与社会地位都一落千丈。像于赓虞、周启祥、任访秋、李凤白等一批早在30年代就蜚声文坛的老作家这时候纷纷遭受迫害。周启祥成为一个木匠，年轻的儿童文学作家张永江被改造为所谓的"劳动积极分子",至于王振铎、刘炳善、刘溶池等这些在50年代初即具有一定文学影响的青年作家与评论家,这时候也遭受到了不同程度的迫害。像这样的政治背景与社会氛围,必然会严重地抑制作家们从事进一步创作的积极性。

当然,特别值得说明的是,这一时期的短篇小说创作,无论是在情节安排上,还是在语言运用与形象塑造上,都有它们的颇为独到之处。像李准的《芦花放白的时候》《灰色的帆篷》、丰村的《美丽》、徐慎的《光滑的银丝》、颜慧云的《牧笛》等作品,它们在一定程度上摆脱了当时千篇一律的受特定政治形式与文艺政策的影响的局限,政治教条与文艺教条甚少,以迥出于时风的批评现实生活的视角,较为自由地表达了作者真实的生活感受,在艺术上追求精致化,从而呈现出别样的艺术创作风貌。他们在展示乡土的沉重与屈辱的同时,也不忘鞭挞长期积淀下来的民间弊习的冷酷。作家们怀着"哀民生之多艰"的精神,真实地抒写多灾多难的乡土生活,表现出浓厚的悲剧意识与灼人的现实关切。这和自"五四"以来以鲁迅为代表的新文学启蒙精神是一脉相承的。令人遗憾的是,这些作品在当时几乎都被打成了所谓的"毒草",直至新时期以后在"重写文学史"的呼声中才重新浮出了水面,获得了公正客观的评价与肯定。

(二)独具特色的长篇小说创作

这一时期,河南作家有几部长篇小说在全国文坛产生了较大的影响,它们是胡天亮、胡天培的《山村新人》,白危的《垦荒曲》,农民作家冯金堂的《黄水传》,以及苏鹰和贾子云合作写成的《隐蔽的战斗》等。当然,今天看起来,它们的艺术质量不是很高,政治概念淹没了审美品格,明显地打上了那个特殊年代的烙印。

胡天培的长篇小说《山村新人》创作于1965年,1976年由长春电影制片厂拍摄成电影,在当时有不小的影响。在时间上,它与当时盛名一时的浩然的长篇农村生活小说《艳阳天》同时,在内容上也大同小异,都是反映基层农村的阶级斗争与党内的路线斗争的。按照中共党史出版社1991年出版的《中国共产党的七十年》一书的分析,当时的社会政治形势是这样的:"一方面,政治上阶级斗争扩大化的'左'倾错误一步步严重发展;另一方面,经济上调整和恢复的任务基本上还能够按原定计划进行,到1965年胜利完成。这两者是互相矛盾的,但是矛盾暂时被控制在一定范围内了。"可以说,《山村新人》正是在这样一种背景下产生的。主要反映了在新的社会主义建设过程中,年轻的一代们时刻不忘阶级斗争最终在政治上走向成熟的经历。

白危(1911—1984),原名吴钦宏,又名吴渤,广东兴宁宁中佛子岭人。他在兴民中学读书时是青年改造社社员,后加入共青团。1929 年曾入上海市东亚同文书院学习。30 年代,白危积极参加左翼新兴木刻运动,曾在鲁迅先生的指导帮助下,编译了中国版画史上第一本讲木刻的书《木刻创作法》。鲁迅对此十分重视,后来还亲自校阅并写了序言。白危后来曾担任兰州市《战号》旬刊主编,重庆育才学校教导主任。1937 年秋,在谢觉哉的直接指导下进行抗日救亡宣传工作,主编过由毛泽东题写刊头的《战号》周刊。1938 年 5 月,由兰州办事处介绍到延安参观访问,受到了毛泽东的亲切会见。在 5 个多月的时间里,他写了 50 万字的报告文学《延安印象记》,反映了他对于延安到处都呈现出一副新面貌的热情赞赏。白危于 1952 年加入了中国作家协会,他的主要作品有:中篇小说《渡荒》《过关》,短篇小说《夏征》,报告文学《青年拖拉机手》等。1963 年,作家出版社出版了他的长篇小说《垦荒曲》第一、二部,获得广大读者的欢迎。但与此同时,他的很有影响的优秀特写《被围困的农庄主席》,却受到极不公正的批判。直到 1976 年,粉碎江青反革命集团后,他的著作得以重新出版。《被围困的农庄主席》也选入《重放的鲜花》一书,与广大读者见面。1984 年 10 月到浙江宁波地区访问途中,因脑溢血突发逝世,终年 73 岁。

白危的《垦荒曲》共两部,分别由作家出版社在 1963 年 11 月 1 日和 1963 年 11 月 30 日出版。它是新中国成立后我国文坛第一部反映农垦生活的长篇小说。作者本人为此自 1953 年起在河南黄泛区农场体验生活达十年之久。全书结构宏伟,共分为 75 章,约 55 万字。小说围绕新中国成立初期黄泛区的实际情况,以生动的笔墨如实地描写了当地人民如何埋头苦干、一心奉献的艰苦创业精神。他们克服了重重困难,靠着购买苏联的大型拖拉机与收割机以及其他的先进农机具,在一片荒芜的黄泛区上实现了机械化,建立了农场以及在当时的全国尚属独一无二的万亩苹果园,最终使之成为中原地区农业机械化的一面旗帜。白危的小说有着现实生活的真实的影子。因为小说中反映的黄泛区农场,其实就位于黄泛区的腹地,它是当时在周恩来总理的提议下,于 1951 年 1 月正式创建的。小说在展示这个开垦荒地、建立国营农场的故事的同时，集中笔墨塑造了主人翁赵辛田的英雄形象，展示了他公而忘私、一心报国的崇高品格。小说在语言上也很有独到之处，其中运用了不少的俗语、谚语、歇后语等，如："人总是希望越过越好，像'矮子登楼梯，步步高升'才美哩"，"我连忙拿给学堂的先生看，可是他念到后来就泄了气啦，说这是去年的报纸，隔年的黄历，不管用啦。叫我空欢喜一场"，等等。这些生动活泼的语言的运用，使得小说通俗易懂、质朴自然，从而大大地增强了故事的生动性与趣味性。

冯金堂（1922—1968），河南扶沟人。历任村文书，村业余剧团团长，县人民委员，河南省文联常委等职务。他从1952年开始发表作品，1958年加入了中国作家协会。其代表作品除了著名的长篇小说《黄水传》外，还有短篇小说集《春花》以及小说《黑妮种棉》《挖塘》《春花当选》《换地》，剧本《改嫁》《结婚的时候》《追闺女》《到处是春》《铁水奔流》《眼往远处看》《过五关》《一笔贷款》等。60年代中叶，他还参与了戏曲片《买牛》的编剧工作，但在内容上无多创新之处，主要是反映了农村基层组织要坚决贯彻党的阶级路线、依靠贫下中农的方针政策。

《黄水传》于1960年开始在《萌芽》杂志上连载，起初定名为《黄泛区的变迁》。1961年由河南人民出版社出版时，正式更名为《黄水传》。它是新中国成立后河南省第一部由农民出身的作家所写的长篇小说，而且是以黄河在半个多世纪以来的变迁为中心的。作为中华民族文明的发祥地，黄河素有"母亲河"之称。可是，由于河南地处中原、三面环山的客观地理环境，在很大程度上被隔绝了与外界的联系。因此，这条"母亲河"历史上屡屡泛滥成灾，淹没良田上万顷，使生活在这块土地上的人们经常流离失所，不仅衣食无继，而且时时有性命之虞。《黄水传》这部小说即以1938年6月抗战期间黄河的花园口决堤为背景，主要描写了黄泛区人民的斗争生活，反映了其后长达十多年的黄灾以及在惨绝人寰的黄灾中当地人民求生的艰难困苦状态与顽强意志。这场后来被称作"花园口事件"的黄河大决口，在当时主要是中国军队出于阻止日本军队沿陇海西取平汉而南下的目的，虽然暂时取得了一定的军事效果，但却因此给周围的河南、江苏与安徽三省的人民制造了巨大的灾难，也改变了黄河中下游地区的自然面貌，使得周边地区发生了巨大的自然变革，在苏北、皖北与豫东地区制造了一个面积广大的、包括四十四个县在内共5.4万多平方公里的黄河泛滥区，即今天为我们耳熟能详的所谓的"黄泛区"。黄水在当地持续为灾达九年之久，近一百万人丧失性命，更多的人流离失所，使中原大地饥荒连年，饿殍遍地。《黄水传》便是在这样一个背景中展开的。在冯金堂写了《黄水传》之后，许多作家都对此类题材表现出了浓厚的兴趣，像后来李准的《黄河东流去》、梅桑榆的《花园口决堤前后》、邢军纪的《黄河大决口》等一系列作品也反映的是同样一个背景。

由苏鹰和贾子云执笔的长篇小说《隐蔽的战斗》，则叙写抗日战争时期中共地下党员们不畏艰险、坚持斗争的故事。其主要作者苏鹰，原名李淑英，素有开封文坛"坛主"之称。他的创作成绩颇丰，先后结集出版的有报告文学特写集《友谊》《战胜时间的人们》《力量的源泉》，另有长篇小说《贾鲁河边》《万紫千红》，长诗《老监督岗》《瓜田曲》等。《隐蔽的战斗》这部小说的大致内容由标题即可见一斑，表现了当时的地下党员们大智大勇、顽强斗争的品格。他们在严酷恶劣的社会环境里，冒着随时都有的生命危险，长期隐藏在地下，与敌人周旋，最后取得了胜利。小说在许多地方都描摹细腻，情节设计曲折、扣人心弦，具有很强的可读性。但令人扼腕的是，这部作品及其作者的命运后来却极其曲折。"文化大革命"刚一爆发，该书即被作为"大毒草"、"汉奸文学"而在全市与全省范围内遭到批判。苏鹰本人这时更是面临灭顶之灾，多次被公开点名批评并揪出批斗，终于在历经磨难后，于1966年8月27日在开封铁塔附近愤而自尽，含冤去世。

（三）儿童文学与民间文学领域里的创获

河南儿童文学的发展，与当时整个中国的社会政治背景及时代氛围密不可分。1955年9月16日，由于《人民日报》刊发了社论《大量创作、出版和发行少年儿童读物》，开始从文化战略的高度全面重视儿童文学创作，从而在全国各地掀起了一个儿童文学创作的高潮。在这一思想的指导下，河南自然也不例外，积极参与其中。在儿童文学创作领域里，不仅有过去专写成人作品的作家，如苏金伞、青勃、李准、李季、王绶青、段荃法、郑克西等，这一期间纷纷涉足儿童文学领域，同时还涌现出了一批专业的儿童文学作家，如姚奔、余非、余辰、郭玉道、叶文玲、张清河、吉学霈、徐慎、张有德等。这些新老作家大多采用现实主义笔法，或回眸刚刚逝去的革命战争年代里儿童们与成人一样可歌可泣的斗争经历，或反映1949 年以后在社会主义建设时期一代新人的茁壮成长，都无不以清新自然的笔触，描摹了一群生动丰富的儿童形象。这些作品既具有曲折动人的故事情节，又充满了符合儿童心理特点的童真谐趣，从而一起为河南儿童文学开辟了一片崭新的天地。这一时期较有影响的作品有：张有德的《娃娃入学》、徐慎的《换了人间》《红军洞》、张永江的《星期日》、余辰（张凤礼）的《新同桌》等。

　　林兰，1920 年 4 月出生，河南临汝人。1937 年底进入陕北公学，后又转入抗大和鲁艺文学系学习，曾先后在《东北日报》和《松江农民报》当编辑、记者，1950 年转入中央文化部电影剧本创作所当编剧，后转入北影文学部当编剧，其主要代表作品有《祖国的花朵》《赵小龙有故事》《暴风骤雨》《童年泪》《宝衣红军桥》《神奇的谷神》等。其中的《祖国的花朵》还获全国第二届少年儿童文艺创作评奖一等奖。此外出版了《杨永丽和江林》《红棉袄》等中、短篇小说多部。《红棉袄》是她的第一部短篇小说集。其中的《红棉袄》一篇曾经与西戎的《喜事》、潘之汀《满子夫妇》等作品，一道成为表现新中国成立初期农民翻身、生活发生巨大变化的代表之作，引起过文坛的广泛关注。《红棉袄》重点写刘老三一家土改翻身分得果实的故事，反映了东北人民在斗争中不断提高阶级觉悟，精神面貌也由之焕然一新。小说以主要笔墨塑造了刘老三的妻子带弟这个乡村妇女的生动形象。带弟原本是一位漂亮、干净、喜欢打扮的女人，但自从嫁给了刘老三之后，因为受尽了地主的剥削，没有过上一天的好日子。等到共产党的工作队到了屯子里来，他们一家才终于翻了身，重新过上了幸福的生活。小说极为细腻地勾画了东北农村翻身解放喜气洋洋的场面。在场景的展示上，既有全景，又有特写，给读者留下了强烈的印象。林兰的儿童文学作品的长处在于，她善于以女性的细腻心理与纯洁童心赢得广大儿童读者的由衷喜爱。直到新时期以来，她还写出过《神奇的谷神》等儿童文学剧本，活跃在当代文坛领域。

　　张有德（1934—　），河南武陟人。1955 年毕业于河南开封师专。1952 年参加工作，历任温县西关小学教师、校长，武陟县第二中学教师，河南省文联编辑、副主席，河南省作家协会副主席。1952 年开始发表作品。1956 年加入中国作家协会。著有儿童小说集《妹妹入学》《小刚的红领巾》《空信封》《一场大战》《王小香和傻大哥》，小说集《张有德小说选》等。其中，《辣椒》获 1978 年全国第一届优秀短篇小说奖，《妹妹入学》获全国第二届少儿文艺评奖一等奖。短篇小说《晨》曾长期入选中学的语文课本。

　　张有德从走上文坛伊始，就以创作儿童文学作为自己的主业。1952年 10 月，他在《河南日报》上发表了第一篇儿童故事《小刚的红领巾》，从此一发不可收拾，《月光下》《小队长取经记》《西瓜的故事》《我爱我的红领巾》等一系列深受当时少年儿童喜爱的作品陆续问世。由于早年有过较长时间的小学教育的阅历，整天和儿童打交道，不仅为他积累了丰富的儿童文学素材，而且也使得张有德对于儿童的生活习惯及其心理状态非常熟悉。只要仔细研读作品就会发现，其儿童文学创作有一个显著的特点，即尽可能从真实的社会生活出发，坚持现实主义的创作精神，以求真求善求美为主旨，重点表现新中国建立以后那些"生在红旗下，长在红旗下"的新一代少年儿童们的新风尚、新形象，展现他们朝气蓬勃、乐观向上的精神风貌。像小说《土坯》，写李保国和张道修两位同学冒着雨天做好事，拿着油布前往学校去盖好公家的土坯，以免被雨水淋坏。《西瓜的故事》则叙述一个叫小光的小男孩在到姥姥家探亲的路上，看到了玉米地里长着的两颗野生的西瓜，于是经常前往守望并精心照料，但这两颗西瓜却被另外一个小朋友也给发现了。于是围绕两颗西瓜的得失，两个少年相互留言，最后两个小朋友平分了西瓜。而在这个过程中，小光自己也受到了深刻的教育，使他由以前的只挂念着个人利益而逐渐过渡到开始关注别人，心灵得到了净化。作者细腻地表现了两位小朋友在互相争执的过程中，一心爱护公共财产、不计个人得失的美好心灵。《五分》中写石凤英和张福珍两位女同学在一个星期六为了帮助社里种玉米，而放弃了前去观看男同学刘保元钓鱼的计划。盛名一时的小说《晨》的情节其实也很简单，只是展示了一个乡村小学的五十名学生与几年来他们朝夕相处现在却要调走的李老师难舍难分的送别场面。作家的笔触十分细腻，通过描摹早晨车站送别的那一幕感人场景，真切地表达了一位热爱教育事业的老师对于孩子的挚爱。小说的语言素朴自然，不加一丝粉饰，一方面真实地反映了儿童的心理，另一方面也从侧面表现出了老师的高尚品德。例如，文中提到了小女孩秦小芸写给老师的那封信："亲爱的李老师：听说您要走了，我真的想哭，可是我记着您的话：'女孩子要克服爱哭的习惯。'我把眼紧紧闭住，不叫泪流出来，可是，后来还是流出来了。但是，我没有哭。"明明流出了眼泪，却说自己没有哭。这是只有保持着一颗纯真无邪心灵的儿童才会说出的话语。它看似自相矛盾，但却符合人物的真实身份与小说自身情感发展的逻辑，因而感人至深。另外一篇短篇小说《妹妹入学》的特色在于，它塑造了一位叫郑小星的小学三年级男生，由于自己的妹妹马上要进入小学，他生怕她在考试时过不了关而影响入学，便整天拼命给妹妹灌输自己所学过的那点有限知识。结果都没有派上用场。老师只是简单地问了妹妹一两个问题，就轻松让她入学了。小说写于1957年，带有很明显的时代印痕，主要体现了兄妹之间的相互关照，颇富童趣。不过，站在今天的高度，如果换一种眼光来审视这篇小说，就会读出一点"涩"味来。它反映了我们这个社会的教育现状对孩子心灵深处的某种灼伤，从而也构成为一种时代的真实记录。值得一提的是，张有德的儿童小说，虽是以儿童作为主人公，但反映的往往是大人们的故事，可以说是儿童视野里的成人世界。这一独特的观察视角，也使得其小说沾染上了一股清新明丽的色彩。例如小说《寒假》《送信》《王小香和傻大哥》等，都不同程度地具有这一特色。《寒假》即是通过一群小朋友张罗着要给生产队里的劳动模范郑大爷画像的经历，从侧面反映了郑大爷一心奉献、公而忘私的崇高道德品质——"瞧，这一张是在雪地里打的草，在屋子里改的，名字叫'下雪天'。在下雪天，郑大爷把社里的什么东西都要收拾好，多感动人！这一张叫'老不闲'，你没看见吗？他坐下休息，还给社里结绳子哩。"模范主人翁的先进业绩就这样以人物对话的方式表达出来，有效地避免了生涩突兀的弊端，并最终起到了对少年儿童进行"写英雄，画英雄，学英雄"的教育效果。

就整体而言，张有德的儿童小说创作能够抓住少年儿童在特定成长阶段的心理特点，真实地反映了他们由童真无暇一步步地向前发展最后走向成熟的全过程。在这些作品里，作者着力营造一种幸福美满、甜蜜温馨的社会氛围，歌颂了在中国共产党的领导下健康成长的一代新人，塑造了一大批具有关心集体、热爱劳动、助人为乐、爱护公物、拾金不昧等高尚品质的少年儿童形象。他们一个个栩栩如生、跃然纸上。他特别注意细节的展示与心理的刻画，字里行间处处透露出儿童世界的纯朴与善良，有些地方还不乏令人会心一笑的童趣的插写，如小说《小煤矿的秘密》写一群天真的孩子为了支援新中国的社会主义建设，居然异想天开地自己决定挖煤矿，结果挖出了富农王四喜私自藏下的粮食。小说中的两段人物对话极为生动传神，使人忍俊不禁，也极为恰当地表现了儿童的性格特点。

> 王治龙简直给弄糊涂了，他又挖了两锹，还是麦子，而且把锹往里一插，插进很深，麦子还不少哩！上面还苫着油布。他把麦子放到嘴里咬了咬，一点不错，是真正的麦子。可是他仍然没说话，他惊迷了。
>
> 王小阳把王治龙那把铁锹看了看，好象忽然发现了什么秘密似地说："治龙，一点不错，就是麦子，这跟这把铁锹有关系。一点不错，下午我就是用它挖出煤的，现在你又用它挖出了麦子。这把铁锹，恐怕……"他附在每个人的耳朵上小声说："恐怕是宝贝，是宝贝。"

这是儿童的头脑里才会产生的思维逻辑，虽极不合理却十分合情，也充分地体现了作者本人的细腻观察与儿童心理状态深入把握。值得注意的是，作者本人在写作的时候具有强烈的目的性，即"主动担当起用文字为党的事业培养革命接班人的光荣职责"，"决心在孩子们幼小的心灵中栽下共产主义道德品质的种子"，所以他的小说几乎都蕴含着极为深刻的教育意义。他在作品中所塑造的一系列正面少年儿童形象，毫无疑问，就是为年幼的读者们树立一个个良好的楷模与榜样："在写这些故事时，我主观上想做到使小读者易于接受、乐于接受，并从中得到益处。"这种追求达成一定教育效果的功利化创作，使得张有德的小说成为一时的孩子们树立正确的人生观、价值观的最佳课外读物；但与此同时，也在一定程度上损害了作品的艺术效果，使得某些地方不免显得概念化、公式化，情节模式单一，人物形象也略显呈现为静态化、固定化，缺失对于儿童性格成长与发展的细腻的过程描写。在情感与意志方面，小主人公只是缩小了的大人，大大地降低了其艺术表现的形象生动性。但不容否认，张有德的小说在当时整个文坛不大讲求技巧的情况下，还是有自己的长处的。他笔下的故事都保持着结构的相对完整性，在情节的交代上有头有尾，而且线索单一，从不显得枝蔓不清。在具体的语言运用上，也尽可能地追求通俗化、大众化，许多地方于采取书面语的同时，也辅之以浓郁的河南农村地方方言或者俗谚、民谣等，使得小说不仅自然流利，而且灵活有致、妙趣横生。这些都充分地显示了他深受民间传统文化的浸染以及对于中国古典小说基本技法的积极借鉴。

余辰，原名张凤礼，曾经担任过开封市作协主席。其主要著作有《王琳的故事》《新同桌》等，并曾多次获得过省儿童文学奖。《新同桌》的问世，迄今已经四十余年了。但直到今天看来，它并不显得落伍，依然是一部十分优秀的儿童文学作品。它主要讲述了在一所小学里，由于作为少先队员的"我"和同桌华乐亭经常调皮捣乱，互相说话而影响学习，最后少先队的小队会上决定，把"我们"两人的座位调开，给"我"派了一个叫马玉霞的新同桌，给华乐亭也派了另外一个积极上进的女同学。"我们"一开始都非常反感自己的新同桌，总觉得她们处处和自己过不去，于是多次暗暗和华乐亭商量，要整整她们，以便让她们知难而退，最终达到"我们"俩还能重新坐在一起的目的。但每次的办法都不奏效，反而使"我们"弄巧成拙，十分狼狈。尤其是马玉霞，她很有耐心，丝毫不在乎"我"的一次次有意挑衅，反而更加热情地帮助"我"。最后在她们的耐心说服与教育下，"我俩"渐渐地发生了转变，最后都成为成绩优秀、听话懂事的好学生。这篇小说的优点在于，它非常细致入微地展示了少年儿童的心理活动特点，许多地方的描述生动有趣，尤其善于把握细节，使人读了后忍俊不禁，也极富有启发意义。

余非（1933— ），原名矫桂棠，山东烟台人。曾在胶东公学、华东化工专科学校学习。历任河南大学校报主编，《开封日报》副刊主编，河南省文化局文艺处处长，郑州市文联职业作家等。他从 1952 年开始发表作品，著有中篇儿童小说《新伙伴》，另有评论集《李准新论》《诗歌王国漫步》等。他后来创作的童话歌舞剧《不听话的小黑鸡》，在当时也产生了一定的影响。

徐慎，河南临汝人。1949 年毕业于开封中学。历任《奔流》杂志编辑，河南省电影电视家协会秘书长、副主席，河南省作家协会第二届理事等职务。1954 年开始发表作品，1980 年加入中国作家协会，著有《初春时节》《金银花》《红军洞》《难判的离婚案》《鸡鸣镇风云》《夺不走的孩子》《徐慎小说选》《黄犬奇案》等。他 1955 年写就的短篇《初春时节》，反映了其时在农村开展的入股入社活动，重点反映了高利贷者宋运发、社员大虎、社干玉蓝及其老公公雷老庚之间围绕参股入社而产生的矛盾纠葛。从政治上讲，形成了三个阵营：反对派、赞成派与观望派。最后以反对派宋运发的狼狈失败与赞成派终于说服了观望派参与入股而胜利告终。今天看来，小说的主题已显陈旧，带有明显的图解政策、配合当时的意识形态宣传的印痕。不过在人物语言的表述上，展示了作者一定的艺术功力。能够大量采用当地的俗语谚语，运用自然，丝毫不觉得生涩。他的另外一篇儿童小说《换了人间》，曾经荣获过全国第二届少年儿童作品奖。在题材的处理上，这篇小说没有多少新意，主要写一位女孩"我"与自己的继母之间的关系由隔阂到融洽的全过程。难得的是，作者在展示这一转变过程的同时，也旁敲侧击地抨击了当时社会上习俗对于"后娘"的偏见。例如周围邻居们的冷言冷语、有意挑拨"我"与继母之间的关系等，从而使得这篇小说在一定程度上具有批判国民劣根性的意义，而这在那个特殊的年代里，自然是非常难能可贵的。他的其他作品像《老虎布袋》《宋月霞之死》等，在当时也很有特色。可以说，徐慎是一位善于讲故事的作家，其作品大多都情节生动曲折，巧妙地设置各种悬念，从而引人入胜。

当时较有特色的儿童文学作品，还有这么几篇。像张永江的《星期日》，主要是写母亲和两个孩子互相帮助的故事。母亲在旧社会本是大字不识的文盲。小姐弟俩为了节省母亲的时间以便她学习，就在星期天帮助母亲做饭。作者通过这样一个简单的故事，反映了新社会里的新风尚。而以写成人短篇小说而著称的吉学霈，这一时期也写了不少优秀的儿童文学作品。他的《败家子——圈娃》堪为代表。圈娃是一个充满好奇心的小男孩。他喜欢动脑筋，凡事总要问个为什么。所以家里的玩具经常被他拆得七零八散，为此没少挨父母的责骂。父亲给他买了个皮狮子回来，捏一下就响一下，引发了他的好奇心。他于是把皮狮子剪开，想找个究竟，结果又因为破坏玩具而遭到了父母的责备，被斥为"败家子"。最后是以父母对孩子的警告结尾的：

> 爸爸拉着妈妈的胳膊，看着他问："你以后还敢不敢这样了？"
>
> 妈妈气得满脸通红，气呼呼地盯着他。
>
> "不……不敢了。"圈娃揉搓着裤腿，呐呐地回答。可是心里想："……为什么只能响一下？……"

通过这样的对话，小说有意展示了儿童好玩好动的心理特点，也同时反映了父母对于儿童稚嫩的心灵世界的隔膜，从而为我们提出了一个非常严肃的话题：我们应该怎样教育自己的孩子，如何尽量鼓励而不是压抑孩子好奇的探索精神。在这一点上可以说，这篇小说迄今为止依然是有其现实警示意义的。

当然，这中间也有曲折。由于"左"倾错误思想的影响，一些颇有识见的儿童文学创作主张，遭到了粗暴的批判，诸如"儿童文学的特殊性"、"童心论"、"人性论"等在今天看来是非常正确的见解，都被一一清算。这使得此后的儿童文学创作日渐流于政治化、概念化、公式化。作品中所塑造的儿童形象也从此失去了儿童所固有的天真纯洁，而一律是成人的缩小化，缺乏儿童文学所应独具的魅力。诚如茅盾在《60年代少年儿童文学漫谈》一文里所指出的："政治挂了帅，艺术脱了班，故事公式化，人物概念化，文字干巴巴。"这一情况到了1963年前后才开始有所转变。随着当时国家"调整、巩固、充实、提高"的大政方针的提出，文化领域里也积极予以贯彻执行，相应地，儿童文学独特的风貌又开始呈现，一些较为优秀的作品也相继出现。可惜为时甚短，不久"文化大革命"全面爆发，这一本来已逐步好转的创作势头也就随之而消歇。总体来看，这十七年来的儿童文学，无论是取材，还是立意，乃至具体的结构章法与叙事技巧，都与那样一个特定的时代氛围息息相关。作品中所塑造的人物形象相对单纯素朴。他们人小志大，以努力学习文化知识为中心，力争上游，有着远大的理想，一心想着将来长大以后要为社会主义现代化建设贡献自己的力量。但其不足之处也同样十分明显，那就是小说中有意迎合当时意识形态的特色十分明显，在儿童们的身上过多地赋予了成人们才会有的思想理念与行为模式，从而在很大程度上影响了其深刻的艺术表现力与感染力。

1949年新中国成立以后，河南省文联先后创办了诸如《豫苑》《故事家》《翻身文艺》与《传奇文学选刊》等刊物，另外还有像《中州民俗》《河南民间文学》这样内部发行的杂志，上面都刊发过大量的民间文学作品，从而在很大程度上带动了河南民间文学的发展。与此同时，河南人民出版社也推出了《河南民间故事》《河南民间故事丛书》等书籍，集中向全国展示了中原民间文学的魅力。当然，这一时期民间文学的空前繁荣，也与紧锣密鼓的政治动员密切相关。根据《文艺报》1958年第19期刊发的当时由河南省商丘县委宣传部撰写的《全党、全民办文艺，生产文艺双丰收》一文披露：在这一时期的商丘县，"从县委书记、县长到乡、社基层干部，从工人、农民到学生、店员，从六七十岁的老人到十几岁的孩子，能动口的动口，能动手的动手，编快板、写诗歌、学舞蹈、画壁画，自编自画，自唱自乐，处处呈现出一片欣欣向荣、朝气蓬勃的新气象。特别是 8 月 8 日毛主席来访我县后，文艺创作与文艺活动又飞跃到一个新的阶段。在全县 61 万群众中有 618 个创作组，17000 多人参加了创作活动，创作出大大小小的快板、诗歌、短剧、小说 25 万件。随着文艺创作的大跃进，又大大促进了文艺活动的大发展，各种文艺组织如雨后春笋，已有歌咏队 440 个，17600 人；舞蹈队 560 个，14320 人；民间音乐舞蹈 238 班，3500 人；艺术学院 22 所，1500 多人；美工组 100 多个，550 多人；画壁画约 5 万幅，其他画 15 万多幅"。这些数字在今天看起来，都不免让人吃惊。一个小县尚且如此，遑论全省范围。所以到了"文革"前夕，河南的民间文艺创作十分繁荣，而在全国引起较大反响的是《河南红色歌谣》，只可惜内容相对单调，题材范围也过于狭窄，在今天看来，有相当一部分作品已经过时，缺乏永久而恒定的艺术价值。

与当时的时代氛围相关，这一时期的民间文学创作题材，基本上集中在革命英雄传奇一类。河南省的大别山区，在第二次国内革命战争时期，曾经作为革命根据地。当时的革命领导人带领着群众在这一带进行过艰苦卓绝的斗争，因此当地便流传了许多有关的斗争故事。中华人民共和国正式成立后，这些故事得到了一定程度的整理与加工。像《豫鄂边的红旗》即是非常著名的一篇，其中讲述红军长征以后，留守在这里的革命志士继续坚持斗争，几年后终于成长为一支所向无敌、令敌人闻风丧胆的革命队伍。故事鲜明生动地反映了早期共产党人顽强不屈的革命斗志。另外，像《破冰捕鱼》与《吉鸿昌就义前后》两篇，则是分别反映彭雪枫与吉鸿昌两位烈士英勇的革命斗争精神。前者写彭雪枫将军在 1939 年除夕与战士一起下河捕鱼，然后将捕到的鱼分给当地的贫苦老百姓，表现了军民团结的鱼水深情。后者则展示了吉鸿昌将军大义凛然、慷慨赴死的悲壮历程。

二 "文革"期间的河南文坛

1966 年到 1976 年的十年"文革"时期，是河南文学的沉寂时期。1966 年 2 月 2 日至 20 日，江青以受林彪"委托"的名义，在上海邀请部队的一些同志，就部队文艺工作的若干问题进行了座谈，随后写成了

《林彪同志委托江青同志召开的部队文艺工作座谈会纪要》。《纪要》完全抹杀了新中国成立以来文艺界所取得的成绩，并提出"文艺黑线专政论"，要求争创样板戏，重新组织文艺队伍的任务。尤其是它提出了所谓的"标社会主义之新，立无产阶级之异。要努力塑造工农兵的英雄人物，这是社会主义文艺的根本任务"。1966 年，《文艺报》第 3 期刊发了黎生的文章《希望有更多反映农村阶级斗争的好作品》，要求用毛泽东的关于阶级与阶级斗争的观点武装与教育农民，鼓舞其斗争意志，积极参与当前农村的"兴无灭资"斗争运动。1968 年 5 月 23 日的《文汇报》则刊出了于会泳的文章《让文艺舞台永远成为宣传毛泽东思想的阵地》。这些文章都可以看作是当时的理论界对于作家创作所提出的具体要求，为此后"文革"文学的正式出现提供了理论指导。在这种理念的影响下，其时出现的所谓文学作品，大多服务于帮派的政治斗争，基本上是对流行一时的路线政策的图解，因而乏善可陈。例如 1975 年 8 月，由河南人民出版社编辑并出版的《程"夫子"现丑记——批判程颢、程颐故事新编》，即是其中之一，显然是为当时意识形态领域内的"扬法抑儒"倾向而张目。而与此同时，许多严肃的文学作品及其作者开始受到批判。如被誉为开封文坛"坛主"的苏鹰，被公开点名批斗，其与贾子云合著的长篇小说《隐蔽的战斗》被当作"汉奸文学"、"大毒草"而公开批判。作者本人也不胜凌辱，于"文革"初期即含冤辞世。这只是举其荦荦大者，类似的情况在全省各地甚多。总之，一些有良知的作家这时候要么噤声不语，要么为坚持真理付出了惨重的代价。

由于受极"左"思潮的严重干扰，就总体而言，这一时期的河南文学创作，也是"万花纷谢一时稀"。以江青为首炮制的八个样板戏，成了文艺舞台上的主旋律，到处上演。当然，也有极少数文学作品能够在那个万马齐暗的环境里稍稍显出些亮色，如颜慧云的《牧笛》。但整体而言，作家与作品的被摧残成为一种普遍的情势。大部分作品都是现行政策的图解，强调所谓的"以路线斗争、阶级斗争为纲"，运用"三突出"的创作模式，人物概念化、脸谱化，出现了千人一面的雷同现象。这里所谓的"三突出"的提法，最早出现于"四人帮"的干将之一于会泳的一篇题为《让文艺舞台永远成为宣传毛泽东思想的阵地》的文章。此后，姚文元将之加工修改为"在所有人物中突出正面人物；在正面人物中突出英雄人物；在英雄人物中突出主要英雄人物"，由此成为当时文艺创作者们必须遵循的金科玉律。1974年6月15日的《人民日报》刊登了"四人帮"的写作班子"初澜"的文章《塑造无产阶级英雄典型是社会主义文艺的根本任务》。文章指出，在反革命修正主义黑线控制下，帝王将相、才子佳人、牛鬼蛇神统治着舞台，文艺不是巩固无产阶级专政的武器，却成了刘少奇一伙复辟资本主义制造反革命的舆论工具。社会主义文艺如果没有塑造无产阶级英雄典型这一根本任务，就无法实现在无产阶级文艺领域里对资产阶级专政，就会走上修正主义道路。所以应坚持"两结合"和"三突出"的基本原则。在这种文化大气候的影响下，河南文学界自然也不例外。从1966年冬天开始，这场史无前例的"文化大革命"使得河南的文学创作跌入了低谷。在所谓的"横扫牛鬼蛇神"的大规模政治运动中，许多作家都被贴上了"反动文人"、"黑线人物"的政治标签，一切文学团体陷入了瘫痪状态，终止了正常的活动，许多文学期刊也纷纷停刊。与此同时，一批以"革命"为主的文革小报在1966年8月到1968年底期间却纷纷出现，形成了一个报纸出版的高潮。它们或为油印，或为铅印，具体的印数少则几十、几百，多则上万。报纸从名字到内容大都千篇一律，如《风雷激》《工人赤卫队》《无限风光》《中州曙光》《豫北风雪》《革命造反·河南红卫兵·黄河怒涛》等，报头多以"最高指示"为开端，配合以大量的新华社通稿与评论文章，几乎占据了绝大多数的版面，所余的文章，都是派系之间的相互争斗。所以就本质而言，这些小报完全是那个特定年代里某一种政治性、倾向性的附属品，故而只是具有历史学、文献学的价值，为研究特定时期的河南地方文献出版史料当有所帮助，而其文学意义则并不大。

另外，在十年"文革"时期，一些革命颂诗纷纷出现，成为其时河南文坛的一大景观。今天看来，这些诗歌大多数都是反映革命群众的豪情满怀的，内容千篇一律，艺术质量不高。单纯就数量而言，的确称得上丰富，例如仅就河南人民出版社一家而言，短短几年里，先后出版的诗集计有：1974年9月出版的诗集《红旗渠之歌》，1974年10月出版的《东风万里春雷动——批林批孔诗集》，1975年2月出版的《火红的岁月——郑州市工农兵诗集》，1975年11月出版的《广阔天地新一代——上山下乡知识青年诗歌集》与《虞城农民诗歌选》（虞城县诗歌创作编辑组编）等。1976年，以肖正义为代表的郑州市文化馆创作组创作的诗集《黄河柳》也由河南人民出版社出版。这些作品中固然不乏个别的优秀之作，但绝大多数都难逃其时政治情势的笼罩，从而在不同程度上带有伪浪漫主义的色彩。

（一）一枝独秀的报告文学

值得注意的是，河南的报告文学在这一时期的全国文坛一枝独秀，出现了像《县委书记的好榜样——焦裕禄》《小车不倒只管推——记共产党员杨水才》这样较好的报告文学作品。此外，一些报道农业合作化、郑州纺织工业城、林县的红旗渠、三门峡水电站等建设的作品，在全国产生了很大的反响。其中由中共黄河三门峡工程局委员会宣传部组织撰写的反映三门峡水库建设的大型报告文学《三门峡上锁黄龙》，反映了新时代人民改造自然、战天斗地的满腔热情。另外，在"文革"将近尾声的时期出现的《力挽狂澜的人：抗洪抢险报告文学集》，也是歌颂抗洪抢险的英雄们，具有一定的影响。其他像反映"红旗渠"精神的《重新安排林县河山》，也一时为人们所推重。这一时期在河南的报告文学领域里比较具有代表性的作家是穆青、魏巍、李凖、袁漪、华山等人。其时，最为突出的报告文学作者是穆青。

穆青（1921—2003），原名穆亚才，1921 年 3 月 15 日生于河南省杞县。自幼跟从中过举人的祖父学习古文，后入杞县大同中学读书，其间积极参与学生运动，并利用空闲时间阅读了大量的中外文学名著。曾担任学校的进步团体"文学艺术同盟"的主席，并出版文艺刊物《群鸥》，开始用穆肃的笔名发表文章。1937 年抗日战争爆发后，年仅 16 岁的穆青来到了山西临汾，进入八路军学兵队学习，不久留在师部的宣传部门做宣传工作。1938 年 8 月，穆青发表了前线通讯《岛国的呐喊》。这篇通讯写的是：在夜袭雁北榆林站的一次战斗中，我军缴获了日军士兵的日记和家信，这些日记和家信充分反映了日军的反战恋乡情绪和日本国内人民生活的困苦情景。文章不仅揭露了敌人侵略战争的性质，而且表现了人民对抗战胜利的信心。1942 年 9 月，穆青发表了人物通讯《人们在谈说着赵占魁》，以生动的笔触，详细描摹了当时的陕甘宁边区工业劳动模范赵占魁的风采，在当地引起了不小的轰动。这篇通讯的成功，增强了穆青从此献身新闻通讯与报告文学写作的信心，也引起了人们对于穆青杰出的写作才能的关注。

1949 年 3 月，穆青随当时的解放大军南下，先后执笔写出了《飞驰在南线的汽车兵团》《穿过大别山麓》《良田镇的无名女英雄》《狂欢之夜》《十里长鞭》《热情澎湃的长沙城》《白匪主力溃灭的狼狈相》等多篇战地通讯,真实地记录了中国人民解放军第四野战军胜利的足迹。在随后的"土改"运动中,他又相继写了《因为分配了土地》《抢财神》《谁养黄牛谁发财》等新闻作品。他的新闻通讯报道浓缩了伟大时代的壮阔图景,多角度、多侧面、全方位地叙写了时代激流,因而读来引人入胜。即以其早年的战地题材作品而言,它们或是表现战斗的激烈,或者反映革命战士日常生活等,诸如《狂欢之夜——长沙市民欢迎解放军入城速写》《五峰山上的俘虏图》《月夜寒箫——记长春城外中秋夜》等,都是一时脍炙人口的名作。

　　1949 年中华人民共和国成立后,穆青又写了不少反映社会主义建设的作品,如《管得宽》《一厘钱精神》《九龙江上抗天歌》《驯水记》等。特别是 1966 年 2 月 7 日的《人民日报》,发表了他与冯健、周原合写的长篇通讯《县委书记的好榜样——焦裕禄》,在全国引起了强烈的反响。这篇通讯的成功之处就在于它极其真实感人,作者自己后来回忆说是"流着眼泪写出来的"。此外,他与高洁合写的报告文学《铁人王进喜》,在当时也影响甚大,其中所塑造的王进喜的形象,生动真实,令人难以忘怀。例如文中写王进喜第一次到大庆油田时的场面:

　　　　当他看到天南海北前来参加会战的几万名战友,看到铁路沿线摆了几十里长的堆积如山的设备器材,看到就要开发的一望无边的大油田的时候,浑身充满了力量。他满怀激情地站在大荒原上,随手扒开积雪,从地上抓起一把土来,嘿!这是什么样的土啊?黑乎乎的!这时,他仿佛已经看到了覆盖在这黑土下大片大片的油层。他撩开身上的老羊皮袄,大声地对战友说:看,这儿就是大油田,这回咱们可掉进大油海里了!同志们,摆开战场,甩开钻机干吧!把石油落后帽子扔到太平洋里去!

　　这样的语言形象有力,充分表现了新一代劳动者为进行社会主义现代化建设所表现出的豪情满怀。人物栩栩如生、呼之欲出。穆青笔下的模范英雄人物有一个共同的特点,即总是具有一种敢于啃硬骨头的精神,战天斗地,勇敢顽强,在艰苦异常的条件下挑战人类的耐力与极限,具有一种崇高的力量的美。为此，穆青曾在新华社的新闻研究所做过一次谈话："我们是历史唯物主义者。人民群众是历史的创造者，人民群众和他们的伟大实践应当成为我们报道的主体。我的新闻人物是指那些在平凡岗位上经年累月做出了不同凡响的成绩，值得人们去学习和敬仰，堪称模范的人物。"可见，他的创作是服从于这一基本原则的。

穆青报告文学能够取得巨大成功的基本原则在于，"坚持真理，实事求是，深入实际，把握大局"。在面对一时难以辨明的情况时，他先定下心来，做一番实际调查的功夫，而绝不头脑发热、盲目冲动；同时，更不会为了投上面的一时所好，而使用曲笔，粉饰太平。这可以从他在"文革"时的表现看出。他说，我们的新闻报道，不论何时何地都应该以提高群众的政治觉悟，坚定群众的革命意志，鼓舞群众的斗志热情为目的。由于职业的关系，作者经常有机会出访国外，因此也写了不少反映异域特色的报告文学作品，如《水城威尼斯》《金字塔夕照》《维也纳的旋律》《狮子正张着大口——赌城拉斯维加斯掠影》等作品。这些富于诗情画意的作品文笔流利自然，描画细致入微，知识性与趣味性都很强，因此在面世伊始，即深受读者的欢迎。有论者指出，"作为20世纪客观存在的无产阶级新闻学或说中国社会主义新闻学，穆青是这一新闻理念的重要代表人物和成功实践者"。这一评价是十分中肯的。

李蕤（1911—1998），原名赵国恩，后更名赵悔深，字惠岑，笔名有赵初、华云、慧深、流萤等。1911年9月出生于河南荥阳与汜水两个县交界的佛姑垌村。出生前3个月，父亲即因患肺病而去世。李蕤7岁上小学，由于家境贫寒而时断时辍。1929年考入洛阳省立第四师范学校读书。30年代参加了北方的左翼作家联盟组织并开始文学创作活动，后又参加中华全国文艺界抗敌协会。1936年进入河南大学文史系学习，1939年肄业。曾任《大刚报》《阵中日报》《前锋报》《新儿童》《中国时报》《燧火》《新路》等多家报刊的编辑、战地记者、主笔，并两次被捕入狱。1948年历任《开封日报》《河南日报》的副刊主编。1949年7月，曾与苏金伞一道作为河南代表，参加了在北平举行的中华全国文学艺术工作者代表大会。中华人民共和国成立后，历任《开封日报》《河南日报》副刊主任，河南省文联副主席，中南文联副主席，武汉市文联副主席。1957年被划为"右派"，1979年始得平反。

李蕤从1935年就开始发表作品，一生创作的作品很多，有短篇小说集《土的故事》《柿子晒成的时候》《珍珠集》《人定胜天》，散文集《水终必到海》，报告文学集《难忘的会见》，评论集《文艺短论集》等。其中，报告文学《四进虎穴》，曾获得过解放军总政治部的荣誉奖。他的创作从体裁上来看，以小说与报告文学的成就最高，后结集有《李蕤文集》四卷本，于 1998 年 12 月由武汉出版社正式出版。

李蕤十分崇拜鲁迅，称其为"终生难忘的导师"。在鲁迅去世后，他曾写下了著名的《悼鲁迅先生》一文，称"鲁迅和高尔基，这两个住在两个荒凉黑暗国度里的巨人，他们是一样的伟大，他们的全生全世，都是以猛烈的热情与强烈的憎恶的火焰扫射着猥劣腐烂的世界，两条臂膀划开两个世界的战士"。所以他的短篇小说创作在风格上与鲁迅有接近的地方，都是善于把握细节，选材严而开掘深，且笔法冷峻、意味深长。他早年还曾热心于杂文创作，想成为一个杂文作家。1942 年，创作了报告文学《无尽长的死亡线》，反映当时发生在河南黄泛区震惊国内的那场大饥荒，引起了文坛的注意。1952 年，他参加了以巴金为代表的赴朝写作团，在开城前线前后实地采访达十个月之久，后来创作了《难忘的会见》《张渭良》等报告文学。从此一发不可收，在十多年的时间里，又先后写出了《爆破英雄侯满厚》《这里有十万颗火热的心》等作品。

报告文学的生命就在于真实，可以说，李蕤很好地把握了这一点。他的所有创作都在于通过真实的现实描摹而给读者以心灵的震撼。李蕤生前对于自己的作品有一个说明："这些作品，都是骨鲠在喉，不吐不快的情况下写成的。"今天，虽然他所描写的那个时代已经离我们远去，但因为其真实生动而依然感人，使我们借此可以了解历史的真相。

魏巍（1920—2008），原名魏鸿杰，河南郑州人，1920 年 1 月 16 日生于一个城市贫民家庭。早期一度用笔名"红杨树"发表文章。抗日战争爆发后，魏巍离开家乡奔赴山西抗日前线参加了八路军。此后又到延安抗日军政大学读书，毕业后至晋察冀边区，长期在部队里从事宣传和文化工作。1949 年后，历任《解放军文艺》副总编、解放军总政治部创作室副主任、总政治部文艺处副处长、北京军区宣传部副部长等职务。抗美援朝期间，魏巍三赴朝鲜战场，以报告文学《谁是最可爱的人》《故土和祖国》《在汉江南岸的日日夜夜》《年轻人，让你的青春更美丽吧》《依依惜别的深情》等作品奠定了自己的文坛地位。其中，《谁是最可爱的人》"以其强烈的国际主义的革命情感和对人民军队的热情赞颂，而传诵一时"（周扬《继往开来，繁荣社会主义新时期的文艺》）。他的散文、报告文学，感情炽热，气势奔放，时代感强，被誉为"火热的诗篇"，1963 年参加了大型音乐舞蹈史诗《东方红》的解说词编写工作。新时期以来，他又投身小说创作，先后创作了《东方》《地球的红飘带》《火凤凰》等长期小说，气势雄伟，勾画细腻，被誉为"革命战争三部曲"。其中的《东方》还获得了 1982 年首届"茅盾文学奖"中的长篇小说创作奖。魏巍的报告文学往往高屋建瓴、大气磅礴，不仅以真感人，而且以情动人，充满了强烈的革命豪情与浓郁的史诗色彩。其代表名作《谁是最可爱的人》与《依依惜别的深情》即很好地体现了这一特色。

这一时期较有特色的报告文学作家还有袁漪。袁漪（1931— ），女，上海市人，长期担任《河南日报》编辑、主任记者，也是中国作家协会河南省分会的理事。她的作品有《高山小店》《太行魂》《岁月磨不尽的浓情》等 30 余篇，在当时有一定的影响。

（二）公式化、概念化的小说创作

与全国文学界了无生气的大背景相似，"文革"时期的河南小说创作基本上是乏善可陈。它们大多都是对于流行一时的政策的图解，小说沦为低级的政治宣传品。就具体内容而言，也往往千篇一律，不是再现波澜壮阔的辉煌革命历程，便是集中展示正在如火如荼地进行的社会主义建设事业，显得十分单调。即使就反映现实生活本身而言，也完全是主题先行，按照当时意识形态的要求以展示贫下中农和妄图复辟的阶级敌人的矛盾、无产阶级革命派与"走资本主义道路的当权派"之间的矛盾为主要内容，因而真正有成就的小说作品不多。但在这一时期，也有极少数作品尽管打上了浓重的时代烙印，政治意识形态色彩过于鲜明，但还是取得了一定的成就。1972 年 6 月出版的短篇小说集《召唤》，在当时颇获好评。1976 年，由安阳市业余短篇小说创作学习班创作的《这里也是战场》与郑州市文化馆创作组编写的《擎天峰》在河南人民出版社出版后，在全国具有一定的影响。

此外，由中共平顶山市委、平顶山矿务局组织创作的长篇小说《龙山惊雷》也颇具特色。此书写成于"文革"末期，到正式出版的时候"文革"已告结束。这可以说是平顶山历史上的第一部长篇小说，作者署名"平学庆"即"平顶山学大庆"之意，实际上是一部集体创作。小说以煤矿生活为主要描写对象，其中的英雄人物即是以当时平顶山市名扬全国的煤矿英雄李二银为原型创作的，所以带有很典型的"三突出"的痕迹。尽管如此，为了配合一时纷出的形势与政策，先后几易其稿。小说集中地描写了1964年某煤矿在工业学大庆的群众运动中所展开的激烈斗争。作品的主人公、党支部书记黎海峰提出改造矿井，使煤炭产量翻一番的革命方案后，遭到了来自保守力量的反对；与此同时，阶级敌人也乘机裹挟其中，千方百计地进行破坏。但几经曲折，正面力量最终占了上风。当党委通过了这一方案后，黎海峰和他带领的突击队在党委书记高鹏的支持下，高举毛泽东思想的伟大红旗，一面向各种错误思想和隐藏的阶级敌人作斗争，一面克服生产上的重重困难，历尽坎坷，终于取得了胜利。作品用浓笔重墨精心塑造了黎海峰、马德山等英雄形象，对其他人物也做了比较生动的刻画。作品的情节曲折，语言流畅，并富有煤矿生活的战斗气息。例如，书中在描写黎海峰与罗文达对坐在办公室里商谈采矿的情景时，插入了一段景物描写：

> 　　北风怒吼，大雪纷飞。一股股被狂风卷起的雪浪，好象一匹匹巨大的野兽，从后山的顶峰吼叫着，奔腾着，冲向龙山矿区。矿井扇风机的响声，一下子被这大风雪的吼叫声淹没了。那高大的主井架，却象巨人一般，巍然屹立在漫天风雪中。
> 　　采掘一队办公室的玻璃窗，被这狂风敲打得吱吱嘭嘭响。办公室里，灯光明亮，炉火熊熊。

在这里，自然环境的险恶与人的精神状态的无比乐观恰好形成了极大的反差，从而有力地衬托了人们不畏艰险、勇往直前的革命豪情。这种借助环境的烘托来突出人物精神状态的笔墨，在全书中比比皆是，以体现"人定胜天"的乐观主义精神。尤其值得称道的是，小说非常善于运用具体的细节来刻画人物的微妙心理变化，这在"文革"时期出现的小说中自属难能可贵。例如，书中写到黄宇洁与罗文达这一对恋人发生了矛盾，在听了谢玉兰大嫂的劝说后，黄宇洁擦干眼泪等着罗文达到来以便与他重归于好的场景——

> 　　黄宇洁会心地笑了。她送走谢玉兰后，就回到屋里梳洗起来。她

把眼泪浸湿的枕巾、床单都换了换，又把地板擦了擦。为了不使别人看见她那发红的双眼，一直到天黑下来，才出去略略吃些东西。

七点刚过，黄宇洁就把罗文达喜爱吃的龙虾糖拿了出来，又把两个心爱的瓷茶杯放到桌子上，并泡上了茶。然后，她从书架上取下来一本书，微侧着身子，用一只胳膊支撑着脸颊看了起来。这时，外边哪怕是有一点动静，她也要抬起头来，仔细地辨别一下是不是罗文达的到来。

咚咚咚，一阵低沉的脚步声由远而近。她立刻站了起来，心里怦怦直跳。她正准备去开门，脚步声却渐渐远去了。她眉头微微蹙了一下，便又回到桌旁看书了。

二十分钟过去了，半个小时又过去了。当手表上的指针指向八点时，黄宇洁望着桌子上的两个茶杯和那一包专为罗文达准备的龙虾糖，立时心里翻腾起来：是不是玉兰嫂没有把信捎到呢？不，绝对不可能。如果信没有捎到，她肯定会告诉我的。那么，能是文达不肯来？也不会吧……黄宇洁在心里划了许多问号，但是，接着又一个一个地被她自己否定了。她虽然有点生气，但还是满怀希望地等着。她漫不经心地已经把桌子上的那本书翻到最后一页了，但还不见有什么动静。她再也忍耐不住了，气得双眼含泪。她觉得，罗文达不来，完全是对她的藐视，也是对爱情的践踏。此时，她虽然不愿意往最坏处着想，但是一个可怕的念头，还是爬上了她的心尖：自己和罗文达的关系可能从此断绝！黄宇洁一想到这里，又烦躁，又苦恼，又怨恨。她牙一咬，哐咚把门一关，就含着眼泪走了出去……

这一段描写细致入微而又妥帖自然，极为精巧地勾勒了黄宇洁苦苦地等待恋人到来时候的矛盾心理，里面既有欣喜的渴盼，又充满了无限的委屈，充分显示了作者对于恋爱中的青年心理的深入把握；而人物的复杂情感态度，也借助这一段惟妙惟肖的文字，得到了极为恰当的体现。

这一时期还需要提到的作家及作品是李明性与他的长篇小说《洪流滚滚》。李明性，1944 年 10 月生，又名李夏，河南虞城人。1985 年毕业于郑州大学新闻系。先后在县文化馆、地区文化局等部门工作，后来又担任中原农民出版社副总编辑、编审以及河南省作家协会理事、副主席等职务。他从 1964 年发表开始发表作品即处女作《月夜柳公河》，以后陆续出版中篇小说《赵二虎大战荒庄》，长篇小说《洪流滚滚》《痴情女子》，中篇小说集《初恋》《大地芬芳》，中篇儿童小说《尼姑参军》，散文集《乡魂》《鸟音》等。他的许多小说与散文作品曾被收入《河南青年创作选》《河南儿童文学十年创作选》《河南文苑英华》等，作者本人也获得河南省"五个一工程奖"。

李明性早期喜欢阅读沈从文、赵树理、孙犁等现代名家的作品，后来又认真学习刘绍棠的创作风格，非常注重对乡土的文化及其民俗风情的细致描摹。由于出身农村，他的小说创作大部分都是反映农村生活题材的，可以说是河南乡土文学的代表作家。他总是能够立足于基本的乡情乡风，从乡土生活与乡土精神中汲取创作的灵感。作家把"热爱生活，珍惜生命，开拓诗意的人生"作为自己的追求，以为"文学创作的关键是写人，写人性，人的命运，人与自然的和谐相处，人在社会变迁中的困惑等，无论文学的外表怎么变化，其内核还是要写人，人性是永远相通的，只有把人写好，才能引起读者的共鸣"。

长篇小说《洪流滚滚》于1975年11月由河南人民出版社出版。主要是反映在兴修水利的过程中，阶级敌人搞破坏，于是"高大全"的正面人物与之展开了两条路线的斗争，最终取得了胜利。阶级斗争与路线斗争成为小说情节冲突得以展开的关键。虽然故事情节过于简单，但在具体创作技法上，作者主张要博采众长，吸纳百家，努力熔古典传统、民间文学与外国文学于一炉。所以，在他的作品里面，既有对生活本身的热爱，对爱情的讴歌，对友情的赞誉，更有对于乡村生活的无限眷恋。需要指出的是，作者对于乡村生活在赞美之时，并不刻意粉饰，而是尽可能客观、真实地加以揭示。另外，由于作者在创作之余，还擅长书法与水墨画，这使得他的小说创作颇富于诗情画意，在展示出美丽的田园风光的同时，也具有强烈的抒情色彩。

（三）《斗天图》等"文化大革命"时期的诗歌

1975年6月，人民文学出版社正式推出了由王绶青与李洪程合作撰写的长篇叙事诗《斗天图》。该诗系作者于1973年在河南林县采风达7个月的结果。当年在河南人民广播电台播出过。从1973年春天到1975年春天，作者又利用整整两年的时间先后三易其稿。1978年春天，又由中央人民广播电台以诗剧的形式播出，在当时产生了一定的影响。林县地处豫北，这里自然环境恶劣，主要是严重缺水，有所谓"十年九旱"之称，老百姓靠天吃饭。在这种情况下，当地政府毅然决定要兴修水利，以改变这一落后状况，于是就有了著名的红旗渠。叙事长诗《斗天图》正是反映这一轰轰烈烈的人类改造自然的壮举，与当时提倡的"自力更生、艰苦奋斗"的时代精神相一致。取名"斗天图"，则显然是源于毛泽东的"与天斗争，其乐无穷"一语。在这部叙事长诗里，作者有意将古典诗词与地方民歌结合起来，既有现实主义的底色，又有革命浪漫主义的豪情，用充满激情的笔触展示社会主义新时代人类与自然作战的丰功伟业，使全诗充分地体现了民族化、大众化的风格。

全诗的主要作者王绶青，生于 1936 年，原名王尔玺，笔名辛梓，河南省卫辉县人。20 世纪 60 年代初毕业于内蒙古大学中文系。历任内蒙古大学中文系教师、汲县创作组组长、卫辉县政协副主席、新乡市地区文联主席、河南省文联专业作家、河南省作家协会副主席，并长期兼任《新星》杂志、《莽原》杂志主编等职务。1955 年，他在卫辉一中读高一时，就在《河南文艺》上发表了处女作《汉衫》，由此走上了文学创作道路。1979 年正式加入中国作家协会，是国家一级作家、国家有突出贡献专家。他的作品，除了与人合作的叙事长诗《斗天图》影响较大外，另外还有诗集《天涯采英》《天野海郊集》等。谈到自己的诗歌创作经验，王绶青历来主张"先做人，后做诗"。在他看来，"只有以生命写诗，诗才会有生命"。他又说过："学古而不泥古；创新而不渎新；博采而不盲采；立异而不怪异；有我而不唯我；为今而不拜金。"可以说，他就是河南当代诗歌界的一面旗帜。

王绶青倡导"以生命写诗，诗才有生命"，他的诗继承和发展了中国传统诗歌的精髓，散发着浓郁的民族气息，在审美价值取向上，凸显出深层次的文化底蕴。评论家认为，他坚持民族化的诗风和炼词、炼句、炼意的语言创造，在形式上将民歌和古典诗词的艺术经验创造性地用于自己的新诗创作。句式上不拘一格、浑然天成。在对社会生活、自然景观、人情世事和历史沧桑的审视、思考和感怀中，表现出了强烈的忧患、责任和坚韧不拔的人格力量。诗评家朱先树并且指出："王绶青的诗重在关注历史和人物的描写，从中提取出一种精神理想的诗意内容，写出一种民族的精神力量和充满希望的东西。"

在形式上，王绶青的诗歌追求的是民族化、大众化，注重古典传统和地方民歌的有机结合，讲求炼字、炼句、炼意，如"天生傲骨四方方，不讲棱角身内藏；喜时化作升华笔，怒时挺起万杆枪"（《咏方竹》），"夹岸翠竹夹岸花，轻舟摇摇至酒家；举杯贪品山与水，昔日醉酒今醉茶"。（《擂茶》）"爆竹声声传喜讯，一曲凯歌震古今。燕子衔泥日，渡桥初砌墩；雏燕出飞时，桥栏雕入云。燕子垒窝我垒桥，一片青石一片心。剪来晴空万朵霞，为我渡桥镶花纹；挽取银河半槽水，为我英雄洗胸襟！……"（《斗天图》）等，都鲜明地体现出了这一特点。他的诗充满激情，散发着浓郁的民族气息，是对社会生活、自然景观、人情世事、历史沧桑的审视、思考与感悟。他用真情描绘祖国的锦绣河山和多姿多彩的时代画卷，表现出了强烈的责任感、忧患意识和人格力量。著名诗人雷抒雁曾这样评价道："绥青先生的诗，洋溢着中原汉子的正气、大气和豪气……绥青先生是个忠厚的诗人，人品诗品，相为表里。不追时尚，不改初衷，不求闻达，不惊宠辱，数十年如一日，痴于诗歌创作，口碑甚高。"

　　《斗天图》一诗的出现，当然和那个极端年代的政治紧密联系在一起，所以它不可避免地打上了浓厚的意识形态的烙印。"抓革命、促生产"，"以阶级斗争为纲"等旨意在诗中反复出现。所谓"太行山，矗起千座批修台；望水沟，伸开百丈防修沟"，"与天斗，与地斗，斗鬼魅，斗帝修！斗出千里愚公渠，斗出百万红旗手！"，等等，正是当时的"批修防修"等主流话语的显示。其中的人物也是严格按照积极与消极、进步与落后、革命与反动等二元对立的方式来划分的。在围绕修水库事件，一场尖锐的阶级矛盾得以展开，最后革命的一方战胜了反动的一方，修水库的伟大革命任务得以顺利完成。全诗的主题可以《大山不挡愚公路》中钟源有的一段话来概括，那就是："大山不挡愚公路，险峰不遮愚公眼，困难不屈愚公志，重担不卸愚公肩！同志们！关山前，要踏稳每一个步点；险峰上，要走稳革命路线！……"这种充分发挥"与天斗争，其乐无穷"的革命乐观主义精神，其根本目的在于："要斗个帚到灰尘除，要斗个水清石头出！咱不只为斗成一条愚公渠，咱要为社会主义江山斗千秋！"

　　但如果抛开这一切外在的因素，从形式着眼，就诗论诗，它的艺术性还是很高的。奉行当时的"两结合"原则，《斗天图》将革命现实主义与革命浪漫主义结合在一起，从而使得正视困难的现实主义精神与不畏艰险

的浪漫主义情怀相互配合，如诗中类似"铁小伙，托出一轮轮明月；石
姑娘，敲落一簇簇星辰"这样的语句处处皆是。在语言表现方面，作者
将中国古典诗歌与民间歌谣巧妙地结合在一起，于展示具体的生活场景
时，做到了语言的典雅流利、清新自然。例如，为了衬托革命群众的豪情
壮志，作者巧用民间俗谚，有意正话反说："支书办事最坚决，为的是人
民千秋业！鸡毛撞钟钟要响，风地点灯灯不灭！"或者直接引入俗谚，使
之嵌合得天衣无缝："捉猴要待猴上树，看戏要看幕布后。孟家礼究竟是
啥角色？还要让他表演够！"再如，诗中描绘断云壁上妇女们洗衣服时的
欢快场面：

> 一行雁，
> 掠过水中天；
> 汤河曲，
> 荡满断云湾。
> 姐妹们夜战下了班，
> 笑嚷嚷沐浴晨风前。
> 章改水，
> 挎着洗衣篮，
> 漫步走下汤河滩。
> 只听她，
> 一声喊！
> 十姐妹，
> 唿啦啦跑来洗衣衫。
> 脚蹬汤河石，
> 手下涟漪满。
> 青石板上水花溅，
> 滴滴河水珍珠圆，
> 歌声脆呵笑声甜！
> 揉碎了云，
> 揉碎了山，
> 揉碎了疲劳揉碎了汗！……

　　此外，诗中还巧妙地化用古代寓言故事，像"要学愚公改山河，不当智叟守家门。愚公移山我移水，旱山窝定变聚宝盆"、"万丈高楼万丈桥，哪一寸不是人民造？智叟不智最愚蠢，愚公不愚智慧高"等诗句就化用自然，颇似信手拈来、毫不费力。更值得注意的是，作者在描绘自然场景时，并没有为描写而描写，写景的根本目的还是为了写人。例如诗中有意突出自然环境的险恶，以衬托出革命群众的坚韧不拔气概。《在险峰》一节，就十分详细地描写了一座名叫"小鬼脸"的山的险恶山势："一块块，紫石斑斑；一楞楞，褐石巉岩。四道眉，八道坎，白雾缠腰，流云遮面。阴森森，好一副，霸山霸水的'小鬼脸'！风在耳边嘶，树在眼底闪，山在面前晃，鹰在脚下旋……懒汉到此腿发软，懦夫到此心胆寒！"可以很明显地看出，从整体诗意到具体的句式结构，此处是受了李白那首有名的《蜀道难》的影响。再如《出征歌》一节，作者有意借鉴了中国古典历史演义小说的长处，精描细画，大肆铺排渲染，让一个个新时代的"英雄好汉们"纷纷亮相："沟东来了突击手，一路战歌挟风雷！沟西来了爆破手，一路春风火药味！沟南来了巧石匠，一路飞闪开山锤！沟北来了老铁匠，一路铁花扑地飞！一排排，一队队，铁打的身腰铜铸的臂。大智大勇，无私无畏。能闯山，能探水，龙潭虎穴任往回！"所有这些，显示了作者本人良好的古典文化修养与对于民间文化的深厚了解，由于化用自然，贴切细腻，所以不着一丝人工的痕迹。

　　《斗天图》以生动形象的笔墨与高超的叙事技法为我们描绘了在那个战天斗地的火红年代里，人们为改造自然而充溢的浓郁的革命豪情壮志。全诗气势磅礴、结构宏伟，其中既有凌云壮志的豪迈气概，又有雄伟壮观的战斗场面，也不乏日常生活中的欢快场面，充分地展示了革命群众"自力更生、艰苦创业、团结协作、无私奉献"的精神。这种不畏艰险、敢想敢干的伟大斗志，作为中华民族最可宝贵的传统，必将继续流传下去，激励着一代又一代的后来者们努力奋斗。

　　按照当时出台的《林彪同志委托江青同志召开的部队文艺工作座谈会纪要》的具体要求，"歌颂哪一个阶级、塑造哪一个阶级的英雄人物、哪一个阶级的人物在文艺作品中居于统治地位，是文艺战线上无产阶级同资产阶级之间斗争的焦点，是区分不同阶级文艺的界限"。这些背离文学创作基本规律的清规戒律，不可避免地给《斗天图》一书打上了深厚的极"左"意识形态烙印。所以，《斗天图》的重头就是要以饱满的政治热情、浓涂重抹的笔触刻画钟源有这样一个公而忘私、一心奉献的英雄人物形象。他根红苗正、苦大仇深，革命意志坚定，一旦认准了就毫不犹豫地扑下身子去干，并且他明了大是大非，在与敌人斗争时有礼有节、毫不妥协。诗中集中描绘了他为修水库而凿石开路的生动场面：

> 他抡的那柄愚公锤，
> 锤路正，
> 锤点稠，
> 竖打雷落地，
> 横打风卷头。
> 沉甸甸震天动地锤，
> 快当当点石成金手——
> ——
> 雕一副葵花向太阳，
> 雕一副禾苗承雨露，
> 雕一副万马战犹酣，
> 雕一副百舸齐争流，
> 雕一副万里东风扫残云，
> 雕一副遍地红旗舞神州……
> 磊磊宝石雕画图，
> 浸着心血渠上甃。
> 火烧云中留笑影，
> 百丈冰崖挂汗珠！

钟源有既要和以前曾经做过阎锡山的匪军军官、暗藏的阶级敌人孟家礼以及作为封建地主余孽的袁家婆作斗争——显然这是一场你死我活的阶级斗争，还要与地区里的冷专员、村里的队长赵守安作斗争——这又是同一个营垒里的路线斗争。这是两条战线上的斗争。阶级斗争固然残酷，但路线斗争也丝毫不能放松，所以作者不惮运用大量笔墨，详细地展开了钟源有与赵守安之间围绕修水库而进行的争论，以极力描摹出积极肯干的一方与消极退避的一方之间的矛盾冲突，在全诗的第四节《愚公愿》里达到了高潮：

钟大叔越说越带劲，
大伙越听越动心。
赵守安走到老钟前，
满脸皱纹罩疑云：
"老钟啊，
我要问——
汤河恶浪谁敢碰？
扔个鹅毛也要沉！"
老钟烟锅叩鞋底，
晃开身子舒舒筋。
手掌一横比大坝，
从容回答笑吟吟：
"筑坝截流上高山，
洪水恶浪得服人！"
"险峰恶岭怎么过？——"
"逢山凿洞山开门！"
"深沟大涧挡去路哇——"
"遇沟架桥把水引！"
"哪里来的开山机？——"
"一锤一钎出乾坤！"
"山高沟险坡又陡，
修渠物资怎么运？——"
"百里开条引汤路，
肩挑马驮车辚辚。"
"哪一辈子能修成？
何时流到咱们村？——"
"今人不欠后人债，
亲手造福为子孙！
守安哪，
艰苦奋斗为根本，
自力更生是方针。

你怎么，

光看困难不看人？"

说得赵守安无言对，

张口不语汗津津……

　　双方针锋相对、唇枪舌剑的一番辩论，最终以积极一方占了上风而告终。于是，在钟源有的领导下，耿山秀、小水宝、石长生、章改水等正面人物组成了英雄的群像，他们一个个抖擞精神，发挥"愚公移山，改造中国"的精神，"工地上成立除险队，英雄接班赴险境。看悬崖绝壁上，闯过来一支飞将骑兵！……"，为社会主义建设事业增砖添瓦，进行艰苦卓绝的奋斗，充分体现了社会主义新人的形象。

　　与此同时，由于受"文革"期间极"左"思潮的影响，《斗天图》一诗中也出现了丑化知识分子的错误倾向，讽刺所谓的不抓政治只注重业务学习的"白专"道路，例如，全诗中花费了不少的笔墨塑造了一位叫杜亚斋的水利专家的形象。他在诗中就完全是一个反面的落后的典型人物，一味相信所谓的"专业"、"业务"而忽视人民群众巨大的历史创造力。围绕修水库，他与英雄主人公、"又红又专"的典型钟源有在水库的路线建设方面展开了激烈的争议，他被钟源有指责为："一张名利纸，遮住你的眼，挡住你的腿。有眼不见山河宽，有腿难向高处飞！"诗中的第十三节《一线之争》便是反映这一场斗争的。这条"线"既是水库的"路线"，也是政治斗争的"路线"，所谓"一条线，莫看清！这不是你我个人事，革命利益千斤重"。当然，这场激烈的路线斗争最后还是以钟源有的胜利而告终。他力斥专家观点的错误："天上掉不下设计图，咱木尺墨斗量河山，不信天才信实践。专家路线行不通，群众路线宽无边。咱有这么多土石匠，人民的智慧高过天！"而杜亚斋也在人民群众所取得的丰功伟绩面前瞠目结舌，最终甘拜下风、心服口服。像这些明显的不足之处，注定了《斗天图》一书只能是时代风气的产物。当这个特定的具有浓郁政治色彩的时代氛围渐行渐远成为模糊的历史背景之后，曾经如日中天、煊赫一时的《斗天图》也便逐渐为人们所遗忘。

三　谁在为文言文唱挽歌

"随便选出一位 20 — 21 世纪的汉字写作大师,以其代表作与韩愈的《师说》比较,你一定会发现:二者一为凤凰,一为鸱枭;一为兰芷,一为蒿萧;一为骐骥,一为罢驴,绝不可以同日而语。这并非厚古薄今,而是铁的事实。"这是王澍在其《文言文的挽歌》(原载《文学自由谈》2002 年第 6 期)一文里所发出的高论。这段充满着强烈主观武断、不容置疑口气的话语,至少说明了这么一个事实:作者对于近一个世纪以来白话写作所取得的伟大成就,要么是完全无知,要么是干脆视而不见。

余生也晚,刚好属于而今在文坛上声名不佳的"70 年代的人"。所受到的文言文教育自然有限,不能与对文言文情有独钟的王先生相比。但由于从小受家庭环境的影响,也读过四书五经及历代的一些别集。至于《师说》一文是中学课本里就学过的,至今也还能背诵下来。平心而论,我承认《师说》是一篇好文章,无论是在语言运用上,还是在情感表达上;但也不认为它就好到了笼罩古今、使一切白话文黯然失色的地步。在我看来,今天的人诚然写不出《师说》这样的文章,但像鲁迅的《野草》、沈从文的《边城》这样的文章恐怕韩愈也未必能够写得出来。

诚如晚清批评家王国维所说,"一时代有一时代之文学"。韩愈自己在《师说》里也说过"闻道有先后,术业有专攻"的话。我们无法拿两个不同时代的两种不同的文学表现形式来作比较。楚辞无法与诗经相比,六朝骈文无法与先秦散文相比,宋词元曲无法与汉赋唐诗相比;同样,白话文也无法与文言文相提并论,只能说它们负着各自的时代使命而各有千秋。所以王先生认为"现实的问题不在于可不可比,而在于白话文比不过文言文,而且差距甚大"。这实在只是一种先验式的主观臆测。不要说文言文与白话文之间没有可比性,即使是同一种文学表现形式,由于风格的不同,我们也很难轩轾高下。金代的元好问就曾经犯过这样一个幼稚的错误,他在《论诗绝句三十首》里写道:"有情芍药含春泪,无力蔷薇卧晚枝。拈出退之《山石》句,始知渠是女郎诗。"前两句源出秦观的一首七绝《春日》。诗歌本来写得清丽委婉,自有动人之致。元好问偏偏要将它拿来与韩愈刚健奇崛的《山石》一诗相比,说秦观的诗是"女郎诗"。一柔婉,一雄奇,就像西湖与华山、苏州园林与万里长城、阿炳的《二泉映月》与贝多芬的《命运交响乐》，我们能在其中分出高下吗？再举一个更简单的例子：李白和杜甫同样是唐代大诗人，但谁能说出他们两位哪一位更伟大，诗写得更有成就？南宋的严羽在《沧浪诗话》里说了句明白话："子美不能为太白之飘逸，太白不能为子美之沉郁。"飘逸沉郁，各有擅胜。我们不能以此之长来形彼之短，李白的《蜀道难》不能与杜甫的《赠卫八处士》相比较，正如韩愈的《师说》不能与鲁迅的《秋夜》相比较一样。所以清代的袁枚就以为这种比较荒谬至极，让人无法信服。他在自己的《随园诗话》里还引用唐人元稹的话说："鸟不走，马不飞，不相能，胡相讥？"

　　"文变染乎世情，兴废系乎时序"，失去了一个特定的时代氛围，我们也就失去了一种特定的写作风格。且不要说今天，即使同样处在文言文写作时代，让韩愈与苏轼去写前人的《项羽本纪》《洛神赋》或后人的《儒林外史》《聊斋志异》这样的作品恐怕也要勉为其难了吧。我们还要认识到，文言文写作有着近三千年的历史，而白话文写作迄今为止不到一百年的时间。在这有限的时间段落里，我们拥有了一大批公认的小说、杂文、散文、诗歌、随笔等白话文的典范之作，这就足以让我们自豪。它们即使放在文言文里也是一点不逊色的。白话文自然还有缺陷，还有待于在长期的写作实践中进一步完善。但我们不能因为它的缺陷就退而复古，正如不能因噎废食一样。王先生说"报刊上虽然偶见文言小品，却不足以悚动时听，掀起波澜。至于一些拙劣写家用冒牌文言文来混淆视听，更是误人子弟"。就算他的话有十二万分的道理，也缺乏现实的可操作性。难道真的以为经过长期的努力，文学创作日后在文言文领域还会大放异彩，还会出现像韩愈、苏轼这样的文学大师？如果不能，那我们提倡这种既不利于文化普及又不能实现审美突破的文言文还有什么意义？更何况对于文言文的写作本身，王先生不是也发出了九斤老太式的感慨"一代不如一代"吗？事实上，自晚明小品文之后，文言文就已经江河日下、走上了渐趋没落的道路。到了晚清，经过梁启超半文半白的"新文体"的冲击，传统的纯文言文更是衰朽不堪一击。即使没有五四新文化运动，文言文也是苟延残喘。王先生也承认："文言文之厄运，与文言文自身的缺陷有密不可分的关系。"作为旧文化的表现形式，它已经完成了自己的历史使命。在西学思潮浇灌下的新文化只能由新的语言形式来承担，白话文就是在这种情况下应运而生的。

　　近年来，文化保守主义思潮甚嚣尘上，认为五四新文化运动中断了中国的传统文化，"五四"一代人是历史的罪人。这都是偏离了历史的情境本身去谈历史，对历史表露出了想当然的态度。王先生的观点庶几近之。我们反对那种激进的观点，像前两年摩罗在一篇文章中建议的那样，彻底废止学习文言文。作为一种珍贵的文化资源，我们可以吸收借鉴文言文的长处，甚至可以将其中的精粹直接嵌入现代汉语语汇；但没必要不加区别地全盘接受下来，再开用文言文写作的历史倒车。须知"五四"时期提倡白话文的作家也并非不会写文言文才避重就轻的，他们其实都是文言文写作的圣手。鲁迅用文言文写作的《中国小说史略》与郁达夫的旧体诗至今为人们所传诵。胡适、陈独秀、闻一多等人也在中国的古典文学研究领域作出了杰出的贡献。他们都有着良好的中西学根底。正是在中西新旧文化的对比中，他们作出了自己的正确选择。他们之所以提倡白话文是因为文言文在当时已经严重地束缚了人们的思想，而且极不利于文化的大众普及。就"启蒙"而言，白话文好读、好懂，更易为广大群众所接受。所以才振臂一呼，要求破旧立新的。

　　王先生认为"文言文非常适于汉字的写作"，我就不知道为什么白话文不能适合于汉字的写作？如果说文字越古越简就越好，那么佶屈聱牙的《尚书》与晦涩难懂的《易经》应该是最好的典范——只怕连王先生最为推崇的韩愈也不会赞同这一点的。王先生还说自己的一位好友将李白的《蜀道难》翻译成白话后变得索然无味。但如果我们把鲁迅的散文《纪念刘和珍君》改用文言文去写，又会是什么效果？为了证明文言文胜过白话文，王先生举出苏轼《前赤壁赋》中的一段话，认为用白话文去写，"无论如何精雕细琢，也难以达到苏文之境界"。那么我也举一个相反的例子，徐志摩的诗《再别康桥》中的一段："轻轻的我走了/正如我轻轻的来/我轻轻的挥手/作别西天的云彩。"如果把这几句变为文言式的古体诗，我不知道王先生有什么办法使它可以不丧失原来的韵味与情致。语言随时代而变迁，不独汉语如是，其他民族的语言也一样。文学要抓住时代的脉搏，就要不断地随之革新。墨守一种固定的语言格式只会扼杀文学创造的生命力。我没听说过今天在欧洲还有人用古希腊语或拉丁语来写作，也没有听说过英国人因为乔叟的诗歌与莎士比亚的戏剧而建议恢复古典英语写作；相反，倒是不断地涌现出像乔伊斯、奥威尔、艾略特这样的现代英语写作大师。

王先生哀叹今天"好文字销声匿迹，滥文字铺天盖地"，对此我颇不以为然。须知我们今天所能看到的文言文，绝大多数都是经过历史的大浪淘沙后遗留下来的精品。而任何一个时代的作品在当时从数量上讲都是劣大于优的。今天只要我们还能读到无数优秀的各种样式的文学作品，就没必要悲叹"好文字销声匿迹"。我们不必替古人担忧，也无须为旧文化的没落而忧心忡忡。因为清人赵翼早就说过，"江山代有才人出，各领风骚数百年"。何况文言文在今天也并没有如王先生所悲叹的那样被"丢进历史垃圾箱"，而是依然"与白话文共舞"着。且不要说在 20 世纪六七十年代聂绀弩与胡风等人在监狱里坚持写旧体诗，钱钟书在下放劳动期间也用文言文完成了他的皇皇巨著《管锥编》。据我所知，今天提倡用文言文写作的依然大有人在，舒芜与舒乙两位先生不就是其中的典型代表吗？在前些年的高考作文里，一篇用文言文写成的《赤兔之死》还大得阅卷老师的青睐而被冠以满分。那篇文章是否真如专家们所称扬的那么优秀尚可讨论，但它传达了一个信息：文言文并没有完全消亡，在某些情况下，它还会时时发出强烈的反弹。用一个时髦的术语讲，相对于随处可见的白话文，偶而出现的文言文也算是一种"陌生化"吧。至于王先生将复兴文言文的希望寄托在某些"遗老遗少"们的身上，目前就我褊狭的视野所及，还没有看到有哪个"遗老"或"遗少"堪承此大任。而且随着"遗老"们的日渐凋零，未来的"遗少"们只怕会更不成器。

最后说几句有伤忠厚的话，王先生是极力提倡文言文的，但先生一开头用文言笔法所写下的那几句话，无论是在音韵还是意义的对仗方面，窃以为尚远不符文言文求古求雅的标准。后学不才，佛头着粪，诚惶诚恐，敬俟赐教。

后　记

　　收在这部书稿里面的文字，以前绝大部分都以散篇文章的形式在各个刊物上公开发表过。时间跨度也比较大，若从最早的一篇谈"五四"个性主义思潮的文章算起，迄今已快二十年了。现在读起来，就难免有隔世之感。虽时时生发出悔其少作而一删了之的冲动，但转念一想，它们毕竟也真实地保留下了我当初步入学术园地之时的蹒跚足迹，所以就干脆一仍其旧，算是一份别样的纪念吧。

　　说来也很惭愧，我自 2007 年起，就基本上没有认真地做过所谓的学问了。一者是从当年开始忙于工作调动，百事丛脞；再者，仅仅是一年多以后，我的身体就出了状况。形势所迫，每天面对的就不再是一册册散发着油墨清香的书卷，而是一堆堆充满了浓烈刺鼻气味的中草药包。情绪也大受影响，有整整两年多的时间，几乎什么也不想做。不想见人，不想说话，连以前每日都要亲近的书籍也完全抛开了，一个人像困兽一般地在房间里走来走去。好在时间是最好的药剂，而一个人的实际韧性也往往要超出自己当初的预想。毕竟生活还得继续，只要习惯了就好。我现在总算习惯了，情绪也就慢慢地好了起来。所以从去年开始，我又重新拿起自己那支已近乎涩锈的笔，在身体状况还能容许的情况下，断断续续地写下了几篇鸡零狗碎的文字。本书里面的《鲁迅与〈荡寇志〉》一文以及关于作家野莽的中篇小说《少年与鼠》的评论，便是我最新完成的文章。

　　这是我的第二部著作，照例借着这个机会我要说一些感谢的话。首先，感谢我的工作单位西北大学。西北大学是我的母校，我曾经在这里读了本科，后来又读了硕士研究生，最后又几经辗转回来任教。非常感谢母校热情地接纳了我。尤其是自我生病以来，文学院的领导们以及办公室、工会的老师们对于我的宽容与照顾。我所在的现当代文学教研室以周燕芬老师为首的诸位同仁更是处处体谅我的处境，给了我无微不至的帮助。

感谢我的硕士导师任广田先生与博士导师王富仁先生，他们无论是在做人方面还是在治学方面，都对我产生了深刻的影响。感谢孟庆澍、王明华、王生虎、孙殿武等诸位好友以及本家的俊岗兄，一直以来他们给了我热情的帮助与支持。感谢《文学自由谈》的任福康先生、《鲁迅研究月刊》的黄乔生先生以及郑州大学的樊洛平老师、南京师范大学的谭桂林老师。他们对于我的大力扶掖，使我时刻铭记在心。还有渭南职业技术学院的张学义先生，本书中的一篇谈郁达夫海外诗的文章最初就是经他之手发表的，而我与他此前并不相识。直到今年9月份在一次关于鲁迅的研讨会上，我才有机会与他结识并当面表达我的谢意。当然，我更要感谢我的亲人们——我的妻子、父母和两位姐姐，是他们的悉心照料，才使我有了继续坚持下去的勇气。

附录中的两篇谈河南文学的文字，是我在大约八九年前参编《河南文学史：当代卷》一书的时候独立撰写的部分。当时的我正忙于工作调动，由于是跨省调动，颇费周折，一时被搞得焦头烂额；所以文稿的最后校正工作，就全力交付给了自己的研究生鹿义霞女士。蒙她不辞劳苦，最后总算圆满完成。她现在也在一所高校里任教。对于她的辛勤付出，我谨在此表示自己由衷的谢意。

最后特别致谢西北大学文学院的谷鹏飞先生与中国社会科学出版社的刘艳女士，正是他们的热情帮助，才最终促成了这本书的顺利出版。

高俊林

2015 年 10 月 22 日下午于西北大学长安公寓